エピタフ

あせごのまん

角川ホラー文庫
14466

目次

墓碑銘《エピタフ》

プロローグ

「明日の昼頃には着くと思うので、済みませんが、何日かお世話になります」

「かまん、かまん。遠慮せいでえいきん。あの子もこじゃんと喜ばあ」

「そしたらお願いします」

「はいはい。ほいたら気イ付けて」

艶《つや》は受話器を置いた。

「婆ちゃん、電話やったがかね？」裏木戸から顔を覗《のぞ》かせた英子《えいこ》が訊《き》く。裏の田圃《たんぼ》の稗《ひえ》を刈っていたところだった。人手不足のため手入れが行き届かず、伸び放題に伸びていたのを、ようやく暇を作って、一部刈り取ったところだ。手拭《てぬぐ》いで流れる汗を拭って、年老いた義母の皺《しわ》だらけの顔を覗き込む。

近頃ではだいぶん惚《ぼけ》が進んでいるものの、身体の方はまだまだ丈夫だ。農作業の手伝いは充分こなせるのだが、今年に入ってから、目を離した隙に姿が見えなくなることが何度かあった。狭い村内のこと、顔見知りばかりだから、気が付けば誰かが連れ戻してくれるのだが、他人ばかりを当てにすることもできない。険しい谷の上で蹲《うずくま》っていたり、梅雨明けの逆巻く大川《おおかわ》の畔《ほとり》をフラフラと彷徨《さまよ》っていたりしたところを連れ戻されたのは、たまたま運が良かったのだ。いつもいつも幸運が付いて回るとは限らない。もし年寄りを死なせようものなら、非難の矢が向かう先は嫁の英子なのだ。

いちいち目を光らせながらでは、農作業も捗《はかど》らないが、古くから鍵《かぎ》を掛ける習慣などないこの地方では、監禁状態にしておくこともできない。側を離れぬよう言い聞かせて、一人で励んでいるような状態が続いているが、今も目を上げると姿が消えていた。家に戻ってみると、ちょうど受話器を置いている銅《あかがね》色の皺だらけの手が見えたのだった。

傍らの台所をふと見ると、炊飯ジャーの蓋《ふた》が保温状態のまま開けっ放しになっている。覗くと、中身は空っぽで、内側にぱりぱりになった飯粒が干涸《ひから》びてこびりついていた。

「婆ちゃん、昼の分まで食べてしもうたが！」

艶は答えない。

「もう、どいてぞね！　お腹が膨れたかどうか、自分でわからんが！」

艶は口の中でもごもごと呟《つぶや》いた。「充《みつる》はどうしゆうろう？」

「え？　何ぞ言うた？」

それには答えず、艶は這《は》うように土間に敷かれた簀《す》の子の上に降り、しっかりした足取りでスタスタと歩いて、向かいの座敷にまた這うようにして上った。

「婆ちゃん、どこ行くんぞね？　もうえい加減にうろうろせんちょいてくれんかね」

　無視して廊下を歩いていく。

「あても忙しいんじゃき、もうたいがいにせんと、ええ面倒見切らんぞね」英子の声が尖《とが》る。「婆ちゃんっちゃ！　二階ら上がらんと、下におりっちゃね！」

　艶は耳に留める様子も見せず、屈まった腰で四つん這いになって、突き当たりの階段を上っていく。

「どいて人の言うことが聞けんのぞね」呟くと、怒りがこみ上げた。「今まであてがどればあのこと、してきちゃったことか……。ほれをひとっちゃ言うこと聞きもせんと。自分一人で生きていけると思いよるんかね！」

　英子はゴム長を脱ぎ捨て、まだ握ったままになっていた鎌を腰の後ろに差して、艶の後を追った。

「婆ちゃん！　待ちっちゃ！……ほんまに身体ばっかし達者なんじゃきん」憎々しげに言い捨てる。

　階段を上り切って、英子は艶の背中に追い付いた。

「婆ちゃん、聞こえよるろう？　頭だけやなしに、耳まで悪うなったがかね？」

「充は部屋じゃろか？」

「婆ちゃん、何を言よるが」英子は艶の前に回り込む。「ほりゃ、もう下へ行かんかね」

「充。みつるー」

嗄《しわが》れた声で孫の名を呼ぶ。英子を押し退《の》けて突き当たりの納戸の戸を叩《たた》いた。「鍵らあ掛けて、どいたがで？　おるんやろ、充。開けんかね」

「なんぼ呼んだて、ほんなとこにおるかね」

「充、開けっちゃ。ひさくんから電話やったがぞね。充よ」節くれ立った拳《こぶし》でさらに戸を叩く。

「ほないに叩かいでも、鍵ら掛かっちょるもんか」英子は戸を下から少し持ち上げるようにして引き開けた。「ほら開いちょるがね」

納戸の中はきれいに整頓《せいとん》されていた。小学校に上がる時に充の父が作ってやった棚には、戦車の模型が幾つか並んでいる。充の唯一のコレクションらしいコレクションだ。壁に野球帽がポッンと掛けられていた。

「充はどこへ行つろ？」

「充に電話やったが？」

艶は答えず、英子が目に入らぬかのように、部屋の中を歩き回る。

「もうえいきん、降りんかね」

英子が肩に置いた手を、艶が振り払った。

「おまん、誰ぞね？」

「言うに事欠いて、誰ぞねっちゃ何ぞね！　あてが誰かわからんが？」

「充の部屋に入らんちょいてくれ！」

「誰がこんなとこに好きこのんで入るもんで。……婆ちゃん、もうえい加減にしいっちや！」

「出ていけ！　どろぼう猫みたいに、人の部屋をうろうろしな！」

「どろぼう猫ちゃ何で！　あてに言う言葉やなかろ！」

「おまん、どろぼう猫やないかね。叡二《えいじ》の死んだ後も知らん顔して居座って……」

「ようほんなことを！　あてがどればあ苦労したと思いよる……」

1

書物の壁に囲まれた狭苦しい八木《やぎ》助教授の研究室で、僕は決断を迫られていた。卒論のテーマが決まっていない最後の学生に、今日こそは梃子《てこ》でも動かぬという態度を露骨に示して、助教授はソファの上で腕組みを崩さない。

むろん、僕の中に幾つかの候補がないわけではない。「大震災後の都市伝説について」「方言に見る妖怪語彙《ようかいごい》」などなど……。しかし、いずれも現実には今一つ食指が動かなかった。そんなことをやるために、わざわざここにいるのではない……口には出さないが、僕は不本意なテーマを掲げては自ら掻《か》き消す作業を、このところ幾度も繰り返してきた。

「君ねえ、大学院に行きたいなんて簡単に言うけど、今の状態では卒論すら危ういじゃないの？　そんなんじゃとてもとても……」

「いえ、何かこう一つ踏ん切りがつけば、上手《うま》くいきそうな気がするんですけど……」

「じゃあ、さっさと踏ん切りをつけてよ。それとも、来年まで考え続けておくか？　僕は構わないんだよ。来年ゼミ生が一人くらい増えたところで」

「後一週間待ってもらえませんか？」

「駄目！　先週もそう言った。僕は来週以降学会が幾つか入るし、他の学生たちの卒論指導も始まるしね。今日決められないのなら、一週間に加えて更に一年待つことにするよ」

助教授がノートを乱暴に放り出し、よっこいしょと声に出しながら腰を上げた。

窓枠の向こうは、既に黄昏《たそがれ》が犇《ひし》めいている。

先生たちの個人研究室は、キャンパスの敷地の中でも最も奥まった場所にある。一抱えもありそうな大木が立ち並ぶ小山を背後に控えた、年中地面が乾く暇もないような薄暗い区域だ。真夏でも三時を過ぎるともう夕刻の気配が立ちこめてくる。ましてや、ここ数日はまだ梅雨が明け切らず、ぐずついた天気が続いていた。

卒論のテーマよりは怪談でも語るに相応《ふさわ》しい研究室の雰囲気が、威圧感を与える。

窓の向こうにヌッと聳《そび》える大きな桐の、一枚の葉がユラユラと揺れるのを、見るともなく見ながら、僕はどうにかこの場を繕わねばならないと、ようやくのことで口を開いた。

「あのですね、幾つか考えていることはあるんですけど……」

「へえ、幾つもあるの？　そりゃご立派」

結構な皮肉が返ってくる。「じゃ、早く決めてよ」

「はあ、あの……」

窓の外が気になって仕方がない。一枚の桐の葉が八木助教授の後ろでやけに揺れているのだ。僕はその不自然な動きに目を奪われてしまっていた。

「何だ？」八木の眼鏡が僕の目線を追う。

四つの瞳《ひとみ》が見つめる先に、不意に黒い紐《ひも》がぶら下がった。紐の先には雀の羽と小枝のような足が生えている。形容しがたい歪《ゆが》みを見せて、ビーズのような眼の填《は》め込まれた黒い頭がそれらを押し包み、やがて黒っぽい内部へときれいに呑《の》み込んでしまった。白い喉元《のどもと》を膨らませ、黒くて太い紐は、そのまま音もなく窓の下へと消えていった。

僕は歯を食いしばって吐き気を堪《こら》えていた。脂汗が額に滲《にじ》んで、シーンと耳鳴りのする頭の奥で、この顔の脂を拭《ふ》き取るには大量の脂取り紙が必要だ、とやや頓珍漢なことを考えていた。

「おい、畝山《うねやま》くん、どうした？」

その声に呪縛《じゅばく》を解かれ、崩れるようにソファの上に座り込む。

「す、済みません。ちょっと、長いヤツが苦手なんです。しかも、黒いのは特に。よりによって、食事シーンに出くわすなんて……サイテー」口元を押さえて俯《うつむ》いた。

「ふーん」

助教授はそれ以上は何も言わず、じろじろと僕を眺めた後、僕が頭を抱え込んでいるソファの横で、ガサガサと机の周りを掻き回し始めた。

不意に静かになったので顔を上げてみると、いつの間にやら目の前のソファに座って、八木がコピーの文献を読んでいる。

「あのさ、君が優秀だから言うんだけど」

さっきもう一年ゼミをやれと言った口から出た言葉とはとても思えないセリフを吐いた。何か良からぬ策略を押し付ける方便かと、僕は大いに警戒した。

「恐怖症と民俗学的タブーとの関係ってのに、最近興味を持っててね。君、あんな蛇ごときにそんなに反応するっていうのは、やっぱり心理学的な問題を抱えてると思うんだよね。でさ、そのままじゃ、長い人生、何かと損することもあるかもしれないだろ。そこで……」

眼鏡の奥が嫌な笑いを浮かべた。

「長虫に関するタブーを調べてみる気、ない？　上手くやれば、君の恐怖症を克服できるかもしれないしさ」

そら、来た。

このおだてすかし作戦で過去何人かが犠牲になっている。大阪市内のさるお寺の息子は、倉に蔵する文献の何割かを大学に寄贈させられた。京都の由緒ある家柄の娘は、重要文化財に指定されている祖母の家を、畳の目の埃《ほこり》まで調べ上げられた。

そして僕は今、あの長いヤツをテーマにせよと強要されている。

しかし、八木助教授は誤解していた。同じように足のない長虫でも、僕が怖《おそ》れているのは、実は、爬虫類《はちゆうるい》ではなく魚類の方なのだ。つまり、鰻《うなぎ》が不得意なのである。黒蛇に怯《おび》えるのも、鰻を連想してしまうからに他ならない。

「ふうん。珍しいね。普通、蛇は嫌いでも鰻は何ともないもんだがなあ」

丑《うし》年生まれの僕は、幼い頃から鰻を食べてはいけないと言われてきた。言われなくとも、あのぬめる黒い肌を見るだけで虫酸が走る。とてもじゃないが、その肉を口にする気になどなれるはずがなかった。

「ほお、鰻食いのタブーか。そりゃ調べ甲斐《がい》がありそうだな」

「嫌ですよ」

顔を顰《しか》めて見せたが、卒論のテーマを決めることしか頭にない八木は聞く耳を持たない。

「そいつは虚空蔵菩薩《ぼさつ》信仰だよ」無造作に言う。

「へ？　コ、コクウゾウ……？」

字面すら想起できずに繰り返す僕に、幾つかの文献をあげて、自分で調べるよう指示を出した。それ以上の反論の機会を奪って、八木は勝手に卒論計画表にテーマを書き付け、僕を促して研究室を後にした。

「あの」別れ際に正門の前でもう一度だけ抵抗を試みる。「やっぱり鰻のタブー、僕には無理な気がするんですけど」

「あ、そう。ならいいよ。一年後にちゃんとしたテーマ考えて来てくれ」眼鏡の奥の目が光る。「脅しじゃないぞ。それじゃ、ここで」僕に向けた掌が、夕闇の中やけに白かった。

母親が洗濯物を干しながら、懐メロのもの悲しくも間延びしたメロディを口ずさんでいる。

もう日は高く昇って、母の歌に合わせるわけではもちろんあるまいが、ジイイイーと一匹が鳴き始めると、待ちかねていたように一斉に他の蟬も鳴き始めて、開けっ放しの僕の部屋にも喧噪《けんそう》が充満した。

一部が腹に辛うじて引っかかっている掛け蒲団《ぶとん》を蹴《け》って、僕は上半身を起こした。

ぱん、ぱん、ぱん……。

洗濯物が母の掌で叩《たた》かれて、盛大な音を撒《ま》き散らす。なぜあんなに叩くのだろうと、不思議に思いながらベランダに顔を出し、ふと訊《き》いてみた。「お母さん、僕は生まれた時から鰻《うなぎ》を一度も食べたことなかったのかなあ?」

母は怪訝《けげん》そうな顔付きで振り向く。取るに足らぬ話題を引っ提げ、いつになくわざわざ自分から話し掛けてきた息子が、奇妙な生き物に見えたのかもしれない。

「そんなことないわよ。小さい頃は、あなた、鰻は大好きだったわ」

「へえ、食べてたんだ。お祖父ちゃんが禁じたのかな? 丑年生まれは鰻を食べるな、なんて」

「何言ってるのよ。いつだったか、自分から、丑年生まれは鰻を食べちゃいけないんだって言い出して、急に食べなくなったんじゃないの」

狐に摘《つま》まれるとは、こんな感じを言うのだろう。

僕が自分から言い出したって？　馬鹿な。

「あら、覚えてないの？　まだ確か木根《きね》にいる頃だったわ。おとうさんが獲ってきた鰻を捌《さば》いていると、急に真っ青な顔になって、僕は鰻は食べないなんて言い出したのよ」

父は鰻を捌くことにかけて、玄人《くろうと》はだしの腕前であった。今では滅多に見る機会もなくなった光景を、僕は昨日のことのように思い出す。

竹で編んだ丸い魚籠《びく》の中から太った一匹を取り出す。鰓《えら》の後ろ辺りをぐいと押さえつけられて、鰻は、きゅうと、さも悲しげに啼《な》くのである。まな板の上でくねる鰻の頭を目掛けて、父は錐《きり》を振り下ろす。コッと短い音が、鰻の頭を縫い付け、錐の尻《しり》がブルブルと震える。すっと細身の包丁で鰻のからだを撫《な》で、喉頸《のどくび》辺りにその先を入れると、尻尾《しっぽ》までさーと引き下ろす。不思議なことに鰻はピンと硬直したようになって、一息に二枚に下ろされるのである。何度も見てきた光景だが、失敗したところを一度も見たことがなかった。

内臓と中骨をサッと取り出し、首にタンと包丁を入れると、一丁終わりである。

「浮き袋、ちょうだい」と、幼い僕はよく強請《ねだ》ったという。

そう言われてみれば、小指のような細長い、真珠色に光る臓器の一部が手渡され、生臭いそれを水に浮かべてみたり指先で揉《も》んだりしてしばらく遊んだ後、掌の中で握りつぶした記憶が蘇《よみがえ》る。

今思うと、背筋が寒くなるような光景である。父が料理していたのだから、幼い僕もそれを食べたに違いない。しかし、確かに食したという記憶は、僕の中にはなかった。

「ところでさあ」僕はついでに、フィールドワークのため夏休みの数日を郷里で過ごすつもりでいることを告げた。そしてその見返りに、既に我が一家が故郷に帰る家を持たないことを、さも重大事件でも打ち明けられるような顔付きで教えられたのである。既に僕の大学入学当時から経営的に火の車状態だった父の会社は、ここに来ていよいよ行き詰まったのだった。

毎夜のように暗い額を寄せ合う父母の様子から、相変わらず経営状態が上向かぬ様子であることは察していたが、それが我が身にどのような形で降り懸かってくるかは考えてもみなかった。親の惨めったらしい窮状など、可能な限り目を背けていたいというのが、僕の偽らざる心境だった。

金の切れ目が縁の切れ目とはよく言うが、貧窮が故郷までも奪い去ることを、図らずも僕はこうして学んだ。しかも口下手な僕に、社会経験を積ませてくれるというおまけまで付いて。さも話のついでであるかのように、のっそりと顔を覗かせた父は、学費の納入を待ってもらうよう大学に交渉しろと命じたのである。

「払わないと言っているんじゃない。延ばしてくれと頼むだけだ」

「お母さんも友達のお店手伝うことにしたの。すぐに払えるようになるわ」

ね、ね、と機嫌を取るように何度も繰り返して、母は裾《すそ》に縋《すが》りこそしなかったが、潤んだ目で懇願した。

2

昔、この村に老夫婦が住んでいた。ある日、お爺《じい》さんは僧都《そうづ》ケ谷《たに》のさらに奥にある海《あ》女谷《まだに》の辺りまで行って薪《たきぎ》を採っていた。過って指を怪我し、血が岩の窪《くぼ》みにぽたぽたと滴った。数日して、お爺さんが同じ場所に行ってみると、血の滴った窪みに鰻がいた。お爺さんは鰻を家に連れて帰り、我が子のように可愛がっていたが、ある時、その鰻が村長《むらおさ》の息子に噛《か》みついて怪我をさせた。村長は怒って鰻を殺し、家族で喰《く》ってしまった。その夜、鰻を飼っていた老夫婦の夢枕に一人の僧が立ち、今夜この村は洪水に襲われるから、すぐに裏山に逃げるよう告げる。驚いた夫婦が、とるものもとりあえず山へ登ると、大地の割れるような轟音《ごうおん》と共に堤が崩れ、あっという間もなく村は一面の水の下に沈んだ。昇る朝日の中で、老夫婦は水と泥に覆われた村のあちこちに鰻が群れているのを見た。その時、朝日の中から仏が現れて、鰻たちを人間の姿に変えた。恐ろしくなった夫婦は山を越え、いずこともなく行方をくらました。それ以降、この村では年を取った老人たちが自ら姿をくらますことがしばしばあるのだ、という。

「やな話だね。楢山《ならやま》だ」

八木助教授が顔を顰《しか》める。が、僕は、その眉間《みけん》に寄った皺の意味を理解しかねた。

「何ですか？」

「ま、いいや。君はその村の出身なの？」

「ええ」

「なるほど、君の先祖は鰻というわけだね」

なんだか言いようのない不快感がこみ上げた。中庭に面して開いた窓以外、全ての壁を書棚で覆われた研究室の狭苦しい空間が、急に違和感を持って眺められた。埃《ほこり》を被《かぶ》った本の一冊一冊が、鰻のように黒い背をうねらせて、今にも這《は》い出してきそうな錯覚に捕らえられる。

「やめて下さいよ、気持ちの悪い」

「冗談はともかく、それは神罰型の洪水始祖神話だ」

アジア地域の洪水神話には、原初大海型、宇宙洪水型、宇宙闘争型、神罰型の四つの形態があると言われているが、その内の神罰型は、人間が何らかのタブーを破り罰を受ける型である。

僕は額に浮いた汗を、汚れたハンカチで拭《ぬぐ》った。鼻先を饐《す》えた汗のにおいが掠《かす》める。ハンカチにふと目を遣って、においの元が先週の月曜日からずっと尻ポケットに突っ込んだままの、この薄い布切れであることに気付いた。今日は水曜日、つまり、十日間もこいつは僕の身体の水分を吸収し続けていることになる。この饐えたにおいが女の子を呼び寄せるフェロモンにでもなるものなら、ご苦労さんと一言声を掛けてやりたいところだが、むろん、こいつはフェロモンどころか、女を追い払う役割しか果たせまい。

「どうしたの？」

「あ、いいえ」もごもごと口ごもりながら、僕は異臭を漂わせる四角い布片を、また尻ポケットへ押し込んだ。「僕もちょっと調べたのですが……」

幾つかの神話伝説において、鰻は洪水や高波などの水害と結びついている。ある意味では、鰻はそうした水による攻撃の象徴化されたものではないだろうか？

「確かにその通り。例えば、サモアやフィジー、クック諸島では……」

八木助教授は書棚から、黒い背の本を抜き出し、パラパラとページをめくると、いやというほど、鰻が人間を襲ったり追いかけたりする話を連ねてみせた。

「……ね。鰻や蛇が水害の擬人化であることは、既に言い尽くされている。だから、その点に関して、きちんと出典を明記した上で、君のオリジナルな発想が何か欲しいんだよなあ……」

鰻喰いの禁忌が故郷に伝わる神話伝説の類《たぐい》と関わりがあるのかもしれぬと疑ってみたのは、至極真っ当な思考だと我ながら思ったのだが、また新たな課題を与えられて、僕の全身から、ジワッと汗が吹き出した。今日は忘れずに洗濯に出さなきゃ、と思いながら、例のハンカチを引っぱり出す。

「こういう神話伝説は、一方で、川や海の氾濫《はんらん》が土地を豊かにしてきたという記憶を、語り伝えているんだな。蛇の腹を裂いてみると、宝物が出てきたという昔話も多いんだ。……ほれ、これ持ってっていいよ」八木が本を差し出した。「そこの貸し出しノートに、日付、番号、名前を忘れずに書いておいてね」

鰻に関して、幼い時から祖父に何度もせがみ、聞かされた一つの伝説がある。隣県ながら、大人たちにとっては生活圏の一部だった、徳島県海部《かいふ》川の上流に棲《す》む大鰻の話である。そいつは子供を一呑《ひとの》みするほどの丸太ん棒のような大鰻なのだと、祖父は語った。

「どればあ大きいん?」

「ほうじゃの。こん前の電柱ばあ、あっつろのう」

赤茶けた皺《しわ》だらけの顔を覗《のぞ》き込む孫に、これまた皺に覆われた両の手で、風呂桶《ふろおけ》もすっぽり収まろうかという丸を作って見せた。それほどの大鰻ならば、もしや淵《ふち》に落ちた子供が喰われたこともあったに違いない、と、僕は密《ひそ》かに幼い心を震わせたものだった。

実は、祖父の話では、子供は喰われはせず、どちらかと言えば鰻の方が被害者である。

ある年、殿様より木材供出のお触れが出て、海部川下流に棲む村人らは上質の大木を求め流域を訪ね歩いた。納得のいく木を得られぬまま、人々は源流の沼に辿《たど》り着く。そこで岸辺の草の上で昼寝を貪《むさぼ》る大鰻を見つける。村人らはこれを殴り殺し、持ち帰ろうとするのだが、そこにどこからともなく旅の僧が現れる。僧は鰻を置いていくよう懇願するが、人々は肯《がえん》じない。

「さような主とも思える魚鼈《ぎょべつ》の類、むやみに持ち帰ってはきっとよからぬことのあろうぞ」

「ぎょべつ」のわからぬ幼き僕は、その恐ろしげな響きにもまた胸震わせたのであった。

旅僧は村人に檜の大木の在処《ありか》を教え、再度大鰻を置いていくことを冀《こいねが》う。

「そうまで言うなら、置いていかぬでもない」

交渉は成立し、村人は持ち合わせた干飯《ほしいい》を僧に振る舞う。旅僧は黙々と喰い、またいずこかへ立ち去っていくのだが、村人の中に佞人《ねいじん》が混ざっていた。

沼へ投げ込んだ鰻を持って帰ろうと言うのである。併せて殿様に献上すれば格別覚えも目出度《めでた》かろうと思い改めた一行の長《おさ》は、沼を浚《さら》う。と、死んだ鰻と共にもう一匹の大鰻が上がってくる。

「お腹からご飯が出てくるが？」

もはや筋を諳《そら》んじられる孫は、ここで先手を打つのを常としていた。この物語の要衝である。

「ほうじゃ。妙なことじゃの。どいて大鰻の腹に干飯が入っとっつろ?」

「鰻がぼんさんやったが?」

「ほうじゃろかのう? ともかく不思議なこともあるもんじゃきに」

「一種の魚王行乞譚《ぎょおうこうきったん》ですね」

「へ? ギョオコウキッ?」

軋《きし》み音でも発しそうな目線でもって、八木助教授は目の前の不出来な学生を睨《にら》んだ。

「その手の話を研究するつもりなら、柳田国男《やなぎたくにお》くらいは読んでおきなさい」

鰻《うなぎ》が人間に変身するのは、鰻に耳があるからだという説があるらしい。鰻の胸鰭《むなびれ》が耳に見えるのだとも言われているそうだ。確かに、黒い袈裟《けさ》をぞろりと着て歩く僧侶《そうりよ》は、鰻に似ていなくもない。

真新しい図書館の高い天井の下で、僕は全集の一巻を繙《ひもと》き、柳田国男の書き留めた鰻の化身の話に読み入った。幾つかの類話が紹介されていたが、いずれも微妙に細部が異なっていた。それよりも僕の印象に強く残ったのは、鰻の死と引き替えに子供を身籠《みご》もるという変種話《バリエーション》で、「鰻の精分と生誕との関係、ことにこの魚の形態が男子のある生理機関を聯《れん》想《そう》せしめる」という件《くだり》である。

柳田はそれを「果して最初からのこの話の本意であったかどうか」と否定的に語るのだが、考証の終わりにさり気なく付加されたこの性的なニュアンスは、僕の皮膚の下に眠る何者かを揺り動かした。鰻は男性自身の象徴である――何度もその想念を振り払いながらも、僕は柳田の「魚王行乞譚」をそう読み取ってしまっていた。あるいは、その裏には大学四年生にもなって肉体を交える彼女もいないという、焦燥があったのかもしれないが、しかし、身体の奥深くで蠢《うごめ》いたのは、もっと大きな意味を持つ何かであることも、同時に僕の心は探り当てていた。


蛇と鰻の類似は、専門の研究者でなくともわかりやすい。例えば関西では鰻をマムシと呼んだりもする。ものの本によると、古代人たちにとって、泳ぐための手足や鰭を持たない鰻や蛇は混沌《こんとん》から生まれた最初の原始的生命を意味していたそうだ。これらの長細い生き物たちは、水そのものでもあり水の霊とも考えられていたのである。そして、洪水は水の霊による浄化であると意味づけられる。洪水によって命が押し流され、再び新たな生命が誕生する。それは永遠の自然のサイクルを意味してもいる。

そうした理屈を知った頃には、八木助教授の顰《しか》められた眉根《まゆね》の意味も理解していた。「楢山」とは深沢七郎《ふかざわしちろう》の『楢山節考《ならやまぶしこう》』という小説を指していたのだ。つまり、棄老伝説である。老人たちがいなくなるというのは、姥捨てを意味しているのだろう。

むろん僕は怠《おこた》りなく、いにしえの忌まわしき習俗の有無を、鰻の子孫である二人の中年男女に問うてみることを忘れはしなかった。つまりは、近頃頓《とみ》にしょぼくれが目立つ髭《ひげ》の五十男と、腹の脂肪の気になりだしたおっとりとしたその妻に、夕食を共にしながらいつもと変わらぬ無愛想な顔付きで、かつて村で棄老が行われたかどうかを尋ねてみたのである。が、予想通りというべきか、この遠き鰻の子孫たちは、そんな馬鹿馬鹿しい話聴いたこともないと一笑に付したのであった。

3

午前十一時。

家を出て七時間近くが過ぎていた。朝飯代わりのパンを齧りながら取った三十分間の休息以外、ずっとバイクを操り続けている。出発時には心地よく感じた大排気量単気筒の鼓動も、いつしか股間《こかん》から腰を突き上げてくる不快な振動でしかなくなっていた。

明石《あかし》海峡大橋を渡り淡路島《あわじしま》を走り抜けたのが、もう遠い昔のことのようだ。

その後、県境を越え、小学二年の時、同級生が勢いを止めきれず自転車で転倒して大けがを負った、起伏の大きい相間《あいま》の急坂を左に曲がりながら下ってまた一気に駆け上がると、峠の上から緩やかに湾曲した広い砂浜を眼下に見下ろせる。

木根《きね》の浜である。

僕はヘルメットのシールドを上げ、道端へバイクを寄せてエンジンを止めた。

粗めの砂を擁する海岸線は総延長三キロメートルにも及び、堤防から波打ち際までの距離も数十メートルから場所によっては百メートルにも達する。国道五十五号線に面したこの海岸は、通りすがりの者には、一見、恰好《かっこう》の海水浴場に映ることだろう。

が、岩場で蟹《かに》でも漁《あさ》っているらしい子供の影が二、三、見えたものの、実際にはここで遊泳しようとする地元民はいない。

極めて危険だからだ。

両親から固く止められたこの波打ち際に、僕も何度か足を濡《ぬ》らしたことがある。幸い犠牲になったのは幼い命ではなく安物のサンダルの数足だったのだが、波間に浮かぶ漫画のキャラクターを深追いせずに諦《あきら》めたのは、子供心にこの海の怖さを知っていたからであろう。

もちろん、履き物を無くした、あらそう、で済むわけはなく、こっぴどく叱るのは親の務めである。しかし、今にして思えば、叱る相手が無事目の前にいることが、彼らにとっては幸せだったのだ。

太平洋に面し、常時二メートル近い大波が打ち寄せるこの浜辺は、凶悪な牙《きば》を剝く荒波の下に、更なる罠《わな》を設けている。どういった摂理のなせる業かは知らないが、青い水の底のところどころに、急速に剔《えぐ》れ込んだ落とし穴を隠しているのである。

戯れに足を濡らす者がそれに気付いた時には、もう手遅れとなっている場合がしばしばある。足の裏は今まであったはずの海底を突然捉《とら》え損ない、底流が嘲笑《あざわら》うかのようにその足を掬《すく》う。後は砂粒混じりの荒波に揉まれながら、遥かな沖に向かってサヨウナラ、だ。

波が砂礫《されき》の上にある物体を沖合へと引き寄せる力は傍らで見ている以上に強い。まるで幾百もの手が罠に掛かった犠牲者を絶対に逃すまいとしているかのようである。

海中の手と言えば、僕が必ず思い出すのはモーレン様の怪談である。これは同じ学区に属する漁師町から通っていた子の父親が語った物語である。

「中学生の頃の話じゃき。盆踊りが終わった後、友達と浜辺をうろつきよったんよ。もう日付が変わろかいうばあな頃じゃっつらえ。今日の盆踊りで人魂が飛んだがぞ、いうような話をしいもって皆で歩きよったがあよ。

アカア（お前）震えよんな、何を言よりゃ、言うて度胸試しみたいになってきたわえ。お盆の夜はいかんぞ、言うて誰ぞ言よったけんど、ほんなもん、誰っちゃ聞くか。

オラが先《ま》ず行っちゃろ、言うて、百メーターばあ沖に浮いちょるブイに帯を結んでくることにしたがあよ。

帯はその浜辺に落ちちょったんじゃが、よう考えてみりゃ、あんなところにどいて帯だけが落ちちょんのか、不思議なことじゃっつらえ。

ほなけんど、オラア、ジャボジャボと海へ入っていたがぞ。臍《へそ》ばあまで進んだ時に、急にグイと両肩を摑《つか》まれて後ろに引き倒されがやっちゃ。仰向けにひっくり返って潮水に噎《む》せたんじゃが、お構いなしに両肩がグイグイと引っ張られらあ。ほのまま……」

そこで父親は一呼吸置いた。ぐうっと口の内で笑ったように聞こえた。

「ほのまま一気に砂浜へ引き上げられたがぞ。

……ツレじゃったわえ、オラを引っ張ったがは。歩いていっきょるオラの前の方に手が見えたそうなわ。海の中からすうっと白い手が一本出ちょる。おい、止めちょけ、戻ってこい、言うて呼んだけんども、オラの耳にはひとっつも届いちょりゃせんみたいな。こりゃいかんぞ、思てツレらが無理矢理引き戻したそうなわ。あのまま行っちょったら、どうなっちょっつろなあ」

自分を海へ呼び寄せたのはモーレン様だ、とこの父親は言って、その十数年後に撮ったという、奇妙な光が盆踊りの輪の周囲を飛び交う不思議な写真を子供たちに見せた。

急ぐ旅ではないが、夏の陽射しに焼かれたアスファルトの上は、思い出に耽《ふけ》るに適した場所ではない。ましてや、モーレン様の話など、この村で過ごす数日間の門出を飾るに相《ふさ》応《わ》しい思い出ではない。

先程までチンチンと鉄瓶が沸騰してでもいるかのような不景気な音を立てていた四百cc改五百ccのエンジンも、今は静かに熱気を漂わせているだけになった。

キックレバーを引き起こし踏み降ろす。そっとクラッチをミートして走り出した。

やがて鉄の馬は国道を逸《そ》れ、長い坂道を下り降りていく。

僕の頬がふと弛《ゆる》む。

初めて自転車を買ってもらったあの日、幼い僕はその自転車に乗って母と買い物に出、帰りにこの坂の上で立ち往生した。天辺から見下ろす坂道は子供の目には途轍《とてつ》もなく長く急で、たとえ補助輪の助けがあったとしても、無事下り果《おお》せるとはとても思えなかった。

結局どのようにして下まで降りたのか思い出せなかったが、ふと浮かんだ半泣きの幼い自分の顔は、滑稽でありいじましくもあった。

あれほど長く感じた坂道も、今はあっという間もなく車輪の下で流れ去り、幼い頃、よくザリガニやドジョウを追いかけ回した小川に沿った一本道に入った。子供の目がいかにものを過大にねじ曲げて見るかを理解するのは、こんな時だ。小学生の頃あんなに広かった道路は、何か不思議な夢を見ていたのかと思うほどに両側の路肩が迫った、白っぽい罅《ひび》割れだらけの道だった。

炎天下、僕が向かっているのは、先に述べたような事情ゆえ、父が生まれ、母を迎え、僕が遊んだあの家ではない。隣家で、学年は一つ違っていたが、山に駆ける時も川に泳ぐ時もいつも共に過ごした、幼馴染みのくろちゃんの家である。

黒川《くろかわ》充——それがくろちゃんの名前だ。何故か「みつるちゃん」とは呼ばなかった。物心付いた頃、既に彼は「くろちゃん」だった。

たかだか二十年と少し生きただけでいっぱしの人生経験を積んだつもりになっている僕などは、人が一生の間に巡り合う運不運などはたかが決まっていると考えてしまいがちである。生涯不運続きだったとか、また幸運ばかりに恵まれて死んでいったとかいうことはあり得まい、むしろ、多少の運の悪さなど実力で切り開いてやる、などとありきたりの若者らしい意気込みを心密《ひそ》かに持っていたりもするのだが、父母の話を総合すると、くろちゃんの家はとかく悲運に見舞われた一家であったらしい。

あれは小学二年生の夏休み最後の日のことだった。父と母が小声で語る、この小さな村では過去に一度として起こったことのなかった事故の話に寝床の中で耳を傾けながら、僕は寝付けなかった。それは当然だったろう。ただでさえ翌日に始業式を控えた小学生らしい興奮に加えて、最も親しい友人の兄がその日の昼間、大型ダンプの下敷きになって亡くなったというショックに胸を震わせていたのだから。

「あんなに運の悪い人が、世の中にはいるものなのね」

「英子さんももうちょっとなあ……」

最後に父が口の中でそんな風に言葉を濁す会話を、タオルケットにくるまって聞いた記憶がある。英子さん、とは、くろちゃんのお母さんの名だ。消え去った父の語尾が何を意味するのか、暗闇に目を光らせて寝床で悶々《もんもん》とする少年には理解できなかったが、何となく非難めいた口調であることは子供心にも察知された。

後に僕は、その母とくろちゃんが、血が繋《つな》がっていないことを知った。この時の父の不満は、恐らく継母の域を出ぬ英子さんの愛情のあり方に対してだったのだろうと、遅ればせながら思いやったことである。つまり、くろちゃん一家の悲運の一つは、くろちゃんの生みの母が男と出奔し、その後嫁いだ継母がいかにも継母然とした冷たい人であったことにある。

しかし、僕にとって、黒川家の悲劇は、やはりあの夏休み最後の一日に集約されている。

あの日——。

昼にはまだ間があった。始業式を翌日に控え、僕は遊びに出ることを禁じられていた。目の前にある宿題の山がどこかへ消え去るか、さもなくば僕がどこかへ消えてしまいたいと、鬱々《うつうつ》と考えていた気怠《けだる》さは、さも重量のある物体が強引にその慣性を止めようとする不快な摩擦音によって中断された。

家を飛び出した僕の眼に飛び込んできたのは、普段目にするよりもやけに黒々と光ってみえる巨大なタイヤと、その下の僅《わず》かに潰《つぶ》れた野球帽のつばであった。事故現場は家から百メートルと離れていなかったが、その帽子の主の姿は確認できなかった。駆け出そうとした僕を、ヒステリックな母の声が呼び戻した。僕は渋々また宿題の山の前に座った。

その後の成り行きはほとんど覚えていない。恐らく大騒ぎであったはずで、集まった大人や子供の声が僕の耳にも届いていたはずなのだが、覚えているのは、僕の心の中を過《よぎ》った幾つかの感想だけだ。一つは、帽子の主、くろちゃんが轢《ひ》かれたんだなということ。もう一つは、これで明日の宿題の点検が疎《おろそ》かになるかもしれないという、不謹慎な期待。

騒ぎの中、なぜ僕がもう一度帽子の持ち主の死を確かめに出ていかなかったのかはよくわからない。恐れや悲しさといった感情のゆえに、家から出ることを躊躇《ためら》ったわけではなかった。あの時の僕の心は不思議なくらいに真っ白だったように思う。

そして、僕を刺激することを懼《おそ》れたのか、両親ともその事故について、何も語ってくれようとはしなかった。

やがて僕は、轢かれたのがくろちゃんの兄の直悟《なおご》さんであったこと、荷台に乗っていたくろちゃんは自転車が倒れたのとは反対側の小川に落ちて無事だったこと、直悟さんは自分の太股《ふともも》を押し潰したダンプで病院へ運ばれる途中に助手席で息絶えたこと、すぐに路面の血の海をホースで洗い流したのがうちの父であったこと、現場検証ができないとわざわざ警官が文句を言いに家まで来たこと、この暑い盛りにあの血を放っておかねばならない家族の身にもなってみろと父が怒ったこと、などを断片的に知ることになるのだが、それらの情報がいつどのようにもたらされたのかは、これもまた記憶にない。

その次に僕が覚えているのは、直悟さんの葬儀の最中、日頃から仲の良かった友人たちと一緒に遊んだことだ。黒川家とは道を挟んで向かい合う家の、ゼニゴケの一面に生い繁った薄暗い中庭で、僕たちはくろちゃん一家の悲しみには触れようとせず、何の屈託もなく子供らしい下らぬ遊びに興じていた。

その事故が田舎の人々にいかに大きな衝撃を与えたかは、事故の後、狭い村の中を抜ける道に代わって、木根川沿いの田圃《たんぼ》を切り開いて走るバイパスが即座に造られたことにも窺《うかが》える。木根川上流で採石するダンプカーは旧道の通行を禁じられ、全てその新道を通ることを義務づけられた。

お陰でその後子供たちが交通事故の犠牲になることは免れたが、しかし、過疎化の波は確実にこの村から子供や若者らを奪っていった。そして、僕の一家も村の疲弊を助長するかのように、翌年の春、大阪へ出てきたのだった。

4

蟬の声が止んだ。

くろちゃんの家の前に立つ柿の古木には、まだ青く渋そうな実がいくつもぶら下がっている。鴉《からす》にでもつつき落とされたのか、熟すにはまだ間があるものの既にオレンジに色付いた果肉を割れ目から覗《のぞ》かせて、拳大《こぶし》の実が一つ二つ足下に転がっていた。ギザギザの口をぱっくりと開いて潰れている充実した樹果にふと何か忌まわしい傷口を想像して、僕は微《かす》かに肌を粟立《あわだ》たせた。

秋、熟した柿の実を穫らずに放っておくとタンコロリンという妖怪《ようかい》になるという。袂《たもと》から柿をポロリポロリ落としながら歩く大入道だそうだ。

これが、自然の恵みをぬかりなく収穫するよう子々孫々に伝えるためのレトリカルな戒めなのかどうかは知らないが、くろちゃんの家はそんな大入道が物影にでも潜んでいそうなくらい、みごとに寂れていた。

が、十年近く故郷を離れていた僕の眼にそう映っただけで、実はこの風景は昔のままなのかもしれないと改めて思い返した。歳月というやつは、ものの大小の感覚だけでなく新旧や明暗の感覚までも狂わせてしまうものなのだ。その証拠に、軒の下の煤《すす》けた壁には、差し渡しが大人の手の指を広げたほどもある足長蜘蛛《ぐも》が昔のままにへばりついていたからだ。あの頃生きているのか死んでいるのか不思議に思って眺めた、あの巨大な八本足の茶色い捕食虫は、僕が故郷で過ごしていた頃から既に死んでいたということを、今頃になってようやく知ったのであった。つまりは何も変わってはいないのだ。

そして、その屋敷の向こうには、かつて僕の一家が過ごした、これも寂れた家屋が垣根を接して、昔の姿のまま地面にへばりついているのが見えた。

立て付けの悪い表のガラス戸をガタガタと持ち上げるようにして、僕は薄暗い屋内にヘルメットの内部でさんざん蒸らされ続けてきた頭を突っ込んだ。

「くろちゃん、おる?」

長らく使っていなかった故郷の言葉が自然に口をついて出た。

「くーろちゃーん、久《ひさ》しやけんど……」

しかし、奥には人の気配はなかった。昔ながらの簀《す》の子を敷いた土間が足下から続き、その向こうに明かりを投げ掛けている裏口の閉ざされたままのガラス戸が、黒々と広がる陰鬱《いんうつ》な空間を通して窺える。

今日は八月三日。台風シーズン前のお盆明けには刈り入れを終えるこの辺りでは、農繁期の忙しい時期である。くろちゃんや家人も恐らく田圃へ出ているのだろう。

戸に鍵《かぎ》が掛かっていないのは、不思議ではない。この地方ではそれが常識だ。人心の素直であった古い時代を過ぎて、今は泥棒にすらこの過疎地は相手にされないのである。

最前ガタピシやったことで、開け閉《た》てにコツを要する表戸も昔と変わりがないことを、僕の身体は思い出していた。開けた時よりスムーズに、とはいえ充分苦労しながら、僕はきっちりと閉まりきらない戸を戸枠に押し付けるようにして閉めた。

鉄錆《てつさび》のにおいを嗅《か》いだように思ったのはその瞬間である。それも微かなものなどではない、顔を顰《しか》めるほどの濃度の濃いやつだ。

暗い室内に何かが動いたように見えた。白黒二つの軟体動物が絡み合う様を、右手の座敷に見たように思ったのは、錯覚だったろうか。

不意に、項《うなじ》から頭の奥深くへ向かって鋭角に氷を差し込まれたような痺《しび》れが襲う。目の前を黒い紗《しゃ》のカーテンが覆った。その布の揺らめきを赤い糸状のものが這《は》い昇っていく。それは紅《くれない》の煙のようにも見えたが、無数の糸ミミズの連なりのようにも見えた。

血……？　ぐらりと身体が傾いた。

倒れる——。

そう思った時、前額部がガラス戸の桟に当たり、パンッと弾《はじ》けるような音と共に、遠退《とおの》きかけた意識が急速に戻ってきた。

僕の頭を最初に過ったのは、先ほどまでほぼ正方形に区切られて枠内に行儀良く収まっていたガラスの幾枚かを、無数の鋭角を持った危険な断片に変えてしまったのではないかという心配であった。が、ガラス戸は何事もなかったかのように平然と内部の暗さを映しているだけだった。

においはいつの間にか消えていた。頭の痺れも、においがどこかへ連れ去ったかのように、痕跡《こんせき》すら留《とど》めていなかった。来る前に直悟さんの事故のことなど考えていたから、ふと血のにおいを嗅いだような錯覚に陥り、幻覚を見たのかもしれない。

知らぬ土地ではない。僕は喉《のど》を潤そうと、もう一度バイクに跨《また》がった。

テンヤは相変わらずそこにあった。おばさん、というよりもうお婆さんの年齢に達しているはずの女主人が奥から出てきた。

「こんにちは」

テンヤとは「店屋」とでも書くのかと勝手に想像していたのだが、もしかするとこの辺りではまだよく使われている屋号であるのかもしれない。僕が生まれるずっと以前からそこにあったその雑貨屋で、僕たちは駄菓子や果物やアイスクリームや鋸付《のこぎりつ》きの肥後守《ひごのかみ》や、その他様々な遊びの必需品を調達したものだった。

もはやゴムも朽ちたかと思われる水中メガネが、水にたなびく昆布の群と見紛《みまが》う真っ黒の蠅取り紙と共に、天井からぶら下がっている。

「あら、あらあら、ひさくんかね？」

故郷を出てから数年の間毎夏繰り返されたこの反応を、十年近い歳月を隔てた今日もこの老女は忘れずに繰り返してみせた。そして、僕も頷《うなず》きながら、同じくその都度繰り返してきた、少年っぽいはにかみ笑いを返したのであった。

僕は代金と引き替えに缶コーラを受け取り、店の前に置かれた縁台に腰を下ろした。長時間のバイクの振動がまだ細かく手足を痺れさせ、改めて疲れを意識させた。

「いつ来たんぞね？」

奥の暗がりから発せられる、これも毎度お馴染《なじ》みの問いに、今着いたばかりであることを告げた。この老女は、もはやこの地に帰るべき家を持たぬ僕をどう見ているのだろう、と思いながら。

ここから歩いて十五分とかからぬ距離にあるかつての実家――それは昔と全く同じ横顔を見せて、くろちゃんの家と垣根を接して畏《かしこ》まっていたのだが――は、今は僕の見知らぬ郵便局員の一家が住んでいると聞いた。この老女は深い事情はわからぬながらも、僕が足を休める家を持たないことは、もちろん知っていることだろう。しかし、それに関しては何も触れようとはしなかった。それが思いやりによるものか、また、ど忘れの類《たぐい》に起因するものなのか、あるいは、単なる無関心によるものなのかは判断がつきかねた。

ともあれ、くろちゃんがもし不在であるならば、僕には行き場がなくなったということ以外には、この村は十年でも二十年でも何も変わることがないのだと僕は知った。

「黒川の充ちゃんのとこに泊めてもらうことになっちょるんやけんど、今誰っちゃあおらんみたいなんよ」

聞かれもせぬのにそう口走っていたのは、おばちゃんの胸に動いたかもしれぬ疑念――どこに泊まるつもりかという――を取り敢《あ》えず払拭《ふっしょく》しておきたいという無意識のなせる業だったのかもしれない。

「ほうゆうたら、昨日から見んね」

留守かもしれないという不安を刺激の強い液体で流し込みながら、僕はシャツの袖《そで》で汗を拭《ぬぐ》った。

「単車は恐いぞね、気イつけんと」

僕はコーラを含んだまま素直に頷く。

「木根ももう事故が起こるばあの人もおらんなったがね」

確かに過疎化の波は、小学校の靴箱よろしく並んだ、この店の細々《こまごま》とした駄菓子や玩具の棚を直撃していた。テレビの画面を飾るきらびやかなスナック菓子の類はほとんど見あたらず、いつから置かれているのかわからぬ埃《ほこり》だらけの代物が、蜘蛛の巣の奥深くに位牌《いはい》のように鎮座しているのだった。

「ひさくんも覚えちょるやろ、ちうねちゃんの事故が最初で最後の大事故やったわね」

頭の中を巡っていた血が、スーッと音を立てて頸から下へ一気に流れ落ちていった。その後に混乱がやってきた。

ちうねちゃんの事故……。

汗の乾きかけた額に、再び粘い脂汗が浮いてくるのが自分でもわかった。その時の僕の顔は恐らく、大学一年時に単位を落とした一般教養の経済学の解答用紙のように、見事な白さであったに違いない。

先ほどの幻覚といい、相当疲れているようだと、自分で納得させた。

ポーカーフェイスでは人後に落ちないことを誇りにしている僕が、これほど動揺で心臓を躍らせてしまうその理由が自分で理解できなかった。いや、心臓は躍っているのではなく、止まり掛けているのかもしれなかった。身体は意思を裏切ってコントロールを失いかけていた。

後にも先にも唯一の、村一番の交通事故で亡くなったのは、くろちゃんの兄の直悟さんじゃなかったのか？

ちうねというのは「千有年」という字を当てる、くろちゃんのお姉さんだ。そうだ、くろちゃんにはお姉さんがいた。

ダンプに轢《ひ》かれたのはそのお姉さんだと言うのか？

いや、おばちゃん、惚《ぼ》けているのだ——そう思い込むことで僕は何とか平常心を取り戻そうとした。

ドクドクとやけに存在感を誇示し続けている肺に挟まれた小さな臓器は、缶の中の液体をあと二口三口喉に流し込んでやれば落ち着くはずだ。僕は危うく握りつぶしそうになっていたアルミ缶の口を傾けた。

思った以上の量が溢《あふ》れ出て、飲み慣れない子供のように噎《む》せるのはどうにか免れたものの、胸元はべとつく液体に濡《ぬ》れた。

ごくりと無理矢理飲み下した炭酸飲料は、しかし、心臓を落ち着かせるためには役に立たず、吐き気を誘っただけであった。

「うっ」

慌てて立ち上がり、道路を隔てた小川に走って、僕は今喉を下っていったばかりの褐色の液体を吐き出した。

「ごめん、おばちゃん、ちっとここで休まして」

縁台に倒れるように座り込んだ途端、上半身はもう真っ直ぐ立っていることに耐えきれなかった。心配そうに覗《のぞ》き込んで、おばちゃんは軒の巻き上げ式のビニール覆いを深く下ろして、日影を作ってくれる。

「内へ入らんかね」

「いや、ここでちっと横になっちょったら治るき」

たまにこういうことがあるのだと、僕はささやかな嘘をついた。実を言えば、普段は貧血や幻覚やといったデリカシーからはかけ離れた場所にいると自負しているのであるが、馴染みのない家の座敷に上がるより、こうしている方がよほど気が楽なのであった。

「千有年ちゃんやったが？　ダンプに轢かれたん？」

老女の勘違いを質《ただ》すのに、そんな言い方以上に相応《ふさわ》しいやり方は、残念ながら思い浮かばなかった。返す返すも無念であったのは、朽ちた縁台の隙間を出入りする蟻の群を日の前にした状態で、それを言わねばならなかったことである。勘違いを翻させるだけの力強い語調を吐けるはずもなかった。

「ほうよ。きれいな子じゃったに」

何の躊躇《ためら》いもない肯定に、僕は攻め方を変えるべきだと悟った。これが勘違いだとするとかなり手強《てごわ》そうだ。しかし、勘違いでないとすると……。

団扇《うちわ》がぱたぱたと僕に風を送ってくれていることに気付いたのは、そんな逡巡《しゅんじゅん》の最中であった。恐縮しながら、もうえいえい、とこの地の方言で断って、上半身をどうにかあるべき位置にまで引き起こした。

さあ、哀れむべき老女の錯誤を糺《ただ》してやろう。

「直悟さんはどしたんやったぞね？」

「だア」

老女の発したこの地方独特の合いの手に、僕の心は僅《わず》かに和んだ。ここでは皆が、だア、だア、と、どこかのプロレスラーの雄叫《おたけ》びを短く小さくしたような合いの手を、話の合間合間に素早く挟むのだ。

が、それに続く言葉は、立ち直り掛けた僕の心を完全に混乱に陥れた。

「あの子もそれっきりよ。千有年ちゃんの死んだ、ほの年に行方不明になってしもうて。あんたも覚えちょるろう？　ちょうど事故の年やったがね、おらんなったんは」

勘違いしていたのは……もしかすると僕の方だったというのだろうか？

そうだ、確かに直悟さんは行方不明になった……。

神隠しじゃの何じゃの言うてえらい騒いだ、とまだ言い募る老女の言葉は、もはや僕の耳には入ってこなかった。

その後くろちゃんの家の玄関に再び辿《たど》り着くまでの経緯《なりゆき》は、僕の頭から全く消し飛んでいた。バイクならエンジンを掛けて三分とはかからない距離である。たとえ朦朧《もうろう》としたまま鉄の馬を押して帰ったとしても、変事が起こるような道程《みちのり》ではない。当然、僕は無事黒川家のガラス戸の前まで再び辿り着いたのだったが、果たしてバイクを押して帰ったのか乗って帰ったのかさえ記憶にないほど――ということは、どうやって店先の縁台から立ち上がり、どんな風におばちゃんに別れを告げたのかも覚えていないほど、激しく動揺していたのであった。

僕の記憶は二つの事件、つまり、くろちゃんの兄の失踪《しっそう》とその後に起こったくろちゃんの姉の交通事故とをごちゃまぜにし、父母の呟《つぶや》いた不幸な一家というレッテルの中身を過小に見積もっていたのだ。

それはともかく、これほど長らくの間、さほど多いとは思えぬ脳味噌《のうみそ》の皺《しわ》の隙間に潜り込みショートしていた記憶が、一気呵成《かせい》にその悲劇的な相貌《そうぼう》を露《あらわ》にするのだから、数年の歳月は随分と僕を大人にしたものだ。

恐らく子供というものは、別々に起こった様々な事象をそれと知らず一緒くたにして平然としているものなのだ。今までの僕がそのいい見本である。そしてこれもまた、そうした脳の回路のショートに起因しているのだと思うのだが、なぜだか、いつも僕はくろちゃんの家が怖かった。

怖いと思ったのがいつ頃からなのかは、幼い記憶の常で、判然としない。くろちゃんの兄、いや、姉の千有年さんの死の後からだったのか、あるいはそれ以前からだったのか……。ともかく、見知った者の死は物心ついた年頃の子供にとってかなり大きな衝撃で、身近な他人の不慮の死が、さまよう魂や亡霊に結びつけられたのは事実であった。つまり、あの頃の僕は、くろちゃんの家のそこここに蟠る《わだかま》闇《くらがり》に千有年さんの亡霊が立っていそうな気がして、その屋敷内で一人になることに異様に過敏になっていたのだった。

いや、僕が怯《おび》えていたのは直悟さんの影だったろうか……。

いつの頃からかわからないが、記憶は間違いなくどこかの時点で二つの事件を一つにまとめ上げてしまっていた。

自分の頭の出来がさして優等でないことは重々承知しているが、この馬鹿げた勘違いはそんな脳味噌にだけ罪を押し付けてよしとすべき類《たぐい》のものではないような気もするのである。くろちゃんの家を覆う何やら不吉な翳《かげ》りを、子供心に感じ取っていたというほかないように思うのだ。

僕は浅く小さな息を吐き、汗にぬめる額をガラスに押し当てた。その時、誰もいないと思っていた家の内部に人影が動いた。

5

こいつはレムニッセンスだと、僕はジメッとした肌触りの黴《かび》臭い蒲団《ふとん》の中で考えた。一体この日本で何人の人間が最後まで読み通したかと、よく疑問をもって語られる、かのマルセル・プルーストの評判高い『失われた時を求めて』に出てくる言葉である。もちろん自慢にならないが、僕も読んではいない。それは、高い天井の大学図書館の電灯の下、何かの折に開いたエッセイの中に「無意志的記憶」という堅苦しい訳語として登場してきたのであった。いつか恰好《かっこう》良く使おうと思い、使う機会のないまま頭の中にしまっておかれたその言葉を、僕は誰にも知られることなく、薄汚れた夜具にくるまって思い出したのである。僕は今日一日で、僕の「失われた時」を幾つか取り戻したのであった。

家人は皆出払っていると、くろちゃんは言った。しばらく帰らないからゆっくりくつろいでくれと、押入れに恐らく長い間入れっぱなしになっていたであろう蒲団を引っぱり出して延べてくれた。

家の中には、終始生ゴミの饐《す》えたようなにおいや汲《く》み取り式の便所に源を発する糞尿《ふんにょう》の臭気に混じって、生臭い何かのにおいが漂っている。朽ちた田舎屋の発する臭気なのかもしれなかった。

今また風向き故か、少し強まったそのにおいに鼻をひくつかせながら、僕は昼間の思いがけぬ勘違いを、気取ったプルーストの言葉で反芻《はんすう》していたのである。

この家は、もう充分大人になったはずの僕にとっても、やはり未《いま》だに怖かった。昔のように、死人が物影に立っているなどと具体的にその怖さの由来を思い描くことはなかったが、部屋の片隅の暗がりが、あるいは歪《ひず》んで閉まりきらない障子や襖《ふすま》の隙間から覗くか細い闇が、いちいち恐怖心を煽《あお》った。

確かに、この家は澱《よど》んだ冷気が擦り切れた畳の目から滲《にじ》み出てきているかのように、重く沈んだ空気を漲《みなぎ》らせ、都会の夏からは想像できないヒヤリとした肌触りを部屋部屋に湛《たた》えている。

くろちゃんは僕の怯える心の内を見透かすような目線を投げ掛け、部屋を出ていった。眉《まゆ》の奥から見上げるようなその表情に、僕はあの頃の直悟さんを重ねて見ていた。

人は思い出さなくてもよい時に、思い出さなければ良かったと思うことを思い出すものである。僕はまた一つ、死の記憶を手繰り寄せていた。十年前の冬の、くろちゃんの父の死にまつわる記憶である。

救急車のサイレンが近付いてきても、まさかそれの厄介になるのが我が家の知り合いであるとは、父も母も思ってもみなかったことだろう。

猛スピードで回転していたタイヤが急速に速度を下げようとするスキール音も、そのしばらく後に訪れる空気を切り裂くけたたましいサイレンも、家の前を通る一号線と名付けられた四車線の国道では、毎週末繰り返される暴走族の爆音以上に珍しいものではなかった。従って、また事故かと頭を窓から突きだして寒風に晒《さら》しこそすれ、冬の寒い夜にわざわざ現場まで赴いて見ようとは、家族の誰も考えなかったわけだ。

ところが、こちらの知り合いらしいので、と救急隊員から連絡を受け、白塗りに赤いラインのワゴン車の中で父が対面した血塗《ちまみ》れの男は、大阪へ職を探しにきて、その夜訪ねてくることになっていたくろちゃんのお父さんであったのだ。

少し先で立体交差になっている国道の下を潜り、家の前までタクシーで乗り付ければ何事もなかったはずなのに、わざわざ広い車線の反対側で車を捨てて歩いて渡ろうとしたのは、田舎の人の素朴さであったのだろうか。あるいは、既に泥酔状態であったというから、単に酔った勢いの無謀さ故であったのだろうか。

その少しばかり不可解な事故は、跡継ぎの問題や嫁姑《しゅうとめ》の折り合いの悪さなど、悩みの尽きなかった身辺を儚《はかな》んで、疾走する車の群に身を投げたという憶測を、その後の父母の話題として提供することとなった。

病院で付き添った父は、翌日疲れた顔をぶら下げて戻ってくると、恐ろしいことを話した。くろちゃんのお祖父さんが病院まで逢《あ》いに来たというのだった。

意識不明の重体と医者は言ったそうだが、くろちゃんのお父さんは実際にはピクリとも身動きすることなくただ横たわっていたわけではなく、さも苦しげな呻吟《しんぎん》を嚙《か》み締めた奥歯の間から絞り出し、ありったけの力を振るってのたうち回っていたという。それでも、医者は処置をせねばならぬ。付き添った父と看護師とで注射や点滴のために腕を押さえようとするのだが、平生農業に従事し、今まさに死に瀕《ひん》した人間の恐るべき力は、両側の腕を抱えた二人の人間を軽々と持ち上げて見せたのだそうだ。数時間の間に何度か同じ光景が繰り返されて、やがて父が腕を取るのとは反対の片側がピタリと動かなくなった。医者は左半身が麻痺《まひ》していると言ったそうだが、父の眼には、ベッドの向こう側で息子の身体を押さえつける、くろちゃんのお祖父さんの姿がはっきりと見えたというのである。

言うまでもなく、お祖父さんはもう遥《はる》か以前にこの世の人ではなくなっていた。父はその時、これは助からぬ命なのだと悟ったのであった。

事故か自殺か明かさぬまま、結局四日間病院のベッドで苦しみ続けて、くろちゃんのお父さんは死んでいった。

暗がりの中で不意に浮上して、ただでさえ不安な心を更に脅かしたその記憶をしばらく脳裡《のうり》にまさぐった後、僕は立ち上がって先ず頭上にぶら下がる蛍光灯を点《つ》け、次に隣の間《ま》の蛍光灯の紐《ひも》を探って廊下に出た。気を利かしてくれたのか、階段の上の裸電球はぼんやりと灯《とも》されたままになっていた。

それにしても、この家には闇が多すぎる。

しかも臭い……。

漬物の糠床《ぬかどこ》だろうか？　それとも腐敗臭？　いや、かつて、手が出たり、色つきの紙が出たり、はたまた声が呼ばわったりと、様々な怪談の温床であった、かの汲み取り式というやつが、その最も大きな源に違いない。だから昔の厠《かわや》は母屋から遠く離れて建てられていたのだろうが、このような古家では、もはやにおいは柱の木目の一本一本、障子の桟の一つ一つに染みついているのだ。

今から足を運ぶその場所のにおいと暗さを思うと、僕は暗澹《あんたん》たる気持ちになった。それにそこに至る道程は、馴染《なじ》みの薄い闇の中を手探りで赴く者にとっては、決して短い距離ではない。階段を下り、土間に敷かれた簀《す》の子を渡り、台所を越え居間を越え、渡り廊下を伝ってようやく目的地に辿《たど》り着くのだ。

わざわざ二階に床をとってくれたくろちゃんを、僕は少しばかり恨めしく思った。階段の上に電球が灯っているとはいうものの、そこから見下ろす階下はまるで地獄の暗《あん》渠《きょ》でもあるかのように、果てしもなく深い底へと続いているように思えた。一段目に踏み出す足は、情けなくも震えていた。

それゆえ、何事もなく膀胱《ぼうこう》に溜まっていたものを出し果《おお》せたことが何とも不思議に感じられ、帰りこそはただでは済まされまいと、振り返る勇気もないまま、不意に肩を叩《たた》かれた時の心構えを臍《へそ》の下辺りに言い聞かせて、恐る恐る足を運んだのであった。

階段を昇り切った時、眼の端で何かが動いたように思った。ギクリと足を止め眼を凝らす。反対側の突き当たりは納戸になっている。点けっぱなしにして出た部屋の蛍光灯の明かりで、その板戸が照らし出されていた。

気のせいだ。何もいはしない。

意を決して、相変わらず小刻みに戦慄《わなな》く一歩を踏み出した。

その瞬間——。

パシッ。

遠くで、湿ったような、しかし、鋭く心臓に突き刺さるような音がして、灯っていた二階の明かりが全て落ちた。

こんな時、人は張り裂けんばかりに口を開け、ありったけの大声で叫び声を迸《ほとばし》らせるのだと思っていたのだが、そして、今までに見たホラー映画は大抵そうだったのだが、その時の僕は悲鳴を上げはしなかった。声を出すどころか、猛然と闇を吸い込んでいたのである。誰でも驚いた時にハッと身を引いた経験はあるだろう。それのもっと大仰なやつがその時の反応だと思ってもらえばいい。

ラップ音だ！

幼い頃からオカルト漫画に毒されてきた青年が、即座にあの音の原因をそこへ落ち着かせたとしても不思議はあるまい。

が、慌てふためいて階下へ転げ落ちるには、やや年を取りすぎていた僕としては、別の可能性を考えて何とか恐怖心を追い払わねばならなかった。

音と共に訪れる暗闇。

これは冷静に考えれば、決して初めての経験ではない。

そうだ。冬の一日の一家団欒《だんらん》、ホットカーペットの上に置かれた炬燵《こたつ》に足を潜り込ませ、電気を煌々《こうこう》と点けてテレビを見ながら、ホットプレートで焼き肉をしている時に、我が家はよくその状況に直面するではないか。

ブレーカーが落ちたのだ！

ハハッ。

僕は無理して干涸《ひから》びた笑い声を上げてみた。

ひとまず胸を撫《な》で下ろし、そこでようやく、下ろそうとした右足が未《いま》だ爪先《つまさき》立ったままであることに気付いた。そして、それに気付いたからといって、暗闇が明るくなるわけではないことにも。

このまま階下へ引き返すか、あるいは、なけなしの勇気を振り絞って、与えられた暗闇を朝の光が駆逐してくれるまでまんじりともせず過ごすか……。

結局、僕は後者を選んだ。ウグイス張り、と、くろちゃんは洒落《しゃれ》たが、いかにも古家相応のギシギシ音を奏でる廊下を辿って、真っ暗闇のおまけまで付いた湿って黴《かび》臭い夜具に、渋々潜り込んだのだった。

コソッとの音にも全身の肌がヒリヒリするほどに耳をそばだてて、一晩中眼をランランと輝かせていたことは言うまでもない。ようやく眠りについたのは、どこかの農家の裏庭辺りで、一番鶏が高々と鬨《とき》の声を上げてからであった。

6

「南洋町史」という町役場発行の小冊子に、南海地震の時の津波や室戸《むろと》台風の際の洪水の話が載っている。高知県南洋町大字木根丙一〇〇〇番辺り——つまり、人手に渡った元畝山家やくろちゃんの家を含む、「中村」と称される地域は、海からかなり離れているため家が流されるほどの被害はなかったものの、水が引いた後の近くの田圃《たんぼ》では、海の魚と川の魚が入り乱れて跳ね回っていたという。

本来、淡水魚も海水魚もそれぞれ独自の体液浸透圧とイオン組成を持っており、双方共に異なる環境の液体中に入れられると浸透圧調節ができずに死んでしまう。しかし、こうした状況下でも生き延びることができる魚たちもいる。汽水域に棲息《せいそく》するボラやスズキなどの広塩性魚類や、海と川を行き来する鮭などの通し回遊魚である。

もちろん、遠く赤道近辺に産卵場を持つと推測される鰻《うなぎ》も、淡水から海水へ、あるいは海水から淡水へ移されると、鰓《えら》や腎臓その他の内臓を通して盛んに浸透圧調整を行い、数時間で異なる環境水に順応する。これが塩水と淡水の入り交じる田畑で、その黒いからだをくねらせていたとて不思議はない。

虚空蔵菩薩《ぼさつ》信仰と鰻の関係はここに起源を持つ。

一般に虚空蔵経と略称される「仏説如意満願虚空蔵菩薩陀羅尼経」には、虚空蔵菩薩が天変地異に際して諸国を巡り歩き、他のどの仏よりも深く慈悲を垂れ難を救うことが説かれている。

水害の後台無しになった農作物の間で蠢《うごめ》く鰻を、虚空蔵菩薩の化身だと畏懼《いく》し祀《まつ》ることは、素朴な人間感情として充分ありえよう。伝説において鰻が僧形で命乞《ご》いに現れるのも、かつて往来を行き来した様々な遊行僧《ゆぎようそう》と虚空蔵菩薩が重ねられ、鰻の擬人化が図られたのに違いあるまい。

寅《とら》年丑《うし》年の者が鰻を食べないのは、虚空蔵菩薩がその年生まれの守り本尊だとされるからであり、このタブーは日本各地にあるというが、文献を当たった範囲では、四国だと室戸岬近辺にしか見られないものであった。

この生まれ年に関する禁忌を、僕は鰻を拒んだ理由としてあげたのだが、問題はそのタブーをどのように手に入れたのか、ということだ。因《ちな》みに、今頃は大阪で借金返済に四苦八苦しているはずの中年男女は、そんな言い伝えは知らぬということだったし、僕がよく昔話を強請《ねだ》ったあの懐かしい祖父も恐らく知らないはずだと、この二人は証言したのである。

このタブーがいずこからもたらされたかを調べることは、八木助教授の言う「恐怖症と民俗学的タブーとの関係」を明らかにすることに繋《つな》がるのかもしれない。

黒川家の台所は、かつては土間であったと記憶している。しかし、今は床板が敷き詰められ、表座敷より一段低い板の間となっていて、具体的にどこに竈《かまど》がありどこに重い石の流しがあったのか、思い浮かべることができない。夕闇の中で徐々にものの文目《あやめ》も不分明になったその辺りに目線を彷徨《さまよ》わせながら、僕は可能な限りのさりげなさを装って切り出した。

「二階は便所にしても何かと不便やき、階下で寝させてもらえん？」

「いや、下は散らかっちょる。母さんの部屋もそのままになっちょるし、祖母ちゃんの部屋も……」

「ここでえいよ、便所にも近いし」

「こんなとこ、お客さんの寝る所やないで」

僕は自分の黒川家での地位があやふやなことを――つまり、客としてもてなされているのか、家族同様好き勝手に振る舞うよう求められているのか、少しばかり気を揉《も》んでいたのだが、やはりそれなりの年輪を重ねた若者はいくら仲が良かったとはいえ、既にお客さんの部類に編入されているのだということを理解した。

「お客じゃの言うて気イ遣われたらおりづらいが。軒下ででも寝さしてもらうつもりで来たがやき」

「気イら遣いよらん。自分の家じゃと思うておってくれたらえいがやき」

「ほいたら、僕は下の方が気が楽なが。便所も近いし」

「えらい便所へ行くがじゃね」くろちゃんは笑った。

「……えいわ。ほいたらその」顎《あご》の先が、階下を二つに区切っている昔ながらの土間の向こう座敷を指した。「表の間で寝え」

しかし、その実、夜の黒川家が相変わらず薄気味悪いのは、敷かれた蒲団《ふとん》の高度を二メートルほど下げたくらいでは変わりはしなかった。

僕は陰気さが恐怖に変わる前に、三分の一は距離が短縮された便所でしっかり放出しておいた。さすがに睡眠不足が重なった今夜は、ぐっすり眠れることだろうと無理矢理言い聞かせるようにして、黴臭い夜具に潜り込む。

が、寝不足が必ずしも強力な睡眠薬になるわけではないことを、この夜知った。からからと音を立てて、羽に埃《ほこり》を纏《まと》いつかせた扇風機が送って寄越す風に当たりながら、僕は蒸し暑さと肌寒さを同時に感じていた。

遠い昔猛獣に追われ藪《やぶ》の影や狭い穴蔵へ潜り込んだ先祖たちの記憶の名残か、人は恐怖に曝されると外気温に関わりなく身体を何かで覆いたくなるものなのだ。掛け蒲団を纏っては暑さに耐えきれず横にずらし、しんしんといずこからともなく湧いて出る、得体の知れぬ不気味な気配に怯《おび》えてはまた蒲団を被《かぶ》ることを繰り返して、昨夜と同様障子の外が白々と明けてくるのをまんじりともせず待ち侘《わ》びたのだった。

ふと気が付くと台所の方でカタカタと音がしていた。くろちゃんが朝食の準備を始めたとみえる。

今日は海女谷《あまだに》を調査する予定だ。悠長に朝食を摂《と》っている暇はない。そのために昨日テンヤでパンを仕入れてきた。あんな店にも一応卸業者はきちんと来るらしく、表示が賞味期限内に収まっていることも確認済みだ。

木根川の源流近くにある海女谷まで、地図上の直線距離にして約二十五キロ。道は細く曲がりくねっているから、実質はその倍以上の距離になろう。しかも、目的地に至るかなり手前で川沿いの心細い線は途切れていた。どこかでバイクを棄てて歩かねばならないのだ。地図を信用するなら徒歩およそ三、四キロといったところ。平坦《へいたん》な道なら一時間ほどで歩けるが、ほとんど人の通わぬ山中のこと、時間の計算は立たない。それゆえ、できるだけ早く出発するに越したことはないのだ。

「くろちゃん」僕は簀《す》の子を渡り、台所を覗《のぞ》き込んだ。

人のいた気配はなかった。

「くろちゃん、おらんが？」

どこからも反応はなく、奇妙な静けさが辺りを支配していた。

何だったんだ、さっきの音は？

背筋がスーッと寒くなった。

派手な音を立てて、不意に裏口の戸が開いた。そこに立っていたのは、失踪《しっそう》したはずの直悟さんだった。僕は呼吸を忘れた。

「早いな」

直悟さんの顔をしたくろちゃんが、手に野菜を抱えてのっそりと入ってきた。あの頃の直悟さんの年齢をくろちゃんは既に幾つか超しているという事実を、不意に思い知った。

僕はどうかしているようだ。兄弟が似ているのは当たり前だ。心臓が縮み上がるほど怯えるような現象では、決してない。

植物たちの最も繁殖力の旺盛なこの季節に、ちっぽけな十徳ナイフはバイク用のグラブを塡《は》めた手で間に合う以上の用も足せなかった。

ようやく辿《たど》り着いて、木に背中をもたせかけた時、ぽとりと黒いものが幾つか地面に落ちてきた。カブトムシだった。こいつらは危険が迫ると、無造作に枝から落下してみせる習性がある。こそこそと落ち葉の下に潜り込むそいつらを見ながら、僕は木の根本でパンを齧《かじ》った。

カブトムシか……。

別に驚くことではない。カブトムシなどどこにでもいる。

僕は大仰に頭を振って立ち上がり、服を脱ぎ捨てた。

たっぷりと汗を掻《か》いた肌に、木根川源流の無垢《むく》な水はさぞ心地よかろうと思ったのだが、あちこちにできた引っ掻き傷に冷水の染み込む痛さの方が勝った。

鉈《なた》でも借りてくるべきだったのだ……肌を切るような冷たい水に身体を浸しながら、僕は仰向けに浮かんでぼんやりと考えた。

いやいや、呑気《のんき》に水浴びなどしている場合ではない。帰る時間を考えれば、今すぐ引き返すべきなのだ。

しかし、冷水に洗われる傷の痛みは徐々に鈍痛になり、やがて心地よい愛撫《あいぶ》に変わった。睡眠不足が手を貸したのだろう、自然と瞼《まぶた》が下りてきた。

どのくらいそうしていたろうか……。

ザワザワザワ。

ふと目を開けると周りの水が真っ黒に変じ、波打っていた。身体にまとわりつく異様な気配に、僕は思わずガブリと水を飲んで噎《む》せ返った。

騒ぎの正体は鰻《うなぎ》の群であった。泡立つようにからだを擦《こす》り合い捩《ねじ》り合って蠢《うごめ》いていた。

鳩尾《みぞおち》の辺りが氷を呑《の》んだように冷たくなった。爪先《つまさき》に向かって、全身の血が一斉に駆け下りていくような気がした。呼吸をしているのかどうかすら意識できないほど全身を強張《こわば》らせ、僕は青黒い水の中で一人立ち竦《すく》んでいた。

身体の周りを満たす液体の冷たさと相俟《あいま》って、悪寒は下半身にまで滑り降りてくる。心臓麻痺《まひ》とは、このような形で人間に訪れる恐怖の、医学的隠喩《いんゆ》なのかもしれない。メドゥーサの目を見た者の恐慌をこんなところで味わおうとは、思いも寄らなかった。

このまま誰にも知られず死んでいくのだと思った時、不意に意識が冴《さ》え、気が付くと鰻の群は消えていた。代わりに一尾の小さな鰻が左右に尾を振りながら水面近くを漂うように泳いでいる。

日頃の恐怖心は冷水の中で麻痺してしまったのだろうか、僕は魅入られたように鰻に手を伸ばしていた。

鰻は誘《いざな》うように水中へと潜っていく。指を伸ばしたほんの僅《わず》か先を、からだをくねらせて捕まえてみろと嘲笑うかのように泳いでいた。水中では光の加減からか、鰻の黒かったからだが白く変わった。腹も背も区別はつかなかった。その白いからだに指が触れたと思った瞬間、するりと擦り抜けてさらに水底目指して潜っていく。

前方に岩穴が黒い口を開いていた。

僕は一旦《いったん》水面に出て胸一杯に酸素を補充すると、もう一度素早く水を蹴《け》って、岩の隙間を目指して悠々と尾を動かしているそいつに向かい、腕を伸ばした。深く暗い穴に白い頭が吸い込まれようとし、僕の指が尾鰭《おびれ》を摘《つま》みかけた。

その瞬間、突然、鰻は反転した。

その何やらいかにも反撃にでも及ぼうというちっぽけな魚類らしからぬ姿勢に、瞬僕は戸惑い、軽い怯えに似た感情さえ抱いた。

白鰻はスーッと音もなく近付き、立ち竦む僕の手首に巻き付いた。白鰻の周りには小さな針鰻《はりまん》――鰻の稚魚をこの地方ではそう呼ぶ――が蠢いていた。その針鰻たちも手首に巻き付く。

これだ！　これこそが鰻という長虫の本性なのだ。何の攻撃力も持たず、防御策すら備えていないふりをしながら、突如身を翻し相手を捉《とら》えようとする。一旦水中に誘ってしまえば、その長いからだをくねらせ寄って集《たか》って相手を貪《むさぼ》り尽くす。僕が長年忌み嫌い続けてきたのは、おそらくそうした鰻の一面なのだ。

怯えが喉元《のどもと》にまで這《は》い上がってくる。僕は叫び声を上げようとし、代わりに水をしたたか吸い込んだ。

藻掻きながら浮上しようとする僕の手首が強く引かれた。酸素を求めて苦しむ肺に気体は一ccも流れ込むことなく、青く冷たい液体だけが胸の臓器を満たしていった。

鰻はますます強く腕に絡みつき、僕の身体はなす術《すべ》もなく深い穴へと引きずられていく。

白鰻は……白鰻などいなかった。

今まで鰻だと思っていたのは、白骨化した白い手首であった。

手首の伸びてきている先、岩穴の奥から晒《さら》したような白い髑髏《どくろ》が覗いていた。

ありったけの絶叫が口から迸《ほとばし》り出た。

全身を絞るような汗に濡《ぬ》らし、僕は黒川家の表の間で目を覚ました。白骨が縋《すが》り付いていたはずの僕の手首は、くろちゃんの浅黒い手に握り締められていた。

7

　鰻を例の爬虫類《はちゅうるい》と混同してマムシと呼び、また神話伝説の類《たぐい》においても蛇と一緒くたに扱う物語などもあるのだが、言うまでもなく鰻は完全な魚類だから、それが溺《おぼ》れるとなると人間が空気中で窒息するようなものである。にもかかわらず、鰻を特徴付けるあの体表のぬめりを拭《ぬぐ》い取り淡水に浸《つ》けると、この魚類は情けないことに、急激に水分が体内に浸入し水膨れの状態になって溺れ死んでしまうのである。

　とすれば、昨夜の夢のような状況に置かれた場合、タオルでも鰻に巻き付けてやればいとも容易に捕らえることができそうに思ってしまうのだが、そこは浅はかな素人考え、そんなものを手に泳ぐより、ヤスの一本でも持って潜ればいいだけの話である。

　ところで、ヤスならぬオコシガネを手に、タオルならぬ鉢巻きを額に巻いて海に潜る人たちがいる。

　海女である。

　室戸の海女らは海に潜る際、必ず着衣や装備品——水中メガネから鉢巻きに至るまであらゆる道具類に、護符を縫い込み、書き入れることを忘れない。これは誘い女と呼ばれる海女の亡霊から身を守るためである。

海中で作業する海女たちがふと気が付くと、誘い女は彼女らと全く同じ姿をして、深く暗い海底で鮑《あわび》を獲っているという。海女は仲間があんなに深く潜っているのだからと安心し、つい限界を超えて深みにはまってしまうのだそうだ。誘い女は時に鮑を差し出したり、メガネの奥で笑って見せたりする。水中で笑い顔がそんなにはっきりと見えるものかと思ってしまうが、相手は人間ではないのだから笑顔にしたって人智を超えているに違いない。さらに、この妖怪《ようかい》は海女を深みに誘えないと知ると、蚊帳か何かのような白い半透明の布状のものを被《かぶ》せてくる。これも、水の抵抗を考えればそんな布切れなど容易に逃れられそうにも思うのだが、そこは妖怪、万事怠りなく人間を海中他界へ送り込む何らかの算段を講じているのだろう。

医学的見地から言えば、この現象は海女が息切れ寸前で浮上する際に、血液中の酸素が不足することにより生じる幻覚の一種だと考えるのが妥当だろう。

ところが、これが必ずしも当事者のみの幻覚で済まない場合もある。船上から海中の様子を見ている同僚までが、これを目撃する場合もあるというのだ。

しかし、それもたとえば大型の魚類やイルカを見間違えたのだと考えることも可能であろう。少なくともジュゴンを人魚と見間違えるほどには、豊かな想像力は要求されないように思うのだが。

蚊帳のような半透明の布というのも理解を拒む代物では決してない。たとえばユウレイクラゲや食用にもなるビゼンクラゲなどは傘の直径が五十センチ以上にも達する。からだの数倍の長さを持つ触手まで入れると、ちょっとした蚊帳くらいにはなりそうだ。肺活量の限界で浮上しようとする海女を包むように、ユウレイクラゲの毒手が延びてきたとしたらどうだろう？　痛みと恐怖でパニックは免れえないように思われる。

僕の推理が正しいとすれば、あちこちに縫い付けた護符など鰐《わに》やペンギンマークのワンポイントほどの効き目も発揮しないと思うのだが、精神安定のためには多少の効用はあるのかもしれない。

ともあれ、夜になるとからっきし意気地のない僕ではあるが、昼間なら冗談めかして、土佐《とさ》の海には魚介類以外にも随分不思議なやつらが棲息しているものだ、と笑い話に紛らしもするのである。

腐敗臭だか便臭だかの入り交じったようなにおいは、相変わらず黒川の屋敷を満たしている。僕は大して高くもない鼻を哀れんで、中庭に面した障子を開け放ち、強い光に白く照らされた庭にぼんやりと目を遣《や》りながら、ふと墓参りを思いついた。

裏口からなら、軽自動車一台がどうにか通行できる畦道《あぜみち》を通って、歩いて十分ほどの小高い山の麓《ふもと》に、親父とその兄弟の名が赤字で刻まれた畝山家先祖代々の墓と、くろちゃんのお父さんやその他の不幸な人たちの名が黒字で彫られた黒川家の墓が、十数個の同じような石の列と数百匹の蚊の群を挟んで並んでいるはずである。

近付いてみた裏口の取っ手は、取り付けられて以来、一度として顧みられたことなどなさそうなほどに酸化が進み、手を触れれば幾つかの鉄の残骸《ざんがい》となって崩れ落ちるのではないかと余計な心配を起こさせた。しかもそいつが辛うじて引っかかっている木製の扉の下部は朽ち果て、百年を経た化け猫も悠々と通り抜けられそうな穴が開いている。

僕は戸に肩を押し当て力を入れてみたのだが、昨日くろちゃんがあれほど勢いよく開け放ったその戸は、意外な手応《てごた》えで開くことを拒んだ。無理に開けようものなら、それこそ扉は蝶番《ちょうつがい》ごと裏の田圃《たんぼ》に吹っ飛びかねない。こいつを派手に開けて見せるとは、くろちゃんも伊達《だて》に長らくこの家で暮らしてはいないな、と妙なところで感心したものの、扉が僕の出入りを嫌っているのはもはや疑いようのない事実であった。

僕は時間にして約七分の遠回りをして、表玄関から出てコンクリートの塀の外を通って家の裏側に回り、僕を拒んだ木戸裏の、雑草に覆われた畦道に立った。

その辺りは、僕の朧気《おぼろげ》な記憶によると、黒川家が所有する田圃のはずである。どこからどこまでがそうなのかはわからないが、くろちゃんのお祖父さんのいた昔に較べると随分と面積は小さくなったということだ。

足下を流れる小川では、幼い頃くろちゃんらと共にザリガニやドジョウを追いかけたものだった。家々の台所から流れ込む排水溝の下には、ご飯粒や細切れになったソーメンが沈んで、その周りでイモリが赤い腹を見せて餌を奪い合っていた。他の子供たちは何とも思わずイモリを玩具にしていたが、僕はと言えば、子供心にもそれを汚いと感じて手を出しかねたものであった。今となって思えば、イモリ自体よりも無様《ぶざま》にふやけた食べ滓《かす》の方を気味悪く感じていたように思う。

しかし、家内に気配のなかったくろちゃんの姿は、そこにも見えなかった。

もちろんここだけが仕事場というわけではあるまい。あるいは農作業以外の用事もあろう。くろちゃんがいないことは、別に不思議ではない。

が、僕は奇妙な違和感をその田圃に感じていた。

遠くに見える田では稲刈り機が稼働していた。微《かす》かにオイルの臭いが風に乗って漂ってくる。

目の前にある黒川家の稲穂も、重そうに頭《こうべ》を垂れていた。最も収穫に適した時季に、それらがどの程度の俯《うつむ》き加減を呈するものなのか僕にはわからないのだが、ちょっとした強風にも首を揃えて討ち死にしそうな黄金色の穂は、もう刈り入れるに充分の実り具合であるように思われた。

違和感の源は、その項垂《うなだ》れた稲穂に混じって空に突き出ている稗《ひえ》の禍々《まがまが》しく赤っぽい穂であった。学校帰りのくろちゃんは田に出た稗をよく引き抜きながら帰ったものだ。強い繁殖力で稲を枯らしてしまうからか、稗は親の敵でもあるかのように嫌われ、そこが道端であろうと田圃であろうと見つけられるやいなや引っこ抜かれたものだったが、それが繁茂している目の前の水田は、余所《よそ》に較べて明らかに手入れが行き届いていない感じなのである。

黒川の家は人手が足りないのだ。僕は罪悪感を感じた。ただでさえ人手不足の農繁期にのうのうと居食いし、昼間はあちらこちらと勝手に走り回っているのである。

結局、墓参りを中止して、今日一日をくろちゃんの手伝いに費やすことに決めた。

くろちゃんはいつの間にやら掻《か》き消すようにいなくなり、いつの間にやら忽然《こつぜん》と現れる。それでこれまで不都合があったわけではないのだが、それが決して好都合なわけでもない。現にこうして手伝いを志願しようという場で摑《つか》まらなくては、せっかくの意気込みも一日分を無駄に浪費することになりかねない。

「くろちゃーん!」

幼児が母親を捜すわけではあるまいし、大声で呼ばわりながら家の周りをうろつくのは馬鹿げていると思うものの、この家の主を捜す方法を、それ以外に僕は知らなかった。仕事用の軽四輪は屋根付きの大きい門の下に止めっぱなしになっているのだから、車での外出でないのなら、声の届く範囲にいる可能性は高いと見越しての判断である。

が、薄暗い屋敷のどこからも何の反応も得られなかった。毎日同じやり方で地上を煎《い》りつける太陽の下、屋敷はひっそりと死んだように静まり返っていた。

僕は何気なく二階に目を遣った。その壁一面が一瞬不吉な赤に染まって見えたのだが、夏の日に照らされた寝不足の頭が、ふと立ち眩《くら》み、幻を見ただけに過ぎなかったのだろう。

身体から急速に汗が引いていった。意味もなく肌が粟《あわ》立った。

中庭に立って見上げる眼に、古びた厳《いか》めしい屋根の軒が黒々と迫ってきた。ここには何やら別の時間が流れているような、それも忌まわしい時間がじわりと神経を蝕《むしば》んでいくような圧迫感を感じた。

裏の田圃で稗の一本でも抜けば気も紛れるだろうと、僕はゴム長靴を物色し始めた。農作業に従事する人たちにとっては、僕たちのスニーカー並の日常履きである長靴は、くろちゃんが履いて出た可能性が高かったが、それほど頻繁に履くものだけに一足しか置いていないということもないだろうと思ったのだった。

よく考えてみれば、僕はくろちゃんが何を履いていたか、この家に来てから一度として注意したことがない。内心で自分の迂《う》闊《かつ》を笑いながら、屋敷の東側にある鰻の寝床のような納屋へと向かう。

が、仏壇の間と壁を接して建てられたトタン葺《ぶ》きの納屋にも、門に連なる、かつて牛や馬が飼われていた農機具置き場にも、あの黒い軟体動物然とした長靴は見当たらなかった。

ふと振り向いた僕の眼の端が、開いたままの玄関戸を通して白い物体を捉《とら》えた。女性用のゴム長靴だった。奥の土間の薄暗がりで、それは白猫の死骸か何かのように妙に生々しい存在感を持っていた。

玄関を潜り、手に取ってよく見ると、小ぶりの白長靴は全体に黄ばんで、朽ちたゴムのあちこちに細かい罅《ひび》割れが走っている。が、埃《ほこり》にまみれているわけでもなく、足を入れられないまま何年も放置されていたもののようでもなかった。思わず僕は、鼻を近付けた。ゴムのにおいなのか、汗で蒸れた足のにおいなのか、判然とせぬにおいに鼻孔を刺激され、その途端、不意に周りが気になって一人で顔を赤らめた。だが、誰が見ているわけでもなかった。

誰のものかと自問するまでもない。恐らくおばさんのものだろう。でも、なぜこれがここにあるのだろう？　くろちゃんのお母さんが戻ってきたのだろうか？　いつの間に？

よくよく考えてみると、それは最初からずっとそこにあったような気もした。

不意に奥座敷で、黒い影が動いた。僕の心臓は一瞬ビクリと跳ねたが、それがくろちゃんのお母さんなら怯《おび》えることなどない。

「あのー」

我ながらこの一声は間抜けだと思いはしたが、何年も顔を合わせていない大人に呼びかけるのに、ちょっとした戸惑いがあったのは確かだ。結局、以前と同じ呼び方しかできないことにすぐに気付いたのであるが。

「おばちゃん？」

暗い内部からは返答がなかった。

僕は細い目を可能な限り見開いて、奥座敷を凝視した。この屋敷に来てから、一度としてその部屋を注意して見たことはなかった。二階への階段を上り下りする際には横を通るし、台所や表の間からも終始開けっ放しになっているその部屋は目に入ってくる。しかし、何となくプライベートを覗《のぞ》き見るようで、強いて見ないように努めていたのだ。

箪笥《たんす》や鏡台、女性ものらしきバッグ類が、暗い畳の上に微かに見て取れた。剝《は》げ掛けた壁には、型遅れらしい女性もののブラウスやスカートの類《たぐい》がぶら下がっている。そう思って見ると、その部屋には確かに中年女性の用いる化粧品らしきにおいも漂っているような気がした。

「どいたが？」

不意に肩を摑まれて、僕は危うく叫び声を上げそうになった。咄嗟《とっさ》にそれがくろちゃんの声だと気付かなければ、僕は馬鹿のように腕を振り払い、一目散にその場から逃げ去っていただろう。

暗い屋根の下で見るせいか、目の前に立ったくろちゃんの顔色は田舎の若い農業従事者とは思えないほど青白く、何やら病的にさえ見えた。

「ど、どこにおったが？」無様にどもってしまう。

「ん、ちっとあこで捜し物しよったがで」言いながら、くろちゃんは奥の暗がりを振り向いた。

いつからそこにいたのか、とか、さきほどから呼んでいたのに聞こえなかったのか、とか、その他諸々《もろもろ》の問いは喉元《のどもと》まで押し寄せながら、結局、僕の口から出ることはなかった。

そんなことより僕は、後ろを振り返ったくろちゃんの、鎖骨の上辺りの頸元《くびもと》が気になって仕方がなかったのだ。

赤い三つの小さな点が、その頸には刻まれていた。まるで大人の口のサイズに丁度収まりそうな横幅で、三つの斑点《はんてん》は行儀よく並んでいるのである。

僕は思わずトランシルヴァニアの古城の主である伯爵の名を思い浮かべた。いやいや、そんな異邦の貴族を持ち出すよりも、横溝正史《よこみぞせいし》『髑髏検校《どくろけんぎよう》』の方が、より和風で、この屋敷には似つかわしいか……。

しかし、解せないのは、その痕跡《こんせき》が三つという点だ。真ん中の一つは一体どこから……。

くろちゃんが怪訝《けげん》そうな顔でこちらを見つめていた。ふと我に返り、僕は口元を緩めて、引き攣《つ》らないよう意識しながら微笑んで見せた。

蚊や蚋《ぶよ》の類が、たまたま計ったように三匹並んで血を吸ったということもあるかもしれない。世の中に存在する超自然現象《スーパーナチユラル》の多くは、往々にしてありふれた自然現象の軍門に降《くだ》るものなのだ。

「そういえば、土蔵におまんの役に立つもんがあるかもしれんで」簀の子の上に飛び降りると、くろちゃんは僕を手招いた。

8

ある頃、中村の辺りに年老いた翁媼《おきなおうな》あり。一日、翁、うなたにに至り薪採《たきぎ》りたり。手指傷め血滴る。後の日、翁、再びうなたにに至り、血海に小さき針鰻《はりまん》見る。翁、伴ひ戻りて、子と為《な》す。庄屋の太郎、この頃病つき、鰻の生き肝を求む。庄屋、密《ひそ》かに翁の鰻盗み、太郎に喰《く》はす。夜、翁の夢枕《ゆめまくら》に鰻出で来て、水難あること教ふ。驚きて翁媼山へ登るや、木根、水の下に沈む。後、鰻出で来て、田畑に満ち、仏現れ、これを人に変ふ。木根の人、かの鰻の子孫なり。故に年古りたる翁媼、うなたにに帰る。

江戸の末期に黒川家の祖先によって書き残されたという「木根民譚類従」は、土蔵の二階で葛籠《つづら》一杯の紙反古《かみほご》と共に眠っていた。くろちゃんの引っぱり出してきた黄ばんだ和紙の墨跡が、脚色されて祖父伝来のあの物語になったことはほぼ間違いあるまい。

この文献にある「うなたに」とは、現在「海女谷」と呼ばれている源流の谷のことだろう。僕は鞄《かばん》に詰めて遥々《はるばる》と持ってきた研究論文に、「海女」を「ウナ」と読ませる地名が報告されていたことを思い出した。厚さ一センチにも及ぶコピー用紙の束の中には、「雲南、運南、宇名、卯名、鵜南、温南」などの文字と並んで、確かに「海女」もあった。これらは「ウンナン」「ウナン」「ウナ」などと読まれたという。それらに交じって「海南」の地名を見つけ出すのも、さほど難しい作業ではなかった。

「海南」は、かつて幼い僕を脅かした大鰻伝説のある海部《かいふ》川を挟んで、海部町の対岸に位置する町の名である。むろん「かいなん」と読むのだが、これがかつての「ウンナン」に語源を持つ可能性は否定できまい。

日本各地に地名として残る「ウンナン」とは、水を支配するとされる雲南権現のことであり、時にそれは湧水信仰を伝えてもいる。木根川源流に「うなたに」の名が当てられたことは、その信仰を知ってみれば不思議なことではない。いつの頃にか「ウナ」に「海女」の字が当てられ、さらに時代が下って「アマ」と呼び慣《なら》わされ、語源が見失われたのだろう。ただし、この昔話が鰻《うなぎ》喰いのタブーに触れていないのは、大いに不満の残るところではあった。

過疎とはいえ、この村にも子供はいる。夏休みで祖父母の元に帰省中の子供たちもいる。時折、門の外を彼らの声が通り過ぎていった。僕は駆けていく足を見ながら、同様にああして大川へ——木根川を土地の人はこう呼ぶ——ヤデエビやゴリを突きに行った昔を懐かしんだ。

子供らの草履を見送って、ふと郵便受けを覗くと、何日分もの新聞や配達物が溢《あふ》れ、取り出し口は酔っぱらいが反吐《へど》を堪《こら》えているかの如く、吐き出す寸前でぶちまけるのを耐えていた。十五年前この郵便受けを赤いペンキで塗り立てたのは、くろちゃんと僕だ。今ではほとんどペンキが剝げ落ち、風雨にさらされたまま見捨てられた樹上の巣箱のように、朽ちた木目を無惨にさらけ出している。

僕は無理にねじ込まれた紙の束を引っぱり出した。

一番古い新聞の日付は八月二日、僕がここに来る一日前だ。ここ数日、新聞を見ていないことにさえ気付かず過ごしていたのだ。その間、まるで世の中の流れとは異なる時間の中に置かれていたように思えて、久しぶりに水面から顔を上げて呼吸をしたような気分になった。

僕は表座敷で遅い昼食を摂《と》りながら、溜《た》まった新聞に眼を通したが、いい加減なところで無数の文字の這《は》うその紙束を投げ捨て、くろちゃんの方へ押しやった。

僕は茶碗に盛られた白米に箸《はし》を突っ込んで、ぼんやりと考え込む。

例の「木根民譚類従」で、鰻の子孫である老人たちは「うなたに」に帰ると語られていた。役場発行の公的文献が無視した棄老の痕跡が確かに印されているのである。

やはり八木助教授の指摘したように、海女谷が老人たちの捨《す》て場だった可能性は高い。いつの頃かはわからぬが、この村には恐らく伊勢物語などに伝えられたのと同様の姨捨《おばすて》の習慣があったに違いない。

この文献を手に入れた今、わざわざ海女谷にまで赴く必要もあるまい、と僕は思い直した。今更訪ねたところで、大昔に棄てられた死骸《しがい》などとっくに谷の底で朽ち果てて、跡形もなくなっているだろう。鰻たちに喰い漁《あさ》られて……。さもなくば、あんな餌の乏しい山奥の谷間に、鰻が大量に繁殖しているはずがない。

……そう、たぶん、あそこには、丸々と太った鰻が大量にいるはずだ。

「ひさくん、食わんが？」

「え？」ふと我に返る。「うん、食う、食う」

旺盛に茶碗をかき込んで見せたが、正直に言えば、ここに来てからの数日、食欲はあまりなかった。僕は誤魔化すように話を続けた。

「昔、海女谷が夜になると光ったゆうがは、ほんまやろか」

これは「木根民譚類従」とは別の、表紙も題も付されていない紙束を紐《ひも》で括《くく》っただけの書き付けにあった話である。あるいは、後に「木根民譚類従」へ転記するつもりで書き溜めて果たせなかったものなのかもしれない。そこでは、水底に極楽浄土があってその光が漏れてくるのだ、ともっともらしく語られている。

「ああ、そりゃ、こう思うがよ。その海女谷の光ゆうのんは、棄てられた年寄りの身体から出た燐《りん》が燃えよったんじゃなかろか、ゆうてね。ほら、昔、肝試しした時に、誰ぞが小川で猫の死骸の燐が燃えよった、ゆう話をしたことがあっつろ？」

「そやったかいね」そのエピソードは僕の記憶からはすっかり抜け落ちていたが、棄老伝説の補強として使えそうな説である。

僕は食欲がなかったことも忘れて、口一杯飯を頬張るとゆっくりと噛《か》み締めながら、少しばかり考える時間を稼いだ。幸いにも、夏休み前に図書館で研いだ付け焼き刃は、卒論を控えた大学生であることを密かに誇れる程度には役に立ちそうだった。

「そら虚空蔵菩薩の霊光やろか、と思うんやけんど」

「こくうぞ……？」

もしもくろちゃんが虚空蔵菩薩を知っていて、その通りだ、などと言下に肯定しようものなら、恐らく僕はがっくりと肩を落としていたことだろう。

満足感を味わうように間を置いて、虚空蔵菩薩信仰と鰻のタブーを講釈して聞かせる。

「なるほど、大学生ゆうもんは、ようものを知っちゅうもんじゃね」くろちゃんはすかさず僕の自尊心をくすぐってくれた。

「水底に極楽浄土があるゆう説明は、年寄りを棄てた痛みをちょっとでも和らげようとした心理の働きやろね。そう信じることによって、残った者らあは罪悪感を消したがよ。同時に、自分が棄てられる際の恐怖感も払拭《ふっしょく》したがやなあ」

「へえ。ほいたら、どいても海女谷を調べてみないかんな」

生半可な付け焼き刃が、墓穴を掘ったらしい。

直悟さんは僕ら幼い子を集めて、よく話を聞かせてくれたものだった。子供らは話が始まると、今まで夢中でやっていた遊びを放り出して、餓えた子犬のように直悟さんの周りに群がった。

今の僕が子供たちに話をしてやろうと試みても、恐らくあれほど熱心な聞き手を集めることはできないだろう。僕の話下手という問題もあろうが、メディアの洪水に曝された現代の子供には、訥々《とつとつ》とした語り口などうざったいだけでしかない。

そこで唐突に、自分が既にあの頃の直悟さんの年齢を超えてしまっていることを思い出して、何とも言いようのない奇妙な感覚を覚えた。

直悟さんは今の僕の年にはもうこの世にはいなかったのだ。

……何を言ってる。直悟さんが死んだとは限らない。直悟さんは失踪《しっそう》したのだ。

自分にもこんな兄がいればいいと一度ならず夢想し慕った、その相手が姿を暗ましたと知った時、僕は何を思ったのだろう。蒲団《ふとん》にくるまって、十数年前にあったはずの神隠しを思い返してみたが、無数の鉛玉を呑み込んだような不快感がこみ上げただけで、頭の中は霞《かすみ》が立ちこめたように真っ白になっていた。

そのまま僕は睡魔に捕らえられ、意識を失うように眠りに落ちてしまったらしい。

ニチッ……ニチッ……ニチッ……。

真っ暗闇の中で、音だけがゆっくりと動いている。

眠気が急速に去り、湿った足の裏が畳を踏んで歩く音を、意識ははっきりと捉《とら》えた。

ニチッ……ニチッ……。

僕は首を擡《もた》げようとした。

身体は動かなかった。

全身から汗が吹き出る。

金縛りの原理くらい知っている。身体は眠っているのに脳は起きているという、レム睡眠時に起こるのだ。睡眠不足や栄養の偏りなどで、体内のイオン電解質のバランスが崩れている時にも起きやすい。つまり、今の僕は金縛りに打ってつけの状況というわけだ。

ニチッ……ニチッ……ニチッ……。

僕は瞼《まぶた》を目一杯見開き、限られた視力を駆使して、音の正体を探ろうと試みる。

眼球はその視野を全て使い切れないが、それでもどうにか視界の端に、黒い影を捉えた。

もんぺらしき下半身。前屈《まえかが》みになった上半身は、背中が大きく盛り上がっている。

心臓が早鐘のように打つ。

白髪に覆われた頭。……いや、頰被《ほおかぶ》りかもしれない。

その頭の横に、もう一つ灰色の頭が……。

恐怖が僕の身体を押し包む。この家に古くから巣くう得体の知れない亡霊の類《たぐい》が、とうとうさまよい出て来たのだ。この双頭の怪物は、何者なのだ……。

足音の主は、滑るようにゆったりと視界の隅を横切っていく。もんぺの縞目《しまめ》が闇《くらがり》の中でいやにはっきりと見え、左右の腰の辺りでぶらぶらと二本の足が揺れていた。

……双頭の怪物などあるものか。背中に人を負ぶっているのだ。

背負っているのはくろちゃんのお義母さん、負われているのはお婆さんだ。

やはりおばさんは屋敷にいたのだ。しかし、こんな夜中にどこへ行くのだろう？

二人の顔は、傍らで転がっている僕の方を一度として振り向くこともなく、ひたすら足下を見ている。人知れぬ罪悪を共に胸に秘め、まるで死地へ赴くように、重い足取りを運んでいく。

親を捨てねばならぬ人はこんな様子で歩んでいくのではないか……ふと、僕の心をそんな疑問が掠《かす》めた。

まさか、おばさんは本当にお婆さんを海女谷へ……。

気が付くと、僕は天井に広がる黒い染みを見つめていた。

たった今そこにあった二人の姿は、もうどこにもない。

身体には自由が戻っていた。

僕は慌てて飛び起きると、土間の長靴に目を遣《や》った。それは昼間僕が手に取って戻した時のまま、そこにぼんやりと白く浮かび上がっていた。

僕は金縛り状態で幻覚を見たのだろう。昼間おばさんの白長靴を見たことや、棄老伝説を証拠付ける資料を発見したことが引き金になったに違いない。ここ数日の疲労で、電解質のバランスどころか、精神のバランスさえ崩してしまいそうなのだ。

卒論の資料は揃ったのだし、そろそろ引き揚げた方がよさそうだ、と僕は暗闇の中で一人目を光らせながら考えていた。

9

「ああ、そうか。徳島県ながや」

突如現れた錆《さび》の浮いた標識を見て、僕はそう呟《つぶや》いていた。

木根川に沿ってずっと平行に走ってきた道は、そこから二股《ふたまた》に分かれ、一方は高知県側へと迂回《うかい》するような形で木根川から一旦《いったん》離れていく。一方、木根川に沿って宍喰《ししくい》町の方向へと折れる道は、徳島県側へぐいっと曲がり込んだ後、再び久尾《くお》の辺りで元の道と合流する。

くろちゃんは右の宍喰町方面へとハンドルを切り、羊の腸《はらわた》のように曲がりくねった道をしばらく上り下りして、T字路に当たるとやや太い道を左に折れた。この道も利用者のことなどまるで考えもしなかったと言わんばかりに気兼ねなく曲がりくねった後、削いだように道幅を狭めて、文字通りの悪路になった。一応舗装されてはいるものの、風化のためか建設費をケチったためか、アスファルトは至るところで剝《は》がれ、落石は背筋を寒からしめるほどゴロゴロ転がっている。

当然、車二台が擦れ違うことさえ不可能な狭さなのだが、それを心配するのは全くの杞《き》憂《ゆう》というやつで、車二台が同じ路上を同時に走っているなどと考えるのも愚かなくらいに交通量の少ない道なのだ。

何とか早々に黒川の屋敷から退散する言い訳を朝からずっと考えていたのだが、言い出すきっかけを摑《つか》めないままに、くろちゃんの運転する軽四輪は海女谷へと僕を拉致《らち》し去ろうとしているのだった。

薄っぺらのクッションと鉄板剝《む》き出しの天井の間で上下に激しく揺すられながら、せめて尻《しり》が悲鳴でも上げて、この状況を呪ってくれたらいいのにと僕は願っていたのだが、そいつはちゃっかり黙《だん》りを決め込んで、それが単なる言葉の綾でしかないことを思い知らせてくれた。

やがて、道は突然尽きた。

木根川主流はそこから左の高知県側へと大きく回り込んでいくのだが、僕たちはそこに車を捨て、右の藪《やぶ》中へと消える支流へと踏み込んでいった。言うまでもなく、海女谷はその奥にあるのだ。

くろちゃんは黙々と前を行く。時折、跳ねた小枝が僕の頬を打ったが、僕は顔面を痛めつけるその木々の中に、漆《うるし》の混じっていることも見て取っていた。

植物にさほど関心のない僕でも、漆は見分けがつく。赤くて甘そうな実を付けるドクウツギや紫色のブドウのような実を持ったヨウシュヤマゴボウなどと並んで、漆の木も迂闊に凭れたり摑んだりしてはならない、山の危険物の一つだと、直悟さんから教えられたものだ。漆の汁で肌がかぶれるのである。

僕は小枝に打たれた頬が、酷《ひど》い状態にならなければいいが、と密《ひそ》かに願いながら、ふと例の「木根民譚類従」の終わり近くに、様々な巫祝《ふしゆく》や卜占《ぼくせん》、禁忌に関する寸言があったのを思い出した。

確かその中に「漆まけには杉葉を煎《せん》じ用ひてよし。又、川蟹《かわがに》を叩《たた》きて塗るもよし」というのがあったはずだ。杉の葉や蟹がどの程度効果があるかは疑問だが、川蟹なら海女谷にもいるだろう。叩きつぶして顔に塗りつければ気休めにはなるかもしれない。

ややもすれば山道を歩き慣れない僕の足は遅れがちになり、くろちゃんの背中を見失う。むろんすぐ前にいるのはわかり切っているから不安感に襲われたりはしないけれど、くろちゃんが通った後を同じように歩いているにもかかわらず、蜘蛛《くも》の巣が縦横無尽に繊細な腕を広げて待ち構えているのにはうんざりさせられた。山を降りる頃には、蜘蛛の糸で自分の身体が蚕の繭のように搦《から》め捕られてしまうのではないかと、いつもの大げさな心配性が頭を擡げる。

僕は舌打ちしながら、蜘蛛の巣を払う手段が、あの黴《かび》くさい和綴《わと》じの筆写本になかったかを思い出そうと試みたが、無駄だった。「黒鯛《くろだい》は肴《さかな》の中で罪深し。妊婦に喰《く》はせば子堕しになる」だとか、「鼻血を止むるには、ぼんのくぼの毛、三本抜くがよし。ただし、猿になりても知らぬ由」だとか、どうでもいいような寸言の幾つかが頭を過《よぎ》っただけである。因《ちな》みに、これは猿は人間より毛が三本足りないという迷信から、鼻血を止める呪《まじな》いに引っかけたものである。

そうして一時間近くに亘《わた》って藪と格闘を続け、茅《かや》に肌を切り裂かれ、汗だくになって歩き続けながら、僕はふとここが徳島県なのだということを思い出して、前を行く背中にしゃべり掛けた。

「まさかこれっちゃ、海部川の源流に近かったりせんよねえ?」

「よう知っちゅうやいか。源流やないけんど、支流の相川《あいかわ》まではもう何百メーターかの距離じゃき」

木根川と海部川は、その河口がほぼ三十キロ近く離れているのに対して、支流部分ではほんの数百メートルの距離しかないというのだ。とすれば、この両方の河川に伝わる二種類の伝説は、同じ地域を棲処《すみか》とする鰻《うなぎ》に由来するものなのかもしれないと、僕は心密かに疑ってみた。

鰻を巡る二つの伝説と共に、僕は「木根民譚類従」に収録された禁忌の一つに「海女谷の岩穴にて、目三つある鰻見し者、さらに黙して語らぬこと。もし他言せば、ひととせ以内に死ぬること、これ必定なり」という一節があったのを思い出す。

「なあ、くろちゃん」

背中に呼びかけて、僕は不意に後悔した。というのも、くろちゃんが振り向くその瞬間、ある奇妙な符合に気付いたからだ。

海女谷にいるという目が三つの鰻、そして、くろちゃんの頸にある小さな三つの斑点《はんてん》……。これは何を意味しているのだろう？

「どいた？」

振り向いた顎《あご》と肩の盛り上がりは、捻《ねじ》れたくろちゃんの頸筋にあるはずの赤い斑点を隠していた。

「いや……まだかなあと思うて」

くろちゃんがニヤリと笑った。「着いたきよ」

ここから僅《わず》かな距離にまで支流を延ばしている海部川の大鰻は、その腹から干飯《ほしいい》が出てくるのだが、他の地方に伝わる物語でも麦飯や握り飯が出てくるのは変わりがない。これは何を意味しているのだろう？

胃の内容物を確認するためには、透視能力でも使わない限り、当然腹を開かねばならない。つまり、鰻は殺されねばならないのである。僧形で人前に現れるほどの鰻であれば、底浚《そこざら》いで捕獲される前に逃げ出すことも不可能ではなかろう。にもかかわらず、みすみす殺されてしまうのである。鰻が人間に化したことが何故その死によって裏書きされねばならないのかといえば、つまりは、殺され腹を裂かれるべき必然があったからにほかならないのだ。

その必然とは何なのか？

思うに、そこには生け贄《い　にえ》の意味合いがあったのではないだろうか？

そう、生け贄だ……僕は滝壺《たきつぼ》に突き出た大岩の上に座って、陽光を撥《は》ね返す水の面をぼんやりと見下ろしていた。

絹糸を垂らしたような数条の滝が岩間から迸《ほとばし》り、十坪ほどの徳利形の谷に波紋を広げている。緑色を呈した滝壺には、群れる魚影が時折銀色の光を煌《きら》めかせていた。しかし、分厚い水の層に遮られて、その底を透かし見ることはできない。

この底に棄てられた老人たちの骨と並んで、生け贄となった鰻の骨も沈んでいるに違いない。

……いや、待てよ。生け贄になったのが鰻というのでは、何ともインパクトに欠ける。ことさらそれが伝説として語り伝えられるのも妙な気がする。

例えば、柳田国男は、スリリングな考察が冴《さ》える「一目小僧その他」において、日本全国に片目魚の伝説の多いことから、生け贄の眼を潰して神に捧《ささ》げたのだと断定した。この場合の生け贄とは言うまでもなく人間である。この考えに従うならば、鰻伝説で殺されるのも、実は生け贄として捧げられる人間だったのではないだろうか？

伝説では鰻が人間に化けているが、その実、鰻はカムフラージュに過ぎず、殺されたのは人間そのものだったのではないか？

こうして通うもののない谷の底を見下ろしてみると、秘密を葬る場所として、ここは誠に都合がいいように思える。一度沈めてしまえば、深い緑の液体は特殊な薬剤のように包み込み、永遠にその暗部に死体を封印してしまうに違いない。

だが、選ばれた犠牲者は誰だったのだろう？

例の伝説において洪水の後現れたのは鰻だったが、それは虚空蔵菩薩《ぼさつ》と同一視されている。四国という土地柄、遍路や旅の六部はしばしば見られるし、それが洪水の後で姿を見せ、虚空蔵菩薩に擬せられても不思議はない。つまり、彼らは救済者と崇《あが》められ、生け贄として殺されたのだ。姿を消したところでさほど詮索《せんさく》の厳しくない旅の僧は、犠牲者としては誠に好都合だったに違いない。

その腹を裂くというのは、すなわち、村人たちの餓《う》えを満たすことにそのまま繋《つな》がっていくのだろう。でなければ、ただ仏の教えを説いて回ったというだけでは、餓えに喘《あえ》ぐ人々の信仰心を集めることなどできないように思える。かつて、この村の人たちは旅の僧に食事を振る舞い油断させ、後に殺してその肉を分け合った。そして、その死骸《しがい》を人知れずこの海女谷に投げ込んだのだ。

……仏として。

彼らが生け贄に供されたとすれば、折に触れそれを語り伝えていくことが、供養の意味を持っていたのかもしれない。

そう考えるなら、三つ目の鰻を見た人間がそれを他人にしゃべると一年以内に死ぬ、というあの伝説も説明がつく。

目が三つというのは、鰻の奇形を言っているのではなく、何かを譬《たと》えたものだろう。その何かとは……？

我々は今でもしょっちゅうそれを見ているはずだ。

仏像である。

目が三つの鰻とは仏、つまり旅の僧であったのだ。

三つ目の鰻を見た者が他言すると死ぬというのは、すなわち、水底に沈んでいるものが生け贄の骨だということを口外すれば、死をもって償うという村の掟《おきて》を伝えているのだ。

僕は思わず手を打った。そうだ、そういうことに違いない。八木助教授に指摘されたオリジナリティも、これなら充分に備わっている。

だが、それはそれとして、三つ目の鰻とくろちゃんの首にある小さな三つの斑点の不思議な符合は、何を意味しているのだろう？

いやいや、僕の考えすぎだ。何も意味してなどいないのだろう。単なる偶然でしかないのだ。

不意に青白い塊が水面下を浮上して来、くろちゃんの頭が水のベールを割って飛び出した。シュウシュウと何度も荒い呼吸を繰り返し、酸素の不足した肺に空気を送り込んでいる。

「なんちゃあない」くろちゃんは河原の焼けた石の上に這《は》い上がりながら、色の褪《あ》せた唇の間からそう絞り出した。誰かの死体どころか、骨らしきものもどこにも見当たらなかったと、蒼《あお》く澄んだ水にすっかり体温を奪われて、ガチガチと歯を鳴らしながら吐き出すように言ったのだった。

古い時代のことだ。谷底に骨が見当たらなくとも、僕の論が否定されたというわけではない。何十、何百年もの時間が、折り重なる骨を水底の藻屑《もくず》と変えてしまったに違いない。

自分で言うのもなんだが、この推理は学部生の卒業論文として、かなり出来がいい方ではないか？　これ以上を望むのは無理かもしれない。

もはや、屋敷にも長居は無用だ。僕は早々に予定を切り上げて帰る口実を探した。資料も手に入ったし、論もできあがった……いくらでも理由付けはできそうだ。


カサッ、カサッ。

……ん？


僕の耳はそれを、衣類が畳に擦《こす》れる音だと聞きわけた。

こんな夜中に誰が？

決まっている。この家には今、僕の他にくろちゃんしかいない。

サッ、カサ……。

衣の端が隣の部屋の畳を擦っている。その音に混じって微かな囁《ささや》き声も聞こえたような気がした。

隣は仏壇の間だ。

僕は背筋を凍り付かせたまま、暗闇に目を凝らし耳を澄ませた。

確かに人の気配がある。

なぜだか不意に、僕は男女の睦《むつ》み事を思い浮かべた。畳の上で絡み合う男と女の肢体……。喘ぎ声が闇を縫うように微かに漏れてくる。

身体が震えた。恐怖のためではない。奥深くから迸り出ようとする熱い感情が胸を震わせている。懐かしさと怒りと哀しみと……。

僕はその正体を確かめようと、上半身を起こし神経を研ぎ澄ました。

隠靡《いんび》な艶《なま》めかしさが、囁き声となって微かに鼓膜を震わせる。

僕はなおも耳を澄ませた。くろちゃんがまた何か捜し物でもしているのかもしれない。

耳の底が痛くなるほどの静寂の中で、耳鳴りだけがジジイッと虫の音のように鳴っている。

もはや何の物音も聞こえはしなかった。

いや、今さっき、確かに男と女の……。

そんなはずがない。あれは幻聴だ。

首を振って妄念を打ち消すと、僕は呼びかけた。「だ、誰かおる？」

気配は去っていた。隣の部屋は沈黙が支配している。

ようやく外が白みかけた頃、ふと気が付くと、覆い被《かぶ》さるように僕を見下ろすくろちゃんの視線とぶつかった。

僕はいつの間にやら蒲団《ふとん》に横たわっている。隣の気配に脅かされ、一晩中起きていたつもりだったのだが……。

「よう寝えちょったな」

いや、眠ってなどいない。僕はさっきまで起きていたのだ。

くろちゃんこそ、どうしてそんな不自然な恰好《かっこう》で僕を見下ろしている？　まるで恋人の寝顔でも覗《のぞ》き込むかのような姿勢で……。

今谷底から上がってきたばかりのようなその青白い顔に、僕はふと不安を覚えた。やけに唇ばかりが赤いじゃないか……。

思わず自分の首筋に手をやった。

……どうやら異変はなさそうだ。

立ち上がりざま、くろちゃんが微かに笑った。

もしかして、生け贄に供されようとしていたのは僕自身だったのだろうか？

「今日、もう一回海女谷へ行ってみんか？」くろちゃんは言い置いて部屋を出ていった。

10

「もう一回潜らんか」

少しばかり押しつけがましい口調が気に掛かったが、結局断りきれなかった。くろちゃんの怖いほど真剣な顔付きは、僕に有無を言わせなかった。

例のごとく蜘蛛《くも》の糸を体のあちこちに巻き付かせ、細かな切り傷に肌を痛めつけられながら、ようやく辿《たど》り着いた滝壺《たきつぼ》の畔《ほとり》で、僕は昨日と同様にくろちゃんが潜っている間、じっと立ち尽くしていた。

自分は一体何をしようとして、再びここまでやってきたのだろう？　こうしてぼんやりと滝を見ていたところで、卒業論文にもはや新たな考察を加えることなどできやしないだろう。僕がここにいることは、全くの無駄足でしかない。

簡単なことだ。もう帰る、と一言宣言すればそれで済むのだ。

しかし、僕が心を決める前に、くろちゃんの頭が水面を割って出た。

「あった！」肺に溜《た》まった空気と共に、くろちゃんが吐き出した。「岩穴があるき」

だから何だと言うのか？　岩穴を覗いたからといって、僕の卒論に新展開があるわけではない。穴の中に骨があろうとなかろうと、それは僕には何の関係もないことだ。今の僕に必要なのは……本当に必要なのは……すぐにこの場から立ち去ることだ。

なぜなら——この谷に来ることを懼《おそ》れた理由が不意に閃《ひらめ》いた——僕はくろちゃんによって生《い》け贄《にえ》にされようとしているからだ。

今や、くろちゃんは首に刻みつけられた三つの瘢痕《はんこん》を隠そうともしていない。あの赤い点こそが犠牲者を求めている証拠なのだ。

彼はもはやくろちゃんですらないようにも思えてくる。どちらかと言えば、それはむしろ、いつかの朝チラリと覗かせた、直悟さんの表情に似ていた。いや、似ているのではなく、直悟さんそのものだ。

じゃあ、くろちゃんはどんな顔をしていたのだろう？　兄弟だから似ているのは当然として……僕は今頃になって、大人になったくろちゃんの顔を思い描くことができないのに気付いた。脳裡《のうり》に浮かんでくるのは、目の前にいる直悟さんその人の顔ばかりなのだ。

「ひさくん、どいた？　はよ潜ってみんか」

大岩の上に這い上がってきた直悟さんの顔をしたくろちゃんが、僕の背中に手を置く。冷たい谷の水に浸っていたその手は、まるで死人のように冷え切って、こちらにまでゾクゾクと言いしれぬ寒気を伝えてきた。その冷たさは、谷の秘密を目の前にしながら自分で確かめることを懼《おそ》れている、僕自身の弱さを糾弾しているようでもあった。

僕は促されるまま、つい腰を上げてしまった。

そして、躊躇《ためら》う。

今ならきびすを返して逃げ出すこともできる。言われるままに潜ってみる必要などない。僕が生け贄に供されねばならない理由などありはしないのだ。

澄み切った水に膝《ひざ》まで浸《つ》かっても、まだ僕は迷っていた。……今なら帰れるのだ。

小学生の水浴びのようにじゃぶじゃぶと胸に水を掛けている間にも、無色透明の冷たい液体は急速に体温と気力を奪っていく。

「冷《ひゃ》い」僕は悲鳴のように呟《つぶや》き、振り返ってみたが、くろちゃんは無表情に会釈を返しただけだった。

　僕は覚悟を決め、まるで空を吸い込もうとでもしているかのように、谷間を覆う木々の間にぽっかりと開いた上空へ向かって首を伸ばし、一つ二つ深呼吸をした。生い繁る真夏の緑は眼に痛いほどの酸素を吐き出しているようだ。時折、谷間を涼しい風が吹き抜け、その瞬間だけ森は滝音を消してざわめいた。

　この光景はいつまで経っても変わっていない……不意に僕の心に過去が潜り込もうとしてきた。

　青空の明るさにそれ以上耐えかねて、そっと目を閉じる。一瞬、身体が深い淵《ふち》の底へ沈んでいくような錯覚を覚えた。心の奥深いところで何かが蠢《うごめ》く。

　ここはあの時のまま、時間が止まってしまっていた。

　僕の心は遠いあの日へと沈んでいった。

◇

「カブトムシがおるぞ！」

　そう叫んだのは誰だったろう。数人の子供たちは皆、声の方へ駆け出した。しかし、僕にとってはありふれた甲虫《こうちゅう》より鰻《うなぎ》の方が魅力的だった。

辺りは急に静かになった。直悟さんの姿も消えていた。

日が翳《かげ》り水面《みなも》がさわさわと漣《さざなみ》に覆われた。ガサッと背後の藪《やぶ》が揺れた。振り向いたが誰もいなかった。

急に怖ろしくなった僕は、気を紛らわそうと、ヤスを手に水中に身を沈めた。

◇

群れていた魚影がサッと分かれ、腹の銀色を閃かせて素早く姿を消した。上で見ているほど水深は深くない。せいぜい三、四メートルといったところだ。

僕は蒼《あお》く霞《かす》む深奥目指して、水を蹴《け》った。数回水を掻《か》いて何の迷いもなく黒々と口を開けた岩穴へと辿り着いた。

この場所に間違いない。ここが伝説にあった三つ目の鰻の棲《す》む穴だ。

が、三つ目の鰻などいるはずはない。この穴の底に沈んでいるものがあるとすれば、それはいにしえの旅の六部の朽ちた骨、村の者たちの胃袋に収まった肉塊の残り滓《かす》である。

……いや、本当にそんなものがここにあるのだろうか？　僕は心のどこかでせっかくの論文のネタを否定していた。ここにあるのはそんなものではなく……。

僕は苔《こけ》で滑りやすい岩肌に手をついたまま、逡巡《しゅんじゅん》していた。この穴の底に本当に骨が沈んでいることを懼れていたのだ。

大人が一人どうにか潜れる程度の大きさの穴は、底部が広がっていて壺状になっているはずだ。

覗き込んだ水中メガネは、しかし、黒々とした闇を見ただけであった。正確に言うならそれは、蠢く闇であった。手元の小石がスローモーションでも見ているように、底へ向かって落下していった。が、石が底に到達する前に、闇はまるで生きているかのように素早く左右に分かれた。

いや、その闇はまさしく生き物なのだ。あの時から変わりなく、ここは鰻の支配する空間なのだった。

落下した石が押し広げた底に、確かに白いものが散らばっているのを、僕の眼は見て取った。

不意に記憶が押し寄せてきた。

◇

岩穴からぬるりと這《は》い出てきたのは一匹の鰻であった。その背後に続く闇がざわめく。

急速に不安が頭を擡《もた》げた。ここは海女谷だぞ……そう囁《ささや》いたのは心の中の怯《おび》えである。

「アマ」の響きは室戸の誘い女を思い出させた。岩穴の奥には白い海女姿の亡霊が潜み、今にも犠牲者を引き込もうと青白い手を伸ばしてくるのではないか……。

身体の震えは、冷たい水のせいばかりではなかった。

慌てて浮上しようとした瞬間だった。岩穴は闇を押し退《の》けるように黒い塊を吐き出した。

大鰻？

いや、人間？

それとも……誘い女？

僕は目一杯引き絞ったヤスのゴム紐《ひも》を一挙に解放した。三本に分かれた鋭く光る先端が水を切り裂いて、相手の頸元《くびもと》に吸い込まれた。次の瞬間、誘い女の口から大きな水母《くらげ》のような大量の気泡が吐き出された。気泡の群はベールのように僕の身体を取り囲んだ後、ゆっくりと水面を目指して上っていく。

不意に緩慢な白い手がヤスの柄を握った。僕は力を込めて握り締めた柄を押し出した。化け物のからだが岩穴へ押し戻される。周りを無数の黒い紐が、狂ったように乱舞した。

僕の手に引っかかったままのゴム紐の先端に、激しい振動が伝わってきた。

水の抵抗を受けながらも徐々に傾いで、化け物は再び穴蔵へと姿を消そうとしていた。蒼暗い水の幕がユラユラと揺れ、幕を縫いつけるように赤い糸が這い昇っていく。無数の糸ミミズが絡まり合いながら水面を目指して泳いでいるようにも見えた。

やがてゴム紐が伸びきり僕の右手が強く深みへ引かれた。このままでは引きずり込まれてしまう。激しく腕を振り、どうにかゴム紐から手首を抜き取った。

水中メガネを通して、僕の眼は誘い女の落ちていく穴底の動揺を捉《とら》えていた。黒い岩の底が蠢き、わさわさと揺れて割れた。黒い影のようでいて、しかし、ひどく実体的な陽炎《かげろう》が蒼い水中に燃え立ったように思えた。誘い女はその真ん中へと消えていった。

黒い陽炎が穴の底から沸き上がる。それは一本一本の黒いリボンになり、からだをくねらせて乱舞した。鰻の群が僕の周りを、何事か責め立ててでもいるかのように取り巻いていた。

僕はそいつらを踏みつぶす勢いで、水を激しく蹴った。

一気に水面に浮上する。脇腹や太股《ふともも》に当たる気味悪い感触に耐えながら、必死になって手足を動かしていた。

伝説の化け物を退治した満足感は、僕にはなかった。

◇

僕がヤスを突き立てたのは、本当に誘い女だったのだろうか？

室戸の海女に伝わる妖怪《ようかい》が、なぜこんな山の中の小さな谷にいるのだろう？

答えは考えるまでもない。誘い女などいるわけがないのだ。僕が仕留めたのは、何か別のもの、人の姿をした別の生き物であったのだ。

僕の顔は水の色よりも、恐らくもっと青ざめていたことだろう。しかし、自分でも意外だったのは、完璧《かんぺき》なまでに落ち着いていたことだ。それが大人になるということなのかもしれないと、ふと思った。

僕は水中にいることも忘れ、呆然《ぼうぜん》と岩穴を覗《のぞ》き込んでいた。身体は凍り付いたように動かない。途轍《とてつ》もなく長い時間、そうやっているような気がした。もしかすると、既に僕は何者かに魅入られて、死んでしまっているのかもしれない。そのまま何時間でも水中に留《とど》まっていられそうな気がした。冷たくも苦しくもなかった。むしろ、心地よささえ感じていた。

不意に耳元でくろちゃんの声が僕の名を呼んだ。それは奇妙なことに、まだ幼さを残した、あの頃のくろちゃんの声だった。その声が鼓膜を震わせた途端、僕は急に息苦しさを覚え、慌てて身体を反転させた。

冷たい水の責め苦からようやく逃れて、石の上に這い上がると、谷間からくろちゃんの姿は消えていた。

あの日、直悟さんは腹一杯鰻を喰《く》わしてやると言って、子供らを軽ワゴン車に乗せて、海女谷へ向かったのだ。その途次、室戸では丑《うし》年寅《とら》年の者は鰻を食べない迷信があると、笑ったのだった。あの香ばしい美味の魚を食べられないとは、どれほど辛《つら》いことだろうと、僕たちは室戸に生まれなかったことを喜んだ。

「虚空蔵菩薩《ぼさつ》いう仏さんが鰻《うなぎ》を喰うがを禁じちょるんぞ」

そう、確かあの年の四月から、直悟さんは室戸の役場に勤め始めていた。室戸の海女さんたちに囁かれる誘い女の話をしたのも、同じ車の中だった。

谷に着いて、直悟さんは子供たちを適当に遊ばせながら、自分は鰻の群れる岩穴へこっそりと潜っていったのだ。

僕を除く子供らは誰かの叫んだ「カブトムシ」の声に駆け出して行き、あの時辺りには誰の姿もなかった。

あるいは、直悟さんには、不意に岩穴から顔を出して潜ってきた子供を驚かしてやろうという悪戯心もあったのかもしれない。そんなこととはつゆ知らず、僕はヤスを見事に命中させたのだ。誘い女と思い込んで……。

あの底に眠っているのは、だから、直悟さんの骨だ。しかし、僕は知らなかったのだ、あれが直悟さんだとは。

でなければ、大好きだった直悟さんにヤスを突き立てるわけがない。

……本当に知らなかったのか？

突然、目の前に黒川の屋敷の、仏壇の間の情景が広がった。

蠢《うごめ》く黒い肌、組み敷かれる白い肌。……男と女。……兄と妹。……ぬめる鰻……微《かす》かな嗚咽《おえつ》……。

鍵《かぎ》の掛かっていない我が家同然の屋敷に、少年は何の躊躇《ためら》いもなく入り込んだのだろう。

そこで、見てはならぬものを見たのだ。

僕は直悟さんが好きだった。

……しかし、千有年さんはその何倍も好きだった。

僕は深く頭《こうべ》を垂れた。興奮もしていなかったし、怯えや悲しみの感情も湧いてこなかった。ただ、眠気だけが身体全体を覆っていた。

11

それからどのようにして黒川の屋敷に帰ったのか、全く記憶にない。

気が付くと、どうやら夜は明けているようだった。いつまでも明るさが戻らないのは、暗鬱《あんうつ》な雨雲が空全体に低く垂れ込めているからだ。日の光を遮った雲からは、夏場とは思えぬ冷たい雨が落ちていた。

僕の体力は限界に来ている。度重なる睡眠不足のため、畳から頭を上げることさえできなかった。

僕は横になったまま、ささくれ立った畳に目線を走らせ、懐かしさともうそ寒さともつかぬ奇妙な感情を味わっていた。そっと指を畳の目に沿って這《は》わせる。ここに失った故郷があり、戻らぬ過去があった。

急に母親の声を聞きたくなった。そういえば、ここに来てから一度も電話をしていない。息子が故郷で殺人犯人として取り調べを受けるかもしれないと知ったら、あの何事にもおろおろと狼狽《うろた》える中年夫人は、どんな反応を示すだろう。

僕はのろのろと身体を起こし、都会ではほとんど見なくなった、ダイアル式の黒電話の受話器を取った。


「そっちも暑いんでしょ？」

母親の話は取り留めもないものばかりだった。僕はどうしても今度の件を切り出すきっかけを摑《つか》めなかった。これといった話題もなかったが、受話器を置く決心がつかなかった。

「テンヤのおばちゃんも元気？」

「ああ、元気そうだよ」

「もう永らく惚《ぼ》けてたけど。……あれ法事の時だったっけ、今出ていったと思ったら、裏口からこんにちはって言いながら上がってきたことがあったわよね」

電話の向こうで、母は陽気にケラケラと笑い転げた。

惚けてたって？　そのテンヤのおばちゃんが、ダンプに轢《ひ》かれて死んだのはくろちゃんのお姉さんの千有年さんだ、と言ったのだ。

まさか……。

「ダンプに轢かれたの、千有年さんだったっけ？」

「何寝惚《ねぼ》けてるのよ。あの子は確か、直悟くんの事故の少し前に……」母は少し口ごもった。「こんな話していいのかしら」

「かまわないさ。で、千有年さん、どうしたんだよ？」

「噂なんだけどね、あの子は子供を身籠《みご》もって、どこかへやられたという話だったけど」

「どこかへって、結婚したっていうこと？」

「ううん、そんなんじゃなくってね、ほら、外聞が悪いってことで……」

普段から奥歯にものが挟まったようなものの言い方をする母親だが、今日はまた一段と大きなものを挟んでいるらしい。僕は少しばかり苛立《いらだ》っていた。

「どういうこと？　はっきり言ってくれよ」

「噂よ、うわさ。直悟くんのね、子供じゃないかって……」

やはり僕の記憶は真実を告げていたことになる。「でも、兄妹《きようだい》だろ、二人は」

「戸籍の上では一応兄妹ではあるんだけど、直悟くんはね……」

回りくどい説明の果てに僕が知ったのは、くろちゃんの兄は、実はお祖父さんがどこかの飲み屋の女に産ませた子供らしいということだった。つまり、千有年さんと直悟さんは叔父と姪《めい》の関係ということになる。だからといって法律上近親相姦《そうかん》の罪を逃れているわけではないけれども。

「じゃあ、直悟さんはどうなったの？」

「その同じ年に姿を消したわ。失踪《しつそう》というやつね。千有年ちゃんのことがあって、居辛くなったんじゃないかって……」

「それも噂なんだろ？」

だって真実は僕だけが知っているのだから。

「田舎のことだから、ほら、はっきりしたことはね……」

なるほど、噂の累積の上に故郷の人間関係は成り立ち、その一方で真実は闇に葬られていくわけだ。

……しかし、まだ肝心のことが残されたままだ……。

不意に首筋の毛がチリチリと逆立った。膝《ひざ》から急速に力が奪われていく。訊《き》いてはいけないことなのだ、それは。

だが、僕の舌は勝手に動いていた。

「それじゃさ、ダ、ダンプに轢かれたのは、いったい誰なんだよ？」

「誰って、みつるちゃんじゃない」あっさりと母は言ってのけた。

受話器を持つ手が凍り付く。咄嗟《とっさ》に声が出なかった。それは……それは単なる噂じゃないのかい、母さん？　本当のことなんて私は知らないけどねって言ってくれよ。故郷っていうのは、憶測が積もり積もったその上に成り立っているんじゃないのかい？

そんな僕をよそに母親はしゃべり続けている。「お父さんが血を洗い流して、警察にこっぴどく怒られたの覚えていないの？」

親父が洗い流したあの血は、誰のものだって？　くろちゃんの血だって言うのかい？

そんな馬鹿げたこと……。

「あんたなんか、一番先に飛び出していって、すぐに駆け込んで来たじゃない。忘れちゃったの、おかしな子ね」

冗談だって言ってくれよ、母さん。だって、だって、くろちゃんはこの家に僕と……。

「どうしたの？　ねえ？　あなた、今どこに泊まってるんだったっけ？　久？　聞い……

…」

不意に電話が黙り込んだ。握りしめた受話器からは、もはや何の物音も聞こえてこなかった。

首筋を撫《な》でるように生暖かい風が吹き抜けた。すぐ背後で誰かが吐いた吐息が項《うなじ》を掠《かす》めたのかもしれない。

吐き気を催す悪臭が僕を包み、急に目の前の薄闇が歪《ゆが》んだ。


黒電話が不意に掌の中でうねり、腕に巻き付いてくる。ぐるぐると巻いたコードが乱れ舞い、軟体動物のように泳ぎ狂った果てに、目といわず耳といわず、僕の身体の穴という穴へ潜り込もうとした。ジーンズはまるで彼らの巣穴と化してしまったかのようだ。粘液にまみれたコードの群は、脹《ふく》ら脛《はぎ》から太股《ふともも》へ我先に這い進もうと躍起になっている。僕の下半身は恐怖に包まれながらも、同時に快感に溺《おぼ》れてしまいそうになる。

不意に理性らしきものが僕を揺さぶり、そこで目が覚めた。傍らに黒い受話器が転がっている。

湿気が臭気を呼ぶのだろうか、座敷には、ここに来て以来ずっと付きまとって離れない、例の腐敗臭のようなにおいが充満していた。

それに混じって、ふと、香ばしいにおいが鼻をつく。砂糖醤油《じょうゆ》の焦げるにおい……。

馬鹿な。

霞《かすみ》の掛かったような頭に、恐怖が理知の刃《やいば》を突き付けた。母親との会話が、そして今置かれている状況が、不意打ちのように脳裡《のうり》を襲う。

……この家にはもうくろちゃんも直悟さんもいやしないのだ。

僕はともかく屋敷を出ることに決め、足音を忍ばせて簀《す》の子の上に降り立った。

ふと目を遣《や》った台所に、昨日までと変わりないくろちゃんの背中があった。その手元から薄紫の煙が立ち上り、香ばしいにおいが漂っている。

「起きたん？」くろちゃんが背中越しに尋ねた。

そこには、いつもと同じ平々凡々とした日常そのものがあった。

夢を見ているのだろうか？　いや、母親と交わした電話が夢だったのだろうか？

「あ、う、うん」曖昧《あいまい》な答えを返す。「御飯の支度？」

「ほうよ。今日は鰻《うなぎ》やき」くろちゃんが振り向いた。

しかし、薄暗がりの中で、僕を見据える瞳《ひとみ》は、あの遠い日に見た直悟さんのそれに似ていた。

「今日は鰻やきん」口元が嗤《わら》う。

……いや、似ているのではない。今目の前にいるのは、やはり直悟さんその人なのだ。

だって頸筋《くびすじ》にくっきりと三つの赤い瘢痕が……。

「今日は鰻やき」直悟さんがもう一度繰り返した。「鰻を捕りに行っちょったがよ、長いこと。あこは餌がえいきん、丸々と太っちょら。餌がえいきんな」

僕は座敷と台所の敷居の上で立ち竦《すく》んでいた。

「あの日は皆で鰻を食うはずやったが。ほれやのに……」ゴボゴボという不明瞭《ふめいりょう》に濁った音で語尾が掻《か》き消された。

目の前で、直悟さんの頸に不意にヤスが生えた。赤錆《あかさび》の浮いた三つ叉の鋼《はがね》が鎖骨の上辺りに深々と食い込み、一方の端で朽ちた飴色のゴムがブルブルと震えている。

今まで直悟さんだった男は、白く膨張した水死体になっていた。ぽっかりと空いた眼窩《がんか》、ドーナッツのような唇から突き出た舌……。

これこそが腐敗臭の正体だった。終始僕の鼻を苛《さいな》み続けてきたあのにおい……。

死体の眼窩が奥から膨れ上がり、不意に鰻の頭がぬるりと出た。剝《は》がれ掛けた頰の皮膚が内側から捲《めく》れ、そこからも黒い顔が覗《のぞ》く。それが合図ででもあったかのように、死体の頭部の穴という穴から、一斉に鰻が這《は》い出してきた。ユラユラと藻のようにからだをくねらせる鰻に彩られて、死体はさながらメドゥーサの頸を思わせた。

いっそその眼に魅入られて、僕は石と化してしまいたかった。しかし、少しばかりデリカシーが不足していたせいか、あるいは、普段思っている以上に剛胆だったからなのか、僕の心臓は相変わらず早鐘のようではあるものの、止まることなく打ち続けていた。

苦いものがこみ上げる。押さえた口元から胃液がこぼれ出た。

ゴボゴボと古い沼に瘴気《しょうき》が立ち上るような不快な音が、相変わらず死体の口から流れ出る。

「み……ん……な、し……だ……」

辛うじてそう聞き取れたように思ったが、定かではなかった。

ウインナーのような指をくっつけた、ハムのような腕が、僕の頸を狙って伸びてきた。これでまた嫌いな食い物が増えそうだと、頭の片隅でチラリと思いながら、僕は簀の子を蹴《け》って、裸足《はだし》のまま土間へと飛び降りた。

玄関のガラス戸に取り付く。力任せに開けようとして指が滑った。爪が捲れる。開け方のコツを忘れていた。持ち上げるようにして滑らせなければ……。力を込めた指先に痛みが走る。血が滲《にじ》んだ。しかし、戸は開かなかった。

目の前はガラス戸一枚を挟んで、雨に降り込められた中庭だ。その向こうに軽四輪の停まった門が霞《かす》んでいる。

僕の頸筋に冷たいものが触れた。ぬるりとした感触が生え際をなぞる。僕の口からは悲鳴すら出なかった。ただ忙《せわ》しなく空気を吸い込むだけだ。いっそ意識が身体を置き去りに、どこかへ飛び去ってくれればいいのに、とその瞬間、切に願った。

その時、軽四輪の向こうで黄色いものが揺れた。僕は息を呑んだ。

「み、つ、る……」

生臭い驚きの声が耳朶《じだ》を掠める。

現れたのは、子供用の傘だ。

黄色い傘……記憶の底がざわめく。

「行こう」誘いに寄った僕の前に、くろちゃんは買ってもらったばかりの傘を差して現れた。あの年の梅雨に初めて差した傘……あれは確か黄色だった。

僕はその下にある、大型タイヤの下敷きになった無惨な少年の身体を想像し、いよいよ進退谷《きわ》まった。くろちゃんまでもがあの世から舞い戻って来ようとは……。

揺すられ続けた戸は、僅かに隙間が開いていた。しかし、僕はそれを開け放つ勇気が出なかった。庭を横切って、小さなくろちゃんを押し退《の》け門を出ていく気力は、もはやどこを振り絞っても出てきそうにない。

気が付くと、背後から僕の頸を探っていた粘液質の感触は消えている。さっきまで鼻孔を擽《くすぐ》っていた香ばしいにおいも既になく、何の気配も家内にはなかった。大粒の雨に叩《たた》かれる表の、気の滅入るような騒がしさに対して、黒川の屋敷の内は死に絶えたように静まり返っていた。

黄色い傘はもう門の中へと入って来ている。

僕は際限のない躊躇《ためら》いを引きずりながら、結局、身体を翻した。

ふと、この家で隠れん坊をした昔のことが頭を過《よぎ》る。しかし、その余韻に浸る余裕は、今はない。これまでにない強い腐敗臭が鼻孔《びこう》を刺激したが、安閑と眩暈《めまい》など起こしている場合ではなかった。

一番下の段に片足を乗せた時、表の戸が派手な音を立てて、侵入者を迎え入れる態勢を整えた。

僕は込み上げる吐き気を堪《こら》えながら、狭い階段をゆっくりと上り始める。

みしり……みしり……。

足音は確実に一段ずつを軋《きし》ませた。廊下のウグイス張りに対して、階段にも洒落た名前が必要だと、恐怖に戦《おのの》く頭の隅で考えた。

みしり……。

僕の心臓は今にも破裂しそうだ。喉《のど》がカラカラに渇いて、石でも含んだように舌が口の中で固まっている。

「婆ちゃーん」微《かす》かな声が僕を追って、階段を這い上ってきた。

心臓が跳ね上がり、階段から転げ落ちそうになりながらも、危ういところで踏み止《とど》まる。

更に続いて、子供の声が屋敷内に向かって呼び掛けたようだったが、雨音に消されて、何と言ったのか聞き取れなかった。

このまま階段を上がってしまうのが、果たして最善の策なのか？

他にいくらでも方法があったようにも思えたが、それは階段を上る前に考えるべきことだった。

今はもはや、上がらねば終わらぬのだと、何者かが告げている。それは僕の無意識というやつのなせる業だったのかもしれないし、あるいは、この家の暗がりに遠い昔から身を潜めてきた、この世ならぬ亡魂たちの導きだったのかもしれない。

階下から聞こえるくろちゃんの声に後押しされて、僕は最後の一段を大股《おおまた》で駆け上がった。

そしてそこで、不意に立ち止まった。僕は奇妙な感覚に襲われていた。まるでそこが最初からの目的地であったような……。

「ほうよ」くろちゃんの声が囁《ささや》く。「ほこへ行てほしかったんよ」

僕は一歩二歩と踏み出した。

正面に納戸の板戸がある。

噎《む》せ返るような腐敗臭の中で、僕は更に一歩一歩足を進めていった。

戸が手の届く距離に来た。僕は震える指を取っ手に掛けた。

ゴトッと重い手応《てごた》えを残して、板張りの戸は開いた。

先《ま》ず、眼に飛び込んできたのは、錆のように茶色に変色し干涸《ひから》びている飛び散った血の痕《あと》であった。

その奥に、腐りきった肉の塊が転がっている。古ぼけた絣《かすり》のもんぺらしき布切れを。僕の眼は辛うじて識別していた。

そして、僕の目の前には、何やら重量感のある物体がぶらぶらと揺れ、白い滴が流れ落ちている。滴っていたのは、蛆《うじ》の滝だった。

納戸が死臭に満ちていることに、その時になって気付いた。

僕は生涯で最も長い悲鳴を迸《ほとばし》らせた。

意識はそのまま途切れた。

エピローグ

近所への挨拶《あいさつ》回りに行ってくるという夫を見送って、畝山菊枝《きくえ》は点滴に繋《つな》がれたままベッドに横たわっている息子の横で、朝から何度も広げた新聞にまた目を落とした。

高知県の東の片隅にある過疎の村で起こった悲劇は、介護に疲れた農家の主婦が認知症の義母を鎌で惨殺し、自らも縊《くび》れて死んだ、という、いかにもありがちな一事件として、紙面の一角を飾っていた。死体の傍らで倒れていた青年については、詳しい事情を調査中、とある。

菊枝が知らされた検死結果では、艶と英子は死後五、六日を経過していたという。ベッドに横たわる息子の久も、その衰弱状況から見て、同じくらいの日数を飲まず食わずで過ごしたに違いない、と医者は診断した。恐らく、無惨な死体を見て失神しそのまま意識が戻らなかったのだろう、と。

自分以外誰も生きた者のいない屋敷で、腐臭を撒《ま》き散らす二つの死体とともに、死んだように横たわって呼吸だけを繰り返す息子の姿を想像すると、菊枝は身の竦《すく》む思いがする。

しかし、いくらショックを受けたとはいえ、何日間も昏倒したまま意識が戻らないなどという事態が果たしてあり得るのだろうかという疑問も、菊枝の中にはある。普通の人間なら、一旦《いったん》意識を失いはしてもすぐに目覚めるのではないのか？

しかも、息子は昨日確かに……。

小さなノックが思考を中断した。菊枝は立っていって扉をそっと開いた。

細面の、こんな田舎には珍しい美人が男の子を連れて立っていた。少年がかつて事故で亡くなった黒川充にあまりによく似ているのを、菊枝は驚きの面持ちで見つめた。

救急車を手配し、意識を失った久を診療所に運び込んだのは、千有年だった。嫁ぎ先の奈半利《なはり》からたまたま実家に帰ってきて、嫁姑《しゅうとめ》の惨劇を発見したのである。

「この子を見てると、弟が不憫《ふびん》で仕方がないんです」

充に面差しのよく似た男の子は、お婆さんには曾孫《ひまご》に当たる、千有年の長男であった。

「本当によく似てるわね」菊枝も頷《うなず》いた。

「ちょうど充が亡くなった齢《とし》になりました」

そう言って、そっと息子の頭を撫《な》でる。

年齢的に考えて、直悟との子供ではなかろう。敢《あ》えて菊枝が確かめてみるべき事柄でもない。

「充のお墓に参ろうと思ったんです。この子を連れて。曾婆ちゃんもいっしょに行こうと思ってね……」

　千有年はあの時、薄暗い玄関を潜って、何より先ず二階へと上がっていった。この世のものとは思えない悲鳴が狭い階段を転がり落ちてきたからだ。先を行く息子のものではなかった。息子の芳樹《よしき》はその時階段の途中から振り返って、「母ちゃん、上に誰かおる」と、千有年の方を見下ろしていた。

　息子に階下にいるよう命じ、恐る恐る上がってみると、腐臭を撒き散らす死骸《しがい》の前に見知らぬ青年が倒れていたのである。警察から教えられて初めて、それがかつて隣家に住んでいた畝山家の一人息子だと気付いたのであった。

「悲鳴を聞いたの？　それは……久のものかしら？」

「そうとしか考えられないんですけど。でも、五、六日、失神したままだったって聞きましたから、変ですよね」

　菊枝は考え込んだ。最前ノックによって妨げられた物思いが蘇《よみがえ》ってくる。息子は昨日、確かに電話の向こうにいたのだ。黒川の家の人たちについて妙に嚙《か》み合わない会話を交わした後、不意に電話は途切れた。しかし、途切れる寸前……。

「充ちゃんの声が聞こえたわ」

「え？　どういうことですか？」

「ひさくん、ひさくんって、小さな声で何度も呼んでいたの。あれは……」

確かに幼い黒川充の声だった。十年以上の歳月を隔てていながらも、二つの声は耳朶《じだ》の底で重なっている。近頃はずいぶんと物忘れが酷くなったものだが、古い記憶には自信があった。

「充の？　そう……」千有年は立ち上がり、病室の窓から遠くを見遣《みや》った。

ピロロッと小さな電子音が、折り畳み椅子に腰掛けた芳樹の手から漏れる。ちょうど玉子くらいの大きさのゲーム機が手の中に握られている。「たまごっち」という一昔前に流行《はや》った飼育ゲームが、今また流行《や》しているのだそうだ。

「充が……」千有年が振り向いて、菊枝を見た。「婆ちゃんを探し当ててもらいたくて、ひさくんを呼んだのじゃないかしら」

急に墓参りを思い立ったのも単なる偶然ではなかったような気がすると、千有年は息子の持つゲーム機の音量を操作しながら語った。

嫁ぎ先で穫れたものだと千有年が持参した冷えたスイカを、菊枝は芳樹のために切り分けてやりながら、ふと遠い昔を思い出す。

「充ちゃん、うちの縁側に座って、久といっしょによくスイカを食べてたわ」

あれは小学校に上がる前だったろう。あの頃の久は……。

「千有年ちゃん、お願いがあるの」つい改まった口調になってしまったのを、笑顔で誤魔化す。「他人の奥さんに頼むようなことじゃないんだけど……手を握ってやってもらえないかしら」

千有年は一瞬怪訝《けげん》な表情をしたが、すぐに口元を緩めて頷いた。

農作業に向いているとは到底思えない白く細い掌が、シーツから覗《のぞ》く久の手を包む。その瞬間シーツの下が身じろぎしたようにも見えたが、久の表情には何の変化も現れなかった。千有年が久の手を両手で包んだまま胸元へ引き寄せる。

祈りにも似た姿に、母親は思わず呟《つぶや》いた。「ありがとう。この子ね、千有年ちゃんのことが好きだったの」

千有年はただ僅《わず》かに顎《あご》を引き、頷いてみせた。

実を言うと、久の手を握るのはこれが初めてではなかった。救急車の中で一度だけ久は意識を取り戻し、何かを求めるように手を伸ばして空中をまさぐった。千有年はその手をそっと握ってやった。久は相手が千有年であることを確認すると、海女谷に兄さんの骨が沈んでいると一言だけ伝えて、再び目を閉じたのだった。

なぜ久がそんなことを知っているのかわからない。精神的なショックがもたらした単なる譫言《うわごと》に過ぎないのかもしれないとも思う。しかし、もし仮にそれが真実を告げているのだとしても、今はこれ以上黒川の屋敷から葬儀を出したくないという気がしている。兄が大好きだった大川の源流で、ひっそりと冷たい水に身体を横たえているのなら、それはそれで構わないと、千有年は思った。

「じゃあ、そろそろ……」

「ええ、ありがとう。また見舞いに来てやって下さいな」

スイカの赤い汁で半ズボンを汚した息子を促して、千有年は慌ただしい葬礼の場へと戻っていき、病室には静かな母と子の時間が再び流れ始めた。

了

ニホンザルの手

プロローグ

部屋に帰ると、猿がいた。

動物園の猿山で走り回っているような、顔と尻《しり》の赤い、チンケなニホンザルだ。因《ちな》みに、尻が赤いっていうのはニホンザルの特徴だと、動物園の看板か何かで読んだような記憶がある。どうにもみっともない特徴だ。

猿は私の顔を見て一声奇声を上げると、ヘコヘコと卑屈に頭を下げて見せた。

なんだか、すごーく嫌な気分になる。胸騒ぎっていうのかしら？

実を言えば、見知らぬ猿ではない。

ケイコが飼っていた猿だ。

「どうして猿なんか……」部屋の真ん中に蹲《うずくま》って歯を剝《む》き出しているそいつに怯《おび》え、訊《き》いた私に、ケイコは声を潜めて言った。

「こいつね」悪戯っぽく目を光らせて「猿の手を持ってるの」

私は一瞬聞き間違えたかと、ケイコの顔を見た。猿に猿の手が付いているなんて、当たり前だ。猿にカラスの羽やクジラの鰭《ひれ》がついていたら、それは強いて話題にあげるほど充分に奇妙なことであるが。

「だからあ、こいつ、猿の手を持ってるんだって」ケイコは目を細くして言った。小ずるい狐に似た顔が、ドブネズミのような貧相な面持ちに変わる。

咄嗟《とっさ》に言葉が出てこない私の様子に満足したように、ケイコは口元を綻《ほころ》ばせた。

「あんたさあ、小説なんて読まないから知らないかもしれないけど、『猿の手』って怪奇小説があるのよ。外国の作家でさ、確か……」左上方を睨《にら》んで、一瞬考える。

どうせ休むに似たりの思考力だ。考えない方が下手を露呈しないだろうに。

「ええと、ああ、そうそう、ジェンキンスだったかな」

北の国へ逃げて、拉致《らち》された日本人女性との間に当人とよく似た面差しの女の子一人を儲《もう》けたアメリカ人の名を、ケイコにしては控えめな口調で告げた。

「そんな名前だったかしら？」今度は私が一瞬考え込んだが、ケイコと同じように自分が左上方を睨んでいることに気付いて、下手な考えを口走ってしまう前に思考を中断した。

「それで、『猿の手』がどうしたのよ？」

「こいつがね」そう言って、ケイコはまだ私に向かって歯を剝き出しているニホンザルの絶壁頭を、パシンと平手で張った。

それを見て、私は不意に中学時代の同級生の男の子を思い出したのだった。北京原人と渾名《あだな》を付けられた、そのなすびのような顔の男の子は、ある日トイレの前で突然告《こく》ってくれた。「つ、付き合って下さい」

私は笑って頭を張り飛ばしてやった。渾名の由来通り、彼の頭は見事な絶壁だった。彼は「ぜっぺき」→「ぜっぺきん」→「ぜっぺきんげんじん」→「ぺきんげんじん」と、長い間に僅《わず》かずつ渾名を進化させてきたのである。

あの時の北京原人君がニホンザルへと退化(?)して、目の前に現れたように感じ、不意に親しみを覚えた。

「こいつ、猿の手の持ち主なの。ジェンキンスの小説に出てくる猿の手よ」

つまり、このニホンザルの手を切り取って願いをかければ、三つまで叶《かな》えてくれるというのである。

「でもさ、そういう願い事って、不幸な結果に終わるんじゃなかったっけ?」

「それはさあ、願いのかけ方が下手なのよ。行き当たりばったりで、つまらないことをお願いするからでしょ。私は失敗しないわ」

そんな会話を交わしたのが、一年ほど前のことだったろうか。

今、そのニホンザルが私の目の前にいる。

どうして私のところなんかに来たんだろう? 何もうちに来なくたっていいじゃない。

ヤな予感ってヤツ? 騒動が起きる前に、追い出せないかしら? だって、きっとこいつトラブルメーカーに違いないんだもん。

今だって、ほら、左手を背中に隠したりなんかして……。私に隠し事するなんて、許さないんだから。

「手を出しなさい」

猿は後ずさりし、盛んに首を振った。

集団生活を営む動物たちは、上位者に絶対服従するというのを、テレビか何かで聞いたことがある。まずこの部屋における上下関係を思い知らせてやる必要があるようだ。

「何よ、お前。私に逆らう気？　言うことを聞かなきゃ叩《たた》き出すわよ」

（どうせ追い出すんだけどね）

私は猿の目を睨んで、一歩詰め寄った。猿は少し後ずさりすると、またヘコヘコと頭を下げて見せた。

私はもう一歩前に出る。

猿はその途端、ホワッと甲高く叫ぶと、部屋の隅に蹲った。

その空気を切り裂くような不意の叫び声に、私の心臓は縮み上がったのだが、気取られまいと勇を鼓してもう一歩足を進める。壁際に追いつめた。

「手を見せなさい！」

猿はいかにも不安げな目付きで私の足元と顔を交互に見る。一瞬、目が合い、この部屋における力関係をようやく悟ったのか、おずおずと両手を揃えて出した。

左手は肘《ひじ》の下が三分の一ほどしかなかった。

「やっぱりね」

私は頷《うなず》いた。

猿はからくり人形のように、パッタンパッタンと上半身を幾度も倒してみせ、カーペットに額を擦《こす》り付けている。ここに置いてくれるよう懇願しているのだ。しかし、そんなこと、許せるわけがない。私はニホンザルの飼い方なんて知らないし、第一ここはマンションだ。

「駄目よ。出て行きなさい」

猿は四つん這《ば》い、いや、三つん這いになって、下から潤んだ目で見上げている。

「駄目ったら駄目！　飼えないのよ！」

小さな茶色いからだを押しやろうと、スリッパの先を伸ばした。猿はサッと足の先をかいくぐって、アッという間にいなくなった。

どこに潜り込んだのか、いくら呼んでも姿を見せようとしなかった。

ケイコは私のことを小説も読まない女と馬鹿にしたけど、私だって『猿の手』くらい読んだことがある。いつだったったっけなあ？　ええと、あれは小学三年生の図書の時間じゃなかったっけ。……そうそう、『猿の手』の載っている『世界の怖い話』は、意地悪な隣の席の美恵《みえ》ちゃんが勧めてくれたものだったわ。

「あずさちゃん、こんなの読んだら怖くておしっこ行けなくなっちゃうよね」そう言って、おどろおどろしいイラストで飾られたその本を引っぱり出してきたのだ。

「あずさ、怖くないもん」強がりを言って、引ったくるように表紙の擦り切れた本を取り上げた。背表紙はいやにべたついた感触の幅広のビニールテープで補修され、見開きのページには押し花ならぬ、蚊の干物がその細い足まで完璧《かんぺき》に保ってへばり付いていた。『パンの大神』や『白い手』などという内容の見当もつかない目次が並んでいて、その中に『猿の手』もあったんだ。

確か、お婆さんがお金が欲しいと願うと、息子が死んで保険金が入ってくるんだったわ。その次には、息子を返してくれと頼むのよね。すると、死者が墓場から甦《よみがえ》ってくる。息子の朽ち果てた姿に驚いたお婆さんは、心臓麻痺《まひ》で死んでしまうんだったかな？　で、三つ目はどうなるんだったっけ？　お爺さんはお婆さんを返してくれって祈るんだったかしら？　でも、そうすると、息子はどうなるのかしら？　ええと……。

ま、ともかく、この二人には臨機応変に対応する応用力がなかったってことね。私なら三つ目は息子を元の姿に戻してくれ、とお願いするわ。そうすれば、お爺さんは息子の世話になりながら安定した老後を送れるものね。

作者は確か……ジェイムスかジョイスだ。いや、違ったっけ？　でも、ジェンキンスじゃないことは間違いない。

その後、あの猿の手はどうなったのかしら？　あれってニホンザルの手じゃなかったわよね。外国の話だし。でも、日本にも猿の手を持つニホンザルがいたのね。

だって、ケイコのヤツ……。

伸吾《しんご》も伸吾だ。猿の手に踊らされてるだけなのに、そんなことすらわからないの？　できちゃったから結婚する、なんて、馬鹿にしないでよ！　私はどうなんのよ？　できたもん勝ちなわけ？

だいたいさあ、別れるって宣言したからには、いつまでもズルズルと引きずらないでほしいのよね！　何よ、ケイコとの結婚決めた後も、呼び出してからだ求めてきてさ。サイテー。私ってあんたの何なのよ！

言うに事欠いて、お前、性格変わったなあ、だって？　何言ってんのよ。私は昔からこういう性格なのよ！　変わったのは性格じゃなくって……。

ああ、もう！　考えるだけでムシャクシャする。

「おい、サル！」

サルが飛んできた。

結局、こいつは私の部屋に居着いた。追い出そうとすると、まるで隅々まで熟知しているかのように、サッと部屋のどこかへ隠れてしまう。

こいつがケイコのところで何と呼ばれていたかは記憶にない。彼女は私の前では「こいつ」としか呼ばなかった。私はケイコに腕を切り取られたこの猿に、「サル」と名を付けてやった。凝った名前を考えるのも面倒だったし。

犬に「イヌ」と名付けたり熱帯魚を「サカナ」と呼んだりするほど愚かな名前ではないと思う。歴史上の有名人でも「サル」と呼ばれた人がいたはずだ。鎌倉幕府を開いた義経《よしつね》だったかしら？

確か、京の五条大橋で弁慶と戦って、家来になった後「サル」と呼ばれたんだったわよね。懐に下駄を入れて温めたエピソードが有名よ。でも、下駄って……。重くなかったのかしら？　懐がこーんなに膨らんで。

なんだか、叶《かのう》姉妹を思い出しちゃった。あの人たち、きっと重いわよね、あんなのじゃ。ずいぶんと背筋を鍛えてるんでしょうね。

クワッ。

蹲《うずくま》ったサルが見上げていた。

「偉そうに催促するんじゃないわよ！」

スッと軽く動かした私の足を、サルは事も無げにかわした。

「このサル！　動いていいなんて言ってないでしょ！　じっとしてなさい！」

固まったそいつの顔を、思いっきり蹴《け》りつけてやった。

キーッ。

サルは鳴きながらどこかへすっ飛んで逃げていった。

こうでもしなきゃ私のストレスは収まりそうにない。……でも、あんなのを捌け口にしてる自分が可哀想。

「玉置《たまき》くん、お茶」

聞こえないふりをしてコピーを続けた。

私ってもう入社六年目のはずよ。それなのに、こんな小学生でもできる仕事を毎日毎日延々とやらせる飯田《いいだ》課長って、馬鹿じゃないの？

まだ温かい一枚を手に取り、写り具合を確認している風を装う。

何、これ？　隙間ばっかりじゃない。無駄な経費を使ってるわね。しかも営業会議の議事録だなんて。みんなメモ取ってるわよ、必要なところは。これを出席者全員に配るなんて、ほんっとに無駄もいいとこだわ。

　昨日コピー取ってたのは『人と上手くつきあうための法則一〇一条』だし……。何が「偶然の一致を強調してみせる」よ。「人柄や性格を必要以上にほめる」ってのもあったわね。そんなことで世の中渡って行けたら苦労しないって。あんなの書く人って、人間関係で悩んだことない人なんだろうな……。にしても、本を丸々コピーして配るなんて、セコすぎるわよ。買わせればいいじゃない、あんなもの。

「玉置くん、お茶だって。聞こえないのかい？」

「聞こえてまーす」壁に向かって答える。

　それどころじゃないのよ、こっちは。この議事録だけでもう三十分もやってるんだから。私の基本給が十八万四千円、ここ数年ベースアップなし！　で、月に二十日働くとして、一日……ええと……何よ、暗算できないじゃない。ちょっきりの給料にしてよ、全く。二十万とかさ。

　えい、これに書いちゃえ。

　刷り上がったばかりのコピーを一枚取って、真っ白の裏にペンで式を書き入れる。

　ふうん、一日九千二百円かあ。意外と貰《もら》ってるんだなあ……って感心してる場合じゃない。ええと、一日八時間働くとして、時給千百五十円、と。三十分だとその半分だから、五百七十五円。

で、このＢ４用紙が一枚二円で、議事録全部で二十五枚の三十三人分だから……千六百五十円。あら、安い。……冴子《さえこ》が活字に起こす手間が一時間で、私と同じ時給千百五十円だから、合計……二千八百円か。

けどさ、これ、貰ったたって結局みんな捨てちゃうんでしょう？　なんて無駄なことやってるのかしら。バッカみたい。経費節減なんて口だけじゃない。……とは言いながらも、思ってたほどバカ高い経費ってわけじゃないのが、なんだか悔しい。

あ、そうだ、インク代と光熱費を加えるの忘れてた……。

「玉置くん、最近おかしいんじゃない？」

いつの間にやら背後に立っていた課長が、私の肩に手を置いた。私のような短大出の腰掛け社員に無視されたんじゃ、示しがつかないとでも思っているんだ。無言の抗議で非難されてるのは自分だと気付かずに……いや、気付いているから、私の側に責任を押し付けてくるのかしら。フンだ。私のどこがおかしいって言うのよ。

「ちょっと疲れてるんで……」コピーを揃えるふりをして、肩に置かれた手をそっと逃れた。

ああ、イヤだ。ブラウスにその手の脂《あぶら》が染み込んじゃうじゃない。さっきテカッた鼻の頭を、さんざんこねくり回してたでしょ。見てたんだから。

「まあ、まあ」生臭い息とともに課長は言った。「あれかい？　彼氏と上手《うま》くいっていないとか？」

思わず相手の顔に向かって吐きそうになった唾を、ゴクリと飲み込んだ。

その口元に漂うニヤニヤ笑いは、まさか下心の証《あかし》ってやつじゃないでしょうね。

落ち着いて、落ち着いて……。

「それって、危ない発言じゃありません？　人のことおかしいだの、彼氏がどうだの。……セクハラ対策委員って今どなたですか？」

「ん？　いやいや、そんなつもりじゃ……」

「私、肩触られたんですけど」

「だからあ、呼んでも無視してるからさ」

どうせ触るなら胸か尻《しり》にしておけばよかったとでも思っているに違いない。

「お茶いれろって言うのは、からだに触るぞって合図ですか？」

「君、いい加減にしなさい。もういいよ」

泣いてやろうかと思ったけど、やめておいた。

でも、こんな課長ごときにまで、彼のことをとやかく言われなきゃならないなんて、どういうことよ？

下着の上にスリップ一枚を着けただけの姿で、ソファに座り込んだ。缶ビールのプルトップを引き上げる。グイと一口、渇いた喉《のど》に流し込んだ。

「サル！」

サルはキッチンから三つん這《ば》いですっ飛んできた。足元で這い蹲《つくば》って、額をカーペットに擦《こす》り付ける。

「肩を揉《も》みなさい」

キーッ。

一声叫んで、ソファに飛び乗ると、私の掌より一回り小さい手で、肩の筋肉を摘《つま》んだ。

「そのキーッて返事は止めなさいって言ったでしょ」

ズビズバー。

思わず膝《ひざ》の力が抜ける。

ズビズバというのは、サル的には「スミマセン」と言っているのだ。

「こいつ、言葉をしゃべれるのよ」ケイコはそう言って、いくつかの単語を言わせたことがあった。

「ご主人様が帰ったら、なんて言うの？」

パパイヤ。

「バカ！」ケイコの平手が飛ぶ。

猿は頭を押さえて、デーと呻《うめ》いた。

「イテー」って言ってるの——ケイコはそう解説した。

「じゃあ、その前のは？」

「こいつ、バカだから。間違ってんのよね。お帰りなさいって言わなきゃいけないのに、ただいまって言っちゃうのよ」

「はあ？　それがパパイヤ？」

「そう、笑っちゃうでしょ」サルに向き直り「こら！　次間違えたら承知しないわよ。いい？　ご主人様が帰った時は？」

猿は首を振った。

「教えたでしょ！　言いなさい！」

ズ……ズビズバー。

私は腹の皮が捩《よじ》れるほど笑った。「あったわよね、昔。パパパヤーって続くヤツでしょ」

ケイコは気に入らなかったようだ。両目の端がこめかみまで切れ上がっていた。口は耳まで裂けている。「オニババ」ならこの猿にも発音できるだろうかと密《ひそ》かに思ってみたが、口には出さなかった。

「スミマセンじゃないでしょ！　なんだったの？　言いなさい！」

猿はまた首を振って、ズビ……と言いかけたが、後の言葉はケイコの足の裏に押し潰《つぶ》された。

猿は部屋の隅に吹っ飛んだ。起きあがった時、低い鼻から細い血の筋が流れ出た。

「お帰りなさいでしょ！　言ってみなさい！」
オ、オ……。
猿としてはその後が難しいのか、なかなか言葉が出ない。

「お帰りなさい、だってば！」

猿は不安げに目をキョロつかせて言った。

オゲ……オゲロダサイ。

私はまたひとしきり腹を抱えた。

「ゲ、ゲロ吐いちゃダサイよね」こみ上げる笑いのため、語尾が震えた。

ケイコはますます不機嫌になった。

「もういいわよ！　どこかに引っ込んでなさい！」クッションを放り投げて喚《わめ》いた。

あんなふうに、他人が「ズビズバ」に困惑しているのは端から見て楽しんでいられるが、いざ自分に対して発せられると、笑ってばかりもいられない。というより、こいつの「ズビズバ」は謝罪なのだから、むしろ笑って許せない場面が多いのだ。心底苛《いら》ついている時には、人を馬鹿にしたような謝罪が、逆にストレスを煽《あお》ることになる。膝の力が抜ける程度で済んでいるのは、まだまだこちらにも余裕があるのだ。

「返事はハイだって教えたでしょ。……さあ、揉んでちょうだい」

イイッ。

「何よ、それ？　返事なの？」

ウイ。

「ニホンザルのくせにフランス語？　まあ、いいわ。さっさとやって」

サルの指がノソノソと凝った筋肉の辺りを這う。子供にじゃれつかれているようだ。

「ちょっとォ、くすぐったいじゃない。ああ、そうだわ。そっちの……」サルの肘《ひじ》下までしかない方の左手を顎《あご》で指し示して「丸い先っぽでグイグイと押してくれない」

サルの切断された腕は既に肉が盛り上がり、擂粉木《すりこぎ》のように丸みを帯びて、肩を押すのにとっても都合良さそうに見えた。

「そうそう、それよ。うーんと……この辺ね。さ、お願い」

私は左手の指で自ら肩を揉んで見せ、サルに指示した。サルは三分の一しか残っていない先で、グイグイと私の肩を押す。

思ったほど気持ちよくない。傷口が痛むのか、どうも上手く力が入らないようだ。

「やっぱり、ちゃんと手で揉んでもらおうかしら。しっかりやってよ」

私の肩にしがみつくようにして、サルは右手に力を込めた。指の当たる面積の割には力が強い。思わず身を捩った。

「あのねえ、お前。そんな赤ん坊みたいなちっちゃな手にやたらと力を込めても、指が食い込んで痛いだけでしょ」

言った途端、どういう加減か、尖《とが》った爪の先が肩の皮膚に食い込み、薄い皮下脂肪が千切れんばかりに摘み上げられた。

「痛い！」

咄嗟《とっさ》にからだを捻《ひね》り、その勢いのまま乱暴に肘でサルを払い除《の》けた。サルはソファの背もたれから横っ飛びに肘掛けの向こうへ着地した。転がりもせず、体操選手の演技のようにピタッとガニ股《また》を揃えて見せたのが、妙に憎らしい。

「バカ！　何するのよ！　わざとやったんでしょ！」

サルは黄色い歯を剝《む》き出して、ペッタンペッタンと上半身を倒している。

「何、その顔は！　謝るのなら口を閉じなさい！」

バッタのように腰を折る動作を繰り返しているサルを尻目に、私は自分の肩に目をやった。目の端にサルの指の痕《あと》が見て取れた。捲《めく》れた皮膚に血が滲《にじ》んでいる。

ビールをグイと呷《あお》った。

お仕置きをしてやらなきゃ。

「玄関脇の納戸に道具箱が入ってるわ。持って来なさい」

キーッ。

「そんな返事じゃないでしょ！」

サルは最後まで聞かずにすっ飛んで行くと、すぐにガッタンガッタンと道具箱を引きずりながら戻ってきた。私は中を漁《あさ》り、ニッパを取り出す。

「手を出しなさい。爪を切ってやるから」

サルの顔に一瞬怯《おび》えが走った。黄色い歯を剝き出す。

「何よ、その顔」

それが威嚇じゃないことは何日か一緒に過ごして、すでにわかっている。一種の癖のようなものだ。

「さあ、出しなさい」

少し声から怒りの棘《とげ》を抜いてやると、おずおずと皺《しわ》だらけの右手を差し出した。

マジマジと見る。意外とほっそりとしているのよね。というか、手の平全体が足っぽくスーッと長い。しかし、その先端で爪は凶器のように尖っていた。しかも、ちょっとやそっとのことでは折れそうにないほど厚みがある。人間の爪よりは、どちらかと言えば、犬のそれに近いように見えた。

これで抓《つね》られちゃたまらないわね。もし引っかかれでもしたら、ミミズ腫《ば》れどころじゃ済まないわ。下手すりゃ動脈までざっくりよ。

私はサルの手をグイと引き寄せ、その目の前で、ことさらニッパの刃に電灯の光を反射させてみせた。

サルは手首を強く握って自分の方へ引き寄せた。右手さえ封じておけば、もう一方の手は役立たずだ。

私は手を竦《すく》める。

「大人しくしてなさい。暴れたりすると危ないわよ」

先《ま》ず親指から。……あら、ずいぶん下の方に付いてたのね。しかも人間のように他の指と完全に向き合ってなくて。なんだか孫の手みたい。

指の肉と爪の境目ギリギリのところにニッパを当て、私は力を入れた。切れ味が鈍っていたためか、あるいは、猿の爪の性質ゆえか、鈍い手応《てごた》えでニッパは爪に食い込んだ。ポロリと向日葵《ひまわり》の種のような爪が、カーペットの上に落ちた。道具箱からヤスリを取り出し、ゴリゴリと角を削る。人差し指、中指、薬指と、同様に切り進んで、私の足元には四つの汚らしい向日葵の種が転がった。

サルは眼を細め、すっかり安心している様子だ。最後に小指を摑《つか》むと、私は一段と強く引きつけておいて、指先の肉にニッパの刃を食い込ませ爪ごと切り落とした。

キャーッ、キャッキャーッ。

途端にサルは叫び声を上げると、私の胸を蹴《け》りつけ、ビールをひっくり返して、キッチンへと走り込んだ。

ホワッ、ホワーッ。

叫び声はまだ続いている。

「うるさい！　爪を切っただけじゃ、お仕置きにならないでしょ！　そんなもの、メンソレでも塗っておけばすぐ治るわよ。それより、ここを拭《ふ》きなさいよ、バカ！」

キッチンの隅でサルは蹲《うずくま》っていた。さかんに小指の先を舐《な》めている。

「役立たず！　雑巾《ぞうきん》を持ってきなさいよ！」

私は罵《ののし》ったが、結局、自ら雑巾を取って、カーペットの上を這《は》い回る羽目になった。からだを動かす度に、サルに蹴られた乳房が揺れて痛んだ。

ソファに腰を下ろし、紙の束をペラペラと捲ってみる。課長が命じた例のハウツー本のコピーを一部ずつ無断で拝借してきたのだ。藁《わら》にも縋《すが》るってヤツ？

何々、「身近な話題を持ち出し、緊張をほぐす」ですって？　ふうん、相手に親近感を抱くと緊張がほぐれて無警戒になる、か……。へえ、税務署の係官がよく使う手なの？

課長ったら、こんなもの読ませて、営業成績が上がると本気で信じているのかしら。私なら手渡された途端、ダウナーな気分になっちゃうけど。なんだか、電波が飛んできてそうだもん。

とは言いながらも、ついつい手に取ってしまったのは、これが占いや呪《まじな》いの類《たぐい》と同じであるということなのよね。信じてなんかいないけど、ダメもとでやってみようと思ってしまう自分が可哀想だ。

でもなあ、私、税務署になんか勤めていないし。身近な話題って言われても……。

そういえば、あの人、家族の話なんて全くしなかったわ。趣味は読書と釣り……だったっけ？

なんだか、オヤジ臭ーい。伸吾じゃなかったら、こんな悪趣味の男、鼻にも引っかけないんだけど。

そういえば、ケイコの部屋で刺身を食べたことあったわね。あれって、伸吾が釣ってきた魚だったんだ？

すっごく美味《おい》しい、新鮮、なんて騒いじゃったけど、ちくしょう！　今から考えてみれば、あの二人の愛のおこぼれを恵んでもらってたようなもんだ。頭きちゃう！　そもそも、私のところに一匹も持ってこなかったのは、どういうこと？

やっぱ、こんな紙切れ眺めてる場合じゃないわ。やらなきゃ、いつまで経っても何も変わらないもんね。

ケイコ、見てなさいよ！　私だってあんたがやったように、幸せをこの手に引き寄せてやるんだから。あんたがあんまりサルを苛《いじ》めたからさあ、あいつ、私んとこに逃げて来ちゃったのよ。それって自業自得ってヤツよね。因業なこととして幸せ手に入れたってさ、結局長続きすることなんかないのよ。

取り敢《あ》えず、あの人とよりを戻すことだ。そのためには……やっぱ、手が要るでしょ、猿の手が！　絶対、これよね。

サル、覚悟してなさいよ！

＊

「最近、あずさ、ダイエッてる？」

駅ビルの中にあるコンビニで、突然ひろ子は訊《き》いた。

「ううん。そんなんじゃなくってさあ、なんか、このところずっとからだの調子が悪いんだよね。っていうか、なんかイライラして……」

「だって、顔色悪いよ。目の下に隈できてるし。実は危ない病気だったりして」

「なわけないじゃん」

「わかんないぞー」

ひろ子の笑顔に調子を合わせて笑ったが、確かに、私の顔は頬が瘦《こ》け青ざめて、目は虚《うつ》ろだった。

「変な瘦せ薬でも飲んで、急激にきちゃったのかと思ってさ。ほら、寄生虫の入ってるカプセル？　ネットで買ってたりして」

「あんな下らない噂、信じてるの？　あるわけないじゃん」

「じゃあ、どうやって痩せてるのよ？」

ひろ子の関心は結局、その全身を無駄に覆う脂肪をどうにかしたいということなのだ。

「食べなきゃいいじゃん。私なんてにおい嗅《か》いだだけで胸がムカムカしてきてさあ、全然食べられないんだもん」

「あんた、簡単に言うけどねえ、それができたら苦労しないわよ。食欲ってのは人間の三大本能なんだから」

「他の二つって何？」

「ええ？　他って……性欲でしょ、それと……なんだったっけ？」

なーんだ、よく知りもしないのに言ってるんだ。もちろん、私だってあやふやだけど。

「本能ってのはさ、それをしないと死んじゃうわけでしょ？　とすると……食欲に対して出すほうかしら？」

「でもさあ、セックスってしないと死んじゃうの？」

「そりゃ……」と言ってみたものの、言葉に詰まった。餓死は聞いたことあるが、セックスしなくて死んだってのは知らない。強引に押し切ることにした。

「やっぱり死んじゃうんじゃない。場合によっては」

「どういう場合よ。だって、年寄りなんてさ、しないでしょ」

「だから、すぐ死んじゃうじゃない」

「あ、そっか。年取ったら死んじゃうもんね」

二人で笑う。

後ろに立っていたオヤジが、ジロジロとこっちを見ながらレジへ足早に向かっていった。その頭頂から後頭部にかけて、バーコード状の髪の毛が地肌と格闘している。あんなオヤジでも家に帰って奥さんと励むのかと思うと、吐き気がしてきた。そいつを無理やり飲み下す。

「ひろ子さ、前やってたトウガラシダイエットだったっけ？　あれ、どうなったの？」

「ああ、あれ。ダメなんだよなあ……。余計に食欲湧いちゃうんだもん」

「それって、過食症の域に入ってんじゃないの？」

「そう思う？　ストレス溜《た》まるからなあ」

ひろ子はこれでもうちの短大の中じゃ成績優秀者の一人だった。今は地元の小さな信用金庫に勤めている。今にも大手に統廃合されちゃいそうなちっちゃなところ。もっといいとこに就職あってもよかったと思うんだけど、やっぱデブスってのが不利なのかな。

彼女、入社早々よく愚痴ったものだった。お金の収支が一円でも合わなければ、日付が変わるまでも全員残って、計算を何度もやり直すんだって。大して大きくもない信用金庫なんだから、高が知れた金額の計算をそうそう間違えるわけがない。結局、誰かがミスを認めるまで続くのだそうだ。つまらない算数に大の大人が延々何時間もかけて、時間を無駄に過ごすくらいなら、私が自腹切って払ってやるわよって息巻いてたよね。確かに、ストレスは溜まるだろうけどさあ。

けど、私の知ってる範囲で言うなら、ひろ子が太ってなかった時期って、なかったようにも思う。

「そんなに痩《や》せてるのに、なんかおっぱいだけは萎《しぼ》んでないでしょ？　って言うか、前よりおっきくなってない？」

「そ、文句なしのナイスバディ……はいいんだけど、ブラ、Cカップでもきつくなってきちゃってさあ」

「それって、妊娠してんじゃないの？　乳首黒くなってきてるとか？　臍《へそ》の下の辺り、もぞもぞ動いたりしない？」

「しないわよ。ひろ子こそさあ、脂肪だとばかり思ってたのが、妊娠してたなんてことないの？」

「バーカ。あるわけないいっつーの」

彼女、短大に入学した時の自己紹介で、彼氏いない歴十八年って言ってた。ってことは、その後も誰かと付き合ったって話聞かないし、彼氏いない歴を二十六年まで更新してるわけだ。もちろん、処女のままで。ということは、当然セックスもしていないわけだ。でも、彼女、ちゃんと生きてる。ということは、本能っていうのは、必ずしもそれをしなくても死にはしないってことだわね。

コンビニを出て階段を降りかけたところで、鬱陶《うっとう》しい茶色の前髪の下から目を光らせている小柄な兄ちゃんが近付いてきた。そんなのじゃ歩きにくくてしようがないでしょってくらい、くたくたのジーンズを下げて穿《は》いてて、鼻のピアスが大きなほくろに見えて滑稽《こっけい》だった。

「お願いしまーす」さっと青いものを差し出し、すぐに遠ざかっていく。エステティックサロンの宣伝用チラシ。

「このチラシお持ち下さい。ドリンクサービス、だって」

「何飲ませてくれるんだろう。青汁だったりして」

笑いながら階段を降りると、そこでもさっきの兄ちゃんを縦に十五センチほど引き延ばしたような男が立っていて、また青いチラシを差し出した。

「さっき上でもらいました」

ひろ子が答えると、男は並んで一緒に歩き出した。「彼氏いるの？」

いきなりタメグチきいちゃって、それだけで既に頭きちゃうのよ、あんた。

無視してんのにさ、前へ回り込んで「お姉さんたち、充分キレイだけどさ、もっとキレイになれるんだ」だって、放っといてよ。

「試しに一度やってみない？」

しっこい男よね、いったいなんだってんだろ。

私、言ってやった。「お兄ちゃん、バイトでしょ？　そんなに売り込まなくてもいいんじゃないの？」

「いやバイトだけどさあ。オレの姉貴がやってんの、この店。覗《のぞ》いてやってくんない？」

お前みたいなヤツの身内じゃ、余計に行く気が失《う》せたわよ……口には出さなかったけど、さっさと離れてよって感じ。

「上にいたの、弟？」

「あれ？　あいつはオレのダチ」

「あいつの身長、伸ばしてやった方がいいわよ。それじゃ、サイナラ」

手を振った私たちに、男はなおも絡んできた。

「あのさ、ほんっとにキレイになるんだって。こっちのお姉さん……」馴れ馴れしくひろ子の方に手を伸ばして「みがき甲斐《がい》があると思うよ」だって。

完全に喧嘩《けんか》売ってんじゃん、それって。私じゃなくたって、頭に血が昇るって。

「みがいたらあの人とよりが戻るわけ？　どうなのよ？　あんた、責任持てるの？」

「なんの話だよ」って、とぼけた顔してやがんの。

「ちょっと、あずさ。放っときなよ」ひろ子が裾《すそ》を引っ張ったけど、もう遅いわよ。

「みがきゃどうなるっていうのよ？　あんた、この子とセックスしてくれんの？　え？」

なんだかまずいことになりそう、とは思ったものの、言い出すと止められなかった。

「彼氏いない歴二十六年のこの子と寝てくれるわけ？　ええ？　どうなのよ？　さあ、やってみなさいよ！」

男もひろ子も口をきかなかった。誰か止めてくんなきゃ！

すぐに通行人が周り取り巻いちゃって……。けど、確かに、チャラチャラした鼻ピーの兄ちゃんが、狂ったように喚《わめ》く女にやり込められる図ってのは、金いらないのなら、私だって見たいもの。

「いいわよ、行ってやるから。あんたの自慢の姉さんがやってるエステとやらに行ってやる。みがいてもらおうじゃないのよ。その代わり、あんた、ひろ子と寝てよ！」

「イヤ、そんなこと……」男は困惑した笑顔を観客に振り撒きながら、彼らに溶け込もうとするかのように、ジリジリと後ずさっていった。

「でさあ、ついでに伸吾も呼んで、きれいになった私を見せてやってよ！」

いつの間にか男は見物客の中に消え去り、ひろ子が猿回しの使い手のように少し離れてポツンと立ち、肩で息をする私の周りには、白けたムードと人々の視線がヒシヒシと立ちこめていた。

穏便にサルの手を切り取る手筈《てはず》を私は何日も考え続けたが、考えれば考えるほどそんな手段なんてあり得ないことに気付いた。つまり、正攻法でいくしかないということだ。でも、一息に押し倒して奪っちゃうってやり方は私の好むところではないし……って、なんか、これ、童貞奪うみたいな言い方だ。あの北京原人くん、もう捨てちゃったかな。二十六だもんね。まだだと、ちょっと気持ち悪いかも。

それはともかく、私、今日こそはって決心した。

「ねえ、私のお願い、聞いてくれる？　言うとおりにしてくれたらさあ、もう明日からなんにもしなくていいから」

っていうか、したくてもできなくなるでしょうけどね。

「お前、私のからだ、触りたいんでしょ？　好きなだけ触らせてあげるからさあ」

風呂《ふろ》上がりの裸を物欲しそうに見てるのは、知ってるわよ。でも、もう触れなくなっちゃうわね。

サルは眼窩《がんか》の奥の丸い目を不安そうにキョトキョトと動かしている。無理やり押さえ付けてやってしまっても構わないのだが、やっぱりケイコのような強引なやり方は私の望むところではない。できるだけ穏便に……。

「ねえ、どうなのよ？　なんか答えたら？」

バナナハ……。

サルはどう聞いてもそうとしか聞こえない呼び方で私のことを呼んだ。「あなた」のつもりなのだ。

「私、バナナじゃないわよ」

ズビズバー。

笑っちゃいけない。こみ上げてきたものを噛《か》み殺すと、ヒクヒクする横隔膜が肺を揺らし、開きっぱなしの鼻の穴から、犬が臭いを嗅《か》いでいるような鼻息が漏れた。

「なんなのよ？　言いたいことがあるの？」

アバタハ……。

「アバタって誰のことよ？　妙な呼び方で人のこと呼ぶんじゃないわよ」

サルはやたらと額をカーペットに擦り付ける。この卑屈さのお陰で、リビングのあちこちに短い毛がくっついている。

ダニヲカンガルー。

「何よ、カンガルーって。それ、オーストラリアで跳ねてるヤツでしょうが」

もちろん、サルが言いたいことはわかっている。「ダニ」は「何」だ。「カンガルー」は「考えてる」。

「いいから、ここへおいでよ」

私はソファの横を指差した。サルは疑わしそうな目つきで、のっそりとソファに乗ってきた。頭を撫《な》でてやる。そういえば、一度もこいつを撫でてやったことなんてなかったっけ。ペットとしては不憫《ふびん》な部類ね。ちっちゃい頭。おでこってどこかしら？　なんだか、キョロキョロしちゃってさ。落ち着きがないわね。

私はサルの右手を捉《とら》えた。ソロソロと薄いTシャツの方へ引き寄せる。

「そんなに固くならなくっていいのよ。さ、力を抜きなさい。手を開いて」

サルの手を胸元へと導いた。

「いいわよ、触っても」

小さな手がおずおずとシャツの端を摑《つか》んだ。

「そんなとこじゃなくって。ほら、わからないの。ここでしょ」

皺《しわ》だらけで一見硬そうに見えるくせに、その実意外と柔らかいサルの手の平がシャツの上からブラジャーに触れた。

「どう？」

サルでも羞《は》じらいがあるのか、下を向く。

今の私が相手だったら、北京くんも、こうして弄《もてあそ》んであげたのにね。何やってるのかしら？　たぶん、しがないサラリーマンよね。あまり利口そうじゃなかったし。まだ結婚なんてしてないだろうなあ。あの子、モテそうになかったもんね。でも、私に目を付けるなんて、可愛いとこあったわよね。

北京くん、そう、そこよ。上手《うま》いじゃない。うん、いい。

キィキキーーーッ。

痛！

何が気に入らなかったのか、サルは不意に私の乳首を抓《つね》り上げると、すっ飛んで逃げた。

ちくしょう！　あんな馬鹿猿相手に気分を出してしまった！　絶対許さない！

「待ちなさい！」

サルはキッチンへ逃げ込もうとしている。

「こら！　止まれ！」

キッチンへ足を踏み入れた途端、入れ違いにサルは足元を擦り抜けて逃げた。私は追い掛けようと一歩踏み出して足を止めた。

無駄だ。だって、あいつ、一本手がないくせに私より素早いんだもん。

うーん、こんな時にあの馬鹿げたハウツー本が役に立たないかしら。だって、相手はしょせん畜生だし、人間よりももっと単純なわけじゃん。だったら、使えそうよね。

リビングに戻り、テーブルの上に数日前から投げ出しっぱなしのコピーの束を捲《めく》る。

警戒している相手を手なずけるってのはないかしら？

ええと……あ、これ、どうかな？　「頼み事があるときは、まず親切な言葉から」ってヤツ。

ははあ、なるほど、本音は後回しにするわけね。いきなり「手を切らせろ」って言っちゃダメなんだ。とすると、何がいいだろ？　あいつのやりたそうなことから……私のおっぱい触りたくない？

……って、さっきと同じじゃないのよ！

もっとマシなのないの？

ああ、これ、「先《ま》ず引き受けがたい要求をし、その後さり気なく本音を持ち出す」って、どうだろう？

ん？　なんだか、さっきの逆バージョンみたいな気もするんだけど……ま、いいや。

でも、手を切らせろっていうの以上に引き受けがたい要求って？　頭の毛を抜かせろ……って、全然引き受けにくくないわね。尻《しり》を叩《たた》かせろ……なんだか、SMっぽい。却下。

追い出すわよ……って、手を切られるくらいなら、本当に出て行っちゃうかも。逃げられちゃ意味ないし。命をくれ……なんて、今時刑事ドラマでもアホ臭くって言わないしなあ。

うーん、足をくれ、目玉をくれ、ヘソをくれ、頭をくれ……ってどれもこれも、手をくれって要求とどっちもどっちじゃん。

もう餌やんない……なんて言っても、あいつ自分で勝手に調達しそうだしな。……あ、そうだ。餌やんない代わりに、餌あげちゃったらどうだろ？　ええと、ほらほら。

パラパラとコピーを捲る。

「身近な話題を持ち出し、緊張をほぐす」って、これに当てはまってんじゃない？　あいつの身近な話題なんて、食べ物に関することくらいなもんじゃん。あいつが食べたい餌を食わせてやるのよ。それでさ、安心してバクバク食べてるところを後ろからグイと……いやいや、あいつ、きっと暴れるわね。ということは……暴れないようにしちゃえばいいんだ！

私って、あったまイイ！

緊張をほぐすんだよね。要するに、ぐったりさせちゃえばいいんでしょ。役に立つじゃん、この紙切れも。課長、見直しちゃったよ！

サルはまんまと引っかかった。

大好物のココアを喉《のど》を鳴らしながらゴクゴク飲んじゃって、バナナにパイナップル、桃にリンゴと、果物食べまくり。ココアに睡眠薬を混ぜ、念を入れて、果物は切った後、睡眠薬を溶かした砂糖水にしばらく漬けておいたのよね。我ながら考えたもんだわ。もう食べてる途中からうつらうつらしちゃってさあ。目も開けてらんないくせに、まだ口に詰め込もうとしてるのよね。浅ましいったらありゃしない。

よだれ垂らしながら椅子から転げ落ちちゃってさあ、あまりの効き目に、こっちがびっくりしちゃった。でも、おしっこ洩《も》らしちゃうとは、計算外だったわ。食事の前にちゃんとトイレ行かせておくんだった。

サルは顔ひっぱたいてやったけど、ガアガア鼾掻《いびきか》いちゃって、全然反応なし。風呂《ふろ》場に運んでノコギリでゴリゴリ腕切っても、ウンともスンとも言わなかった。そのまま死んじゃっても別に構わなかったんだけど、放っておくとどんどん血が流れてきてさ、風呂場が汚れちゃうから、腕にタオル巻いてビニール袋被《かぶ》せて、きつく縛っちゃったのよね。結果的に止血ってヤツ？　サルは一命を取り留めたわけよ。

それが幸せだったかどうか、私にはわからないけどね。だってさ、猿の手を持ってない猿なんて、存在価値ないじゃん。

＊

ああ、ほんっとにイヤになっちゃう。それって私のミスなわけ？　だって片付けようっていうのは、総務部全員の意見なんだから。特に飯田課長なんて、やっちゃえやっちゃえって調子こいちゃってさ、うわー汚ねえ、なんてバンバンゴミ箱に放り込んでたくせに、部長が事業報告書知らないかって訊《き》いた途端、蒼《あお》ざめちゃって、玉置くん、君、責任者だろ、だって。

ちょっとちょっとって感じよね。なんで私がいきなり責任者になってるわけ？　私は単に若い連中に指示出してただけじゃない。それに一番嬉《うれ》しそうだったのは、課長、あんた自身じゃないの？　そもそも課長がめったやたらにコピー配りまくるから、部長がバッカみたいにそれを溜《た》め込んでさ、で、あんなとんでもないお山があの人の周りに出現しちゃったんでしょうに。

にしても、あれっていったい何年分あったんだろうね。部長があの席に座ってから一度も整理してないわけだから……ええー、嘘でしょ！　三年！　手つかずで！

怖《おそ》ろしい……。だって私がまだ二十三歳だったってことでしょ？　もうその頃の初々しさなんて、暴風の河川敷で揚げてる凧《たこ》みたいに遥《はる》か彼方《かなた》に霞《かす》んじゃったわよう。

契約している清掃会社の人も、床と廊下サアーと掃除機で吸ってくだけだしね。第一、あんなになってちゃあ、掃除機の先が入らないって。

「僕は自分でわかるように整理してあったんだぞ！　それを、なんだ！　勝手に動かしちまって」

ああ、うるさい！　整理しても構わないって、自分だって言ったくせに。大事なものなら自分でどうにかしてよね。

「一応、その横の茶封筒に重要そうな書類は詰めときましたけど」

「ああ、どれだ？　これ？　こんな薄いヤツに？　入るわけないだろ。たっくさんあったんだぞ」

「ほとんどゴミでしたけど。それと、その周りの空き缶や湯呑《ゆの》み類、ご自分でどうにかしていただけませんか」

中でも一際目立つ大きな湯呑みは、余りの汚れのために周りに書かれた字が読み取れなくなってしまっているけど、確か歴代徳川将軍の名前がグルッと取り巻いていたはずだ。日光への社員旅行で買ってきたもので、初めはちゃんとお茶をいれていたのだ。が、「こんな大量の茶を飲まされたんじゃ小便が近くってしようがない」なんて言っちゃって、その後はペン立てに格下げになった。更にその後も格は下がって、いつの間にやら、イカ飯の腹に詰められたご飯のように、煙草の吸い殻がぎっちりと詰め込まれていた。しかし、それだって二年前にはオフィス内での禁煙が徹底されて、詰め込むのが不可能になっているんだから、怖ろしいことにそれだけの長きに亘《わた》って机の片隅で安眠を貪《むさぼ》ってきたってわけよ。かつて底の方には火消しのための水が入ってたはずで、その水分はタンポポの綿毛のような黴《かび》を培養し、いつか見たときには、飲み口から盛り上がって胞子を撒《ま》き散らしていたものだった。この煙草の吸い殻のミイラは迂《う》闊《かつ》に発掘したりすると、呪いのために死んじゃいそうで、誰も手を付けようとはしなかった。

「ん？」今さらのように部長は、机の周りを見回す。湯呑みには目もくれず、コーヒーの缶を耳元で振っている。「今朝買ってきた飲みかけのはどれだ？」

「さあ？　その一番端っこのが、新しそうですけど」

「これか？」よく確認もせず、いきなりグイッと一飲み。途端にブーッと焦げ茶色の霧が口から噴き出した。

ワオーッ。

危険を察知して安全な距離にまで遠ざかっていた私だけど、あまりに見事な霧吹きに心の中で思わず喚声を上げちゃった。

「わー、部長、お見事。グレートカブキみたいです」口にも出してしまったけどさ。

グレートカブキってのは、知る人ぞ知るプロレスラー。顔面赤白の隈取《くまど》りを入れて口から七色の霧を吐いてみせるの。パパがプロレス好きだったから、小さい頃よく見てた。部長がご存じかどうかは知らないけどね。

盛大に霧を吹いた当の部長は、眼鏡の奥でギロッと眼を光らせた。

「おい！　これ、いつのコーヒーだよ！　腐ってんじゃないか！」

そんなの知らないって。

「まあ！」一応驚いてみせる。「でも、全部吹いちゃったから大丈夫ですよ」

「ったく！　君ね、ほんっとに扱いにくくなったぞ、ここんとこ」

「あらっ、入社したての頃も扱いにくい小娘だって、よく言われましたけど」

「ええい、屁理屈《へりくつ》はもういい！　君くらいのベテランになったら、僕の書類の管理くらいきちんとやっておいてほしいんだよね。それと、空き缶も！」

「はあ？　さっきはご自分でわかるように整理してあるっておっしゃいましたけど。それに、私がそんな管理までやっちゃったら、部長はなんのお仕事なさるんですか？」

「僕は僕でやることはあるんだ！」

「ネズミに餌をやったりとか？」

部長はポカンと口を開け、呆気《あっけ》にとられた表情で私を見た。

「ゴミの山を整理している時に、チワワくらいあるドブネズミが、給湯室の方へ走って行きましたけど。あれって、部長が飼ってらしたんですか？」

「バ、バカ言うな！」

立ち上がった拍子に周りの空気が揺れて、臭いの波状攻撃が襲ってきた。思わず息を詰める。何せ、ヤニだの酒くさい臭いだの老人臭だの、色んな逆デオドラントを纏《まと》っている人物だ。生身のゴミ収集車とまで言われているんだから。

「君ね、腰掛けじゃなかったのかよ！　入社当時さんざん言ってたじゃないか！　長くいるつもりはありませんって！」

っるさいったらありゃしない。好きで働いてるんじゃないっつーの。働き始めた頃の記憶なんて、もう宇宙の果てまで吹っ飛んでしまってるってば。

「で、僕のコーヒーはどこ行っちまったんだ？　まさか君、飲んじゃったとか？　間接キッスてヤツか？」

死ね！　馬鹿！

「さっきのネズミが吸っちゃったんじゃないですか。チュウチュウって。あ、これって間接キスですね」

「ふざけるんじゃないよ！　君ね、言外のニュアンスっていうの読み取れないわけ？　新しいの買ってこいっていうことだよ！」

私、あんたの召使いじゃないいんだけど！

あー、ムシャクシャする。ここで私がいきなり人格変わっちゃったら、どーするだろ、この人たち。ブチッて切れちゃってさ、机椅子ひっくり返して、ゴジラみたいに暴れちゃって、ペンやホチキス、バンバン投げちゃって、マル秘の書類も決算書もなーんもかも全部ビリビリに引き裂いてやるの。あー気持ちいいだろうなあー。

ちっくしょう、今ごろケイコのヤツ、何やってんだろ？　いかにも主婦ですって面して、のうのうとテレビなんか見て、お茶でも飲んでたりするのかなあ？　あー、もうヤダ！

本当なら私がそこにいるはずでしょうが。

あ、そうだ、ここでいきなりケイコと入れ替わっちゃうっての、どう？　ケイコのヤツ、腰抜かすかしら？　で、私の方はテレビの前でコーヒーかなんか飲みながら馬鹿笑いしてさ。面白そう。

「どーもすみませんでしたア」

投げ遣《や》りに謝って適当なところで部長の相手を打ち切り、私は自分の席に戻った。机の抽斗《ひきだし》をそっと開ける。

あった、あった。

ま、あるに決まってんだけどさ。今朝持ってきたばかりだからね。部長の机みたいに誰かに勝手に弄《いじ》くり回されない限りは、あって当然なのよ。

でも、入れといてよかった。なんとなく予感？　朝からあったのよね。今日こそは何かあるかもしれないって。

ええと、高く掲げて願うんだったわよね。

ちゃあんと本も買ったんだから。『怪奇小説傑作集』って題名のさ。あんなのが出てるんだ。知らなかった。子供向けの本だとばかり思っていたから、探すの苦労したわよ。書店員に尋ねてようやくわかったんだもの。で、やっぱりジェンキンスじゃなかったでしょ。馬鹿ね、ケイコったら。テレビの前でババ臭くお茶なんて飲んでる場合じゃないのよ！

あー、なんか小気味がいいわね。

「玉置くん！」

……もう、うるさーい。書類が何だって言うのよ。こっちはそれどころじゃないんだから、自分でなんとかしてよね。

「君ね、何年ここで働いてるのよ？」

まだ何か言ってる。ほんっとに何者なんだろうね、あのオッサン。

「それって答えなきゃならない質問ですか？　それとも、私が年齢をしゃべるのを無理強いしようとする、単なるセクハラってヤツですか？」

「わかってないね、君も。さっきから言ってるけど、言外の意味ってのがあるだろ？　君くらい長くやってたら、もう僕とはある程度ツーカーなわけだしさ」

何よ、ツーカーって。勘違いしてるんじゃないの？

「長く長くって言わないでもらえます？　なんだか奥さんになったようなイヤーな気分なんですけど」

私は毛だらけの孫の手のような猿の手を取り上げる。目の前に高くかざした。

何人かが一斉にこっちを見た気配がするけど、別に構いはしないもん。だって、もういなくなるんだし。

「お願い。私とケイコを入れ替えて。今すぐ！」

わっ、動いた！

そうそう、確か、小説でも願い事をかけると動くんだったわね。

「おい！　人の話聞いてるのか？　何やってんだ？」

「見てわかりませんか？　部長こそ、何年私と付き合ってるんです？　私のやりそうなことくらい予測つきません？　だってツーカーなんでしょ」

「ああん？　君と何年付き合ってるかァ？」

「二十二週目に入ってます」

何言ってんだか。

「順調ですよ。元気に育ってますね」

何それ？　まるで妊娠でもしてるみたいな言い方しないでよ。

……ん？

周囲を見回した。眼の前に白衣を着た銀縁眼鏡の中年男性。その手に握られたスティックが不鮮明な白黒画像を指し示している。

「もう男の子か女の子か、わかるんですか？」

この声！

頭の上の方に視線をやると、伸吾が丸椅子に腰掛けて眼鏡の男に問い掛けていた。

「ええと、そうですね、わからなくもないんだけど、うちじゃはっきりとしたことが言えるようになるまでは、できるだけ慎重にということでね……」

ちょおっとオ！　どういうことよ？

私は腹を晒《さら》したまま、もう少しで飛び上がりそうになった。

「ああ、動かないで。そのまま、そのまま。はーい、いいですよ」

銀縁眼鏡の持つスティックの先が画像上を動く。

「これ、真横から映ってますね。ここが太股《ふともも》。で、ほら。こうお腹があって、ここから出てるでしょ、これが臍帯《さいたい》、臍《へそ》の緒です。この目盛りが一つで一センチですから、臍帯だいぶん太くなってますね。もう一センチ超えてますよ」

これってもしかして超音波ってヤツ？　ということは、私は妊婦？　でもって、伸吾と一緒に定期健診？

「これじゃ……その、あそこは隠れてますね」

嘘でしょ？　ゆ、夢？

だって、さっきまで私は会社であの下らない部長とカスのようなやり取りを……。

そりゃ、確かに、ケイコと入れ替われって祈ったけれど……。でも、こんなことってあり？

猿の手、やってくれちゃったってこと？　ホントに？

でも、いきなり妊婦じゃん！

それって、違わなくない？　だって、ケイコ、今ごろテレビ見ながら、コーヒー飲んでんじゃなかったの？

やっぱ、困るでしょ、こういうのって。心の準備ってものがあるじゃん。突然妊婦なんてさ、どーすりゃいいのよって感じ？

＊

身重って言葉、わかるわ。鈍重なのよね、ケイコのからだ。よいしょ、なんて思わず掛け声かけちゃってさ。恥ずかしくってたまんないなー。

せっかく伸吾と一緒になれたのに、あっちの方は満足にできなくってさ。気持ちいいことだけケイコのヤツよろしくやっちゃって、なんかこっちは欲求不満たまるなあ。

これぞ貧乏籤《くじ》ってヤツ？　苦しい時期に入れ替わっちゃって、この先まだ何ヶ月もこれが続くわけでしょ？　しかも、子供産むのって痛いって言うじゃん。もし産んだ後に、また入れ替わったりしたら、もうサイテーよね。

お腹を痛めた子っていうけどさ、根本的に私の子じゃないんだしね。膨らんでいくお腹見てても全然愛情とか湧いてこないし。やんなっちゃうよなあ。

しかも、伸吾のヤツ、どうもコソコソしてんのよねえ。私だってダテで付き合ってたわけじゃないんだからさ、わかるのよ。なんか落ち着きがなくって、後ろめたいことやってそうな雰囲気っていうの？　浮気、とか？　まさか、もとの私とよりを戻そうとしてるなんてこと、ないでしょうね。ぜえぇったい、許さないいんだから。

ってことで、私は今、以前の私、つまりからだはあずさで中身はケイコのマンションへ向かってるんだけど、かなり不安。だって、その後全然情報とかないし。やすやすと浮気の証拠をつかめるなんて思ってないけど、なんとしてもあの猿の手だけは取り戻しとかなくっちゃ。あまりの混乱ですっかり忘れてたけどさ、今ごろどうなってるんだろ？　ケイコがそのまま持ってるのかしら？　困っちゃうよね。まだ願い事二つも残ってんだし。またケイコに使われたんじゃ元も子もなくなっちゃう。

あの後、私になっちゃったケイコがどんな生活してるかは全くわからない。職場に電話して探りを入れたけど、ずっと休んでるって言うし。マンションの方は誰も出ないし。あそこで入れ替わったわけだから、ケイコの方はいきなり部長とやり合ってる場面に出くわしちゃったわけでしょ。笑っちゃうよね、他人事《ひとごと》だと思うと。でも、下手すると、泣き出しちゃったりしてさ。やっぱ、びっくりしちゃうでしょ。産婦人科の診察室にいたはずなのに、突然部長の悪臭に襲われたんじゃさ。ぜえったい、悪夢を見てるとしか思えないもんね。

マンションの鍵《かぎ》は風呂《ふろ》場の出窓の桟の裏側に貼り付けてある。ケイコが余計なことをしていなければ、まだあるはずだ。

ちゃんと生活してるかな。お部屋きれいに使ってるかしら。あの子、やたらと食べカスなんか落とすのよね。でも、全然平気なんだからイヤんなっちゃう。ああいうのを言うんだよね、無神経ってのは。指に付いたお醬油《しょうゆ》なんかでも、ペロペロって舐《な》めてパッパッと振り回すだけで、その手を拭《ふ》きもしないんだから。

あれ？　引っ越し会社のトラック？　どこか引っ越しかしら？

そうそう、ここはオートロックじゃないんだ。なんだか、物騒ね。誰でも入り放題じゃん。管理人もいないし。

エレベーターのボタンを押す。すぐにドアが開き、乗り込むとウィーンという上昇音が聞こえて、表示が4で停まった。

ドアの向こうに、二人の白い作業服の男と茶色のタンスが立っていた。

あれ？　このタンス、どこかで見たような……。

私は横目で見ながら、廊下をかつての部屋へ向かって歩いていった。

ゲッ。ドアが開けっ放しじゃん！　何やってんのよ、ケイコの馬鹿！

不意にそのドアから中年の女性が現れた。ゴミらしき黒いビニール袋を提げている。

「あ！　ママ！」思わず声を上げた。

不審げな顔付きで中年女性が振り向いた。

……そうだわ、もう私のママじゃないんだ。

「あ、あずささんのお母さん」

「あら、まあ、お友達ですか？　色々とお世話になりましたねえ」

「おおーい。部屋の契約書とか印鑑とか、どこにあるのか聞いてるか？」奥から男の声が聞こえてきた。

パパの声だ。でも、もう私には、この人たちをそう呼ぶ権利はないんだ。

「はあい、ちょっと待って。今、あずさのお友達が見えてるの」そう奥に向かって返しておいて、私の方に向き直る。「あの、どちらさんでしたかしら？」

「はあ、た……」（玉置じゃないわよ！）「ええと、宮本ケイコです。結婚して名前変わっちゃって。以前は小倉《おぐら》っていう姓でした」

「ああ、小倉ケイコさん。ええ、ええ、お名前は伺っています。仲良くしていただいたんでしょう。どうもありがとうございました」深々と頭を下げる。

ママ……。ちょっと見ない間に、ずいぶん白髪が増えちゃって。ごめんね。早く孫の顔見せてあげたかった。私、妊娠してるけど、残念ながらママの孫じゃないんだ。憎まれ口叩《たた》いたこともあったけど、いつか親孝行しなきゃって思ってたのよ。でも、もうできなくなっちゃったね。ほんっとに、ゴメン！

目の前が霞《かす》んだ。瞬きを繰り返したが、涙が後から後から溢《あふ》れて止まらなくなった。

「まあまあ、お優しいお友達。あずさもこんなことになっちゃってね」

そうだ、あずさ、いや、ケイコだ。こんなことって、どんなこと？

「彼女、どうしちゃったんですか？」ハンカチで溢れる涙を拭《ぬぐ》いながら尋ねる。

「いえね、それが、もう人が変わったみたいになっちゃってねえ」

そりゃそうでしょ。中身が変わっちゃったんだもの。

「具合、あまりよくないんですか？」露骨に訊《き》けないのがもどかしい。

「ええ、精神的にね、ちょっと」

奥歯にものの挟まったような言い方ってヤツ？

「今いらっしゃいます？」

「いいえ、あの子は先に実家の方へね」寂しそうな笑顔を浮かべる。

こっちはホッと胸を撫《な》で下ろした。だって、いきなり奥から走り出てきて、からだ乗っ取ったわね、なんて喚《わめ》かれちゃ困っちゃうもの。

「じゃあ、あずささん、静岡へ？」

「ええ、少し静養した方がいいだろうってことでねえ」悲しそうな表情。

そっか、ケイコ、これからはあの街で過ごすんだ。富士山の見える街。羽衣伝説、お祖母ちゃんから何度も聞かされたなあ。そうそう、登呂《とろ》遺跡。中学校の遠足で行って以来、一度も行ってないわね。懐かしいなあ。徳川家康と清水の次郎長の街なんだよね。

またジワッと瞼《まぶた》の裏が熱くなってきた。あの故郷を訪ねる機会が、私に再びあるだろうか？　今さら、私こそあずさです、なんて言えないし。第一、誰にも信じちゃもらえないわよね。きっとケイコも信じてもらえなかったんだわ。精神病院とか連れて行かれたんだろうか？

　ママ、ほんっとにゴメン！　でも、私、絶対幸せになってやるから！

「すみませんねえ。なんだかバタバタしちゃって、ごゆっくりお話もできなくて」

「あ、いいえ。まさか今日引っ越しだなんて知らなかったもんですから、お忙しい時にお邪魔してしまって……」

「あの子にも伝えておきますわ。また静岡の方にも遊びに来てやって下さいな。それじゃ」

「あ、あ……」これでサヨナラされちゃ、わざわざやってきた意味がない。

「何か？」

「私、彼女に大切なもの預けてあったんですけど、どうなったかと思っちゃって」

「ああ、それはそれは、申し訳ありませんねえ。どういったものかしら？」

「えっと……」困っちゃうじゃないよ、どんなものかなんて聞かれても。猿の手です、なんて馬鹿みたいなこと言えないし。

「あ、あの……毛むくじゃらの小さな手のミイラみたいなもので、こう、いかにも本物みたいなヤツなんですけど、どこかに置いてませんでしたか？」

　ママは戸惑ったような顔を見せて眉《まゆ》を顰《ひそ》めた。

「いいえ、それね、お守りなんです。ケ……」（ケイコじゃないってば！）「ああ、あずさには役に立たなかったみたいですけど。だいぶん以前に貸して、そのまま返してもらってなくて」(なんて苦しい言い訳！)

「さあ、気付きませんでしたけどね」ママは首を捻《ひね》る。

あんな薄汚いもの、もし見つけたって、ゴミと一緒に捨ててしまうわよね。

「私、彼氏からもらって、ええ、彼氏っていうのは、今の主人なんですけど、海外旅行のお土産で、願い事が叶《かな》うからって、彼と一緒になれたのもそのお守りのお陰なんで、あずささんにも、どうって貸してあげたんですけど、そのままになってしまってて……」

「ずいぶん大切そうなものなんですのね。ご自分でお探しいただく方がいいかしら？」ママは私を招き入れてくれた。

懐かしいパパにも甘えることなく、他人行儀な挨拶《あいさつ》を交わして、私はあずさの部屋を物色し始めた。勝手知ったる自分の部屋……って言葉あったかしら？　ええと、私、じゃなくてケイコが入れそうなところ……。机の抽斗《ひきだし》、リビングの食器棚……狭いマンションだもの、そんなに隠し場所はない。

「あ、そのタンス。ちょっと待って！」

作業服の男たちがもう一つの小型のタンスを運び去ろうとしている。赤の他人のやることにしちゃ、ちょっと厚かまし過ぎると自分でも思うが、ここで持ち去られちゃ一生の不覚だ。わざわざガムテープを剝《は》がして抽斗を隅々まで調べたが、無駄だった。

ママは呆《あき》れたような顔で見ている。

そうだ、バスルームの上の棚は？　アコーディオン式の引き戸を開けると、獣のにおいがした。パチッと電気を点《つ》けた途端、息を呑んだ。

サルが蹲《うずくま》っていた。

私は身動きできなかった。

サルは私の目を睨《にら》み付け、茶色の旋風《つむじかぜ》のように足元を擦り抜けて走り出ていった。

呆然《ぼうぜん》とその場で立ち竦《すく》んでしまった。

「……ひ、人のこと睨むんじゃないわよ、サルのくせして」小声でようやく呟《つぶや》いた。

「どうかしました？」ママの声で我に返る。

「いいえ」

このマンションには恐らく猿の手はない。あればあいつが既にどうにかしてるはずだ。

「すみません。お邪魔しちゃって。どうやらなさそうです」

「あら、そうなの。あの子ったら、どこへやっちゃったんでしょうね。もし見つかったらまたお知らせしますわ」

電話番号がどうのこうのと話しかけてくるママを残し、私はマンションを後にした。

駅に向かう坂道を下りながら考えた。

猿の手がここにないとすると……会社？　けど、ケイコ、会社辞めちゃったし。ってことは、ヤバイじゃん！　急がなきゃ、猿の手、処分されちゃう。

でも、もうこれから寄ってく時間ないし。仕方ない、電話入れとくか。

ケイタイを取り出し、元職場の直通番号をプッシュする。

「あ、もしもし、お世話になります」（って、別になってないか……）「あのですね、私、そちらにお勤めでした小倉……じゃなくって、玉置あずさの友人で、宮本ケイコっていうものなんですけど」（面倒臭いわね）

「あ、ケイコさん？　なんだ、あらたまっちゃって。私です。妙子《たえこ》。前田《まえだ》妙子」

「あ、妙子」同じ職場の二年後輩だ。ホッと一息吐く。この子なら頼みやすい。「あのさ、あずさが辞めちゃったでしょ？　で、彼女の荷物っていうか、私有物、今どうなっちゃってる？」

「書類なんかはもう片付いてますけど。ろくすっぽ残務整理もせずに辞めちゃったんで、後始末大変だったんですよ」

「そう。いい加減なところあったもんね」（ケイコってヤツは）「で、さあ、個人の持ち物があったでしょ？　それなんだけどさあ、あずさから引き取ってきてくれるよう頼まれたんだよね。まだあるんでしょ？」

「ああ、あれ？　昨日ご両親が来て、大抵のものは持って帰ったと思うんですけど。残りはがらくたばかりですよ。この週末に整理する予定なんですけどね」

「あああ、捨てないで！　なんかね、大切なものがあるらしいの。だから取りに行ってくれって言うんだけどさ、私、今日ちょっと無理なんだよね。整理するの、月曜日まで待ってもらえないかなあ？」

「え？　来週ですかあ？　はあ、ちょっと課長に訊《き》いてみます」

受話器からレット・イット・ビーのメロディーが流れ始めた。曲が一回りし、「レルピー、レルピー」のリフレインを二度目に聞いた後、ようやく妙子が戻ってきた。

「それじゃ、月曜日まで置いておくって言ってますけど。火曜日には全部処分するそうですから」

「ありがとう。必ず行くから、それまで誰にも触らせないでね。お願いよ」

なんだか、昨日からお腹の調子がよくない。昨日は胃の辺りが痛かったけど、今日はちょっと下がってきてる。突然こんなことになって、やっぱ、そろそろストレスの時期？　下痢なんかしちゃった拍子に、腹の子が飛び出すなんてこと、あるのかしら？　痛くなけりゃ別にそれでもいいんだけど……。

オフィスビルのガラス窓に、ケイコの歩く姿が映っている。ややガニ股《また》気味で、腹を突き出し、肩が左右に大きく揺れている。

ああー、サイテー。どこからどう見たって妊婦そのものじゃん。ま、別に隠す必要はないんだけどね。でも、伸吾なんて、お前急に妊婦になったみたいだぞ、だって。その通りなのに。私、突然妊婦になったんだもん。だから、からだが馴染《なじ》んでないっていうか、心が馴染んでないっていうか、ともかく楽な姿勢楽な姿勢ってなっちゃうのよね。それがこの結果。今はまだそんなにお腹が目立つわけじゃないけど、既に臨月に入ったような姿恰《かっ》好《こう》で行動してしまうのよね。

妊娠線まで出ちゃってさ。西瓜《すいか》みたいになって、これが他人事《ひとごと》なら笑っちゃうんだけどね。しかも、あろうことか、太股《ふともも》にまで。聞いてないよー、こんなとこにも出るなんて。この二週間で、ってことは私と入れ替わってからってことなんだけど、急にお腹大きくなっちゃってさ。医者は太りすぎだって。そんなこと言ったって、食欲湧いちゃって食べなきゃいられないんだもん。なんか、あずさ時代に食欲なかったのが嘘みたい。

妊娠線て変な感触なのよね、でこぼこしちゃってさ。自分のからだだとは思えない。皮下組織が断裂してできるって言うじゃん。要するに皮の下の脂肪かなんかが千切れちゃってるわけでしょ？ 怖《おそ》ろしいわね。子宮が裂けちゃうなんてこと、ないのかしら？

おっとっと、行き過ぎちゃうところだった。

みんなに会うの久しぶり。って、まだ二週間か。なんか複雑だわ。私は本当はあずさなんだけど、ケイコの気持ちで会わなきゃいけないから、ええと……三月に退社してるでしょ、だからもう半年近くになるわけよ。気を付けなきゃ、ついこの前のこと話題にしたりしちゃいけないのよね。

エレベーターが上昇し、三階でドアが開いて、私はいかにも妊婦らしくノロノロと廊下へ一歩を踏み出した。

さあ、着いた。どんな顔して入って行こうか。ケイコっていっつもどうだったたっけなあ？　元気よかったっけ？　十一時か。おはようございます、でいいよね。

ワッ。

いきなり後ろから抱き付かれた。心臓が飛び跳ね、子宮で赤ん坊が右往左往した。けたたましい笑い声。「ケイコ先輩、久しぶりー」

振り向くと、仲井桃子《なかいももこ》が立っていた。

「あれー、お目出度《めでた》ですってえ？　ええー、うっそー、うっわー、いいなー」

ア行で始まる感嘆詞がしつこいんだよ。あ、こらこら、勝手に西瓜腹を撫《な》でるなって。

「もうすぐ産まれるんですかあ？」

なんか直接的なヤツだこと。

「まだ六ヶ月よ。あと四ヶ月もこれ抱えてなきゃなんないの」

「ええー、お腹でかすぎません？　ケイコさんもずいぶん太ったし」

少しは考えてもの言えっつーの。脳みそと舌が直結してんじゃないの？

「みんな、いる？」

「お待ちかねですよ。部長なんか朝からそわそわしちゃって。キャッハッハッ」

歯茎を剝《む》き出して笑う癖は、男の前では止めた方がいいわね。でなきゃ、いつまで経ってもお嫁には行けないわよ、あんた。

「ますます美人になってたらどうしよう、なんて言ってますもん。人妻の魅力ってヤツ？　ハッハッハッ」

じゃ、妊娠デブになってたらどうだってのよ？　どうせ、私のからだじゃないんだから、どう思われようといいんだけどね。でも、やっぱり、なんか複雑な気持ち。

「あ、探し物でしたね？　さあ、どうぞー」桃子がドアを開いて導いた。

デスクの抽斗《ひきだし》にもガラクタを詰めた段ボールの中にも、目当てのものは見当たらなかった。あんな薄汚いもの、処分せずに取ってある方が不思議だという気もする。

「見つからない？」

時折そうしてにおいの波が押し寄せてくる。

「はあ。どこへやっちゃったんだろ、ケイコのヤツ」

「ケイコは君だろ？」

「も、もちろんです」

このオフィスにいると、意識はあずさに戻ろうとする。猿の手がここにないのなら長居は無用だが……。

「どんなものよ、大事なものって?」

においが鼓膜を揺さぶる。なんだか吐き気がしてきた。今日は朝からお腹の調子が良くなかったんだ。私は探し物に没頭する振りをして顔を背けた。

「お守りなんですけどね。毛むくじゃらの」

「毛むくじゃら? それって、あれじゃないかしら? ほら、あずささんが倒れた時握ってた……」

前の席の桃子が隣の西崎《にしざき》にしゃべりかけた。

「あ、そういえば、なんかウルトラマンが変身する時みたいにやってたな。こうやってさ」

「それそれ!」思わず口走った。「……だと思うよ。孫の手の先っぽみたいなヤツらしいんだけど」

「ああ、ああ、持ってた持ってた」

一番しゃべりたくないヤツが、また割り込んでくる。

「なんだよ、ネズミの死骸《しがい》じゃなかったのか。その前に彼女がさあ、ネズミが走ってくの見たなんて言ってたから、てっきりネズミの死骸摑《つか》んで、昏倒したんだと思ったんだよ」

ネズミはあんたのゴミの山から出てきたんでしょうが！　なんで、私がそんなもの握らなきゃなんないのよ。

「で、それ、どこへやっちゃいました？」

「床に転がってたけど、汚らしいからさ、前田君のデスクの下へ蹴《け》り込んじゃったよ」

キャー。

横の席で妙子が悲鳴を上げて立ち上がった。「止めて下さいよ、部長！　ネズミの死骸なんて、私の方へ蹴らないでもらえませんか！」

ネズミじゃないっつってんの！

「あんな薄汚いものでも、一応お守りだそうだからさ、幸せになるんじゃないの？」

失礼なオヤジね。二つ目のお願いは、こいつをネズミにして下さいって頼んでやろうかしら。

「ごめんなさい」私は妙子のデスクのフロアにしゃがみ込んだが、腹が突っ張って、顔を床に近付けられない。

何よ、このお腹は。ちぇ、スカートなんか穿いてくるんじゃなかった。股《また》開かなきゃ、デスクの下、覗《のぞ》けないじゃないのよ！

一旦《いったん》顔を上げたが、誰も手伝おうとは言わない。「大丈夫ですかあ？」と、西崎の口から間抜けな問いが返ってきただけだ。

大丈夫なわけないじゃん！　妊婦なんだよ、こっちは。身重なんだよ！　こんなとこで腹這いになって、股間《こかん》からいろんなものが出ちゃったらどうするつもりよ？　ま、出てもいいんだけどね、鬱陶《うっとう》しいし。

ああ、なんだか、痛むわね。窮屈な姿勢がよくないのかしら。

仕方がないから、寝っ転がるようにして、フロアに頰を押し付け覗いてみた。

「でも、もう掃除しちゃったんじゃないですか？　一応清掃会社の人、毎日来てるんだし」

「いや、あのお掃除おばちゃん、ちゃんと掃除してるかどうか、わかんねえぞ。いい機会だ。フロアがきれいになってるかどうか、小倉君、点検しといてくれよ」

「もう小倉さんじゃありませんよ」

「ああ、そうか。何だったたっけな？」

好き勝手な会話が、私の背中の上を飛び交う。こいつら、こんなに役立たずだったとは、思いもしなかった。こんな薄情なヤツら、まとめて猿の手で何とかしてしまいたい！

ウッ。西崎！　靴脱いでやがる。臭いじゃないのよ、その靴下！

ったく……。あ、あの奥の、そうじゃない？　埃《ほこり》にまみれてるけど、確かに手の形。うーん、ちょっと届かないわね。

顔を上げる。「ねえ、ものさしかなんか、貸してもらえないかしら？」

妙子がわざわざ西崎のデスクから孫の手を取り上げて渡してくれた。それを手に、もう一度フロアに顔を押し付ける。

「ちょっとちょっと、どうして僕のを使うわけ？」

「西崎、うるさい！　文句あったら手伝いなさいよ！」床から怒鳴る。

「うわあ。玉置さんが乗り移ったみたい」西崎が呟《つぶや》いた。

馬鹿なヤッ！　私は玉置あずさその人だよ！

あら？　変ね。猿の手、動いてない？

孫の手を伸ばして引き寄せようとするが、どこかが引っかかっているのか、近寄ってこない。頭を起こし、もう少し腕を深く差し入れて、握る手に力を込めた。

ズズッと寄ってくる感触があった。もう見てなくても大丈夫だ。私は顔を上げたまま引き寄せた。膝元《ひざもと》まで引きずってくる。

……なんだか、重いわね。

目を遣《や》ると、大事な猿の手にドブネズミが食らいついていた。

キャー。

ワー。

悲鳴の交錯する中、私は死に物狂いで、孫の手をネズミに叩《たた》きつけていた。

ドサクサに紛れて猿の手はしっかりとポケットにしまった。もうオフィスに用はない。

さっきから、お腹の具合がとっても悪い。人でなしどもに囲まれて、無理な姿勢を取ったからだ。さっさと帰っちゃおっと。

挨拶《あいさつ》もそこそこにドアを出ると、トレイの上にコーヒーを捧《ささ》げ持った桃子が立っていた。

「あれ、もう帰っちゃうんですかあ？」

「うん。疲れちゃった」

何よ、今ごろになって出すわけ？　どうせネズミの後始末手伝わされるのが嫌で、事務所を抜け出したついでにいれてきたんでしょうが。

「給湯室って、ネズミの巣になってないの？」

「ええ！　大丈夫じゃないんですかあ？」

「部長のペットは毎朝あそこから通ってきてるって、あずさが言ってたわよ」

「もう、ヤダあ」

「ねえ、それよりさ、あずさ、どうなって倒れたの？」

「そうそう、大変だったんですよ。部長とやり合っちゃってね。なんだか様子が変だと思ったら、急にあの、お守り？　それ持ってブツブツ言い始めて」

そこはわかってるわよ。

「で、その後、突然キョロキョロしちゃって、ワッなんて叫んじゃって。病院がどうしたこうしたって言ってたんですけど、そのまま倒れちゃったんです」

ふーん、予想通りだ。そりゃ、驚くわ。定期健診の真っ最中のはずが、いきなりオフィスだもん。笑っちゃうね。私も見てみたかったなあ、私になったケイコの顔。

「たぶん、病院に行かなきゃって言ってたんだと思うんです。調子悪かったんですよ、きっと。でも、まさか流産しちゃうなんてねえ……」

「え？　流産？」

「あれ、知りませんでした？　あずささん、何も言ってなかった？」

「ああ、あの、ほら、ちょっと精神的にきちゃってたから、彼女」

頭の横でクルクルと指を回してみせる。

催促するかのように、下腹部の痛みが強くなってきた。冷や汗が背筋を伝い落ちていく。

なんだか、とってもヤバそう……。

「あ、ありがとう。コーヒー、もういいわ。それじゃね」

なんてこと！　私、妊娠してたんだ。ってことは……ひろ子が言ってたの、正しかったってことじゃん。彼女にもずいぶんご無沙汰《ぶさた》だけど、ケイコはひろ子の友達じゃないから、連絡するのは変よね。

駅が近付くにつれ、腹の痛みはますます募ってきた。玉のような冷や汗が、額から滴り落ちる。

足を引きずるようにして駅の階段まで辿《たど》り着いたが、自宅までは持ちこたえられそうになかった。手摺《てすり》に縋《すが》り付いてしゃがみ込む。

だ、誰か……。誰か、助けて。お願い……。

もぞもぞと手の中で何かが動いた。

ゲゲッ！　しまった！

無意識のうちにポケットに突っ込んだ猿の手を握り締めていた。

これって二つ目の願いになっちゃうわけ？

周りに人が集まり始めた。

あんたら、さっさと救急車呼んでくれないから、こんなことになってしまうのよ！　貴重な願い事を無駄に使ってしまったじゃない！

譫言《うわごと》のように罵《ののし》りながら、私の意識は途切れた。

＊

私の子宮は空っぽになった。ついでに盲腸もなくなった。

ケイコの馬鹿！　盲腸の手術くらい、子供の時に済ましておきなさいよ。お陰で、死ぬような思いしたじゃない。

虫垂炎ってのは妊婦の命にも関わるんだからね！　ったく！　穿孔《せんこう》性腹膜炎なんか起こ

しちゃってさ。お腹に穴が開いちゃうのよ、穴が！

でも、産まなくてよかったって気もするけどね、ケイコの子なんて。次は私が頑張って、私と伸吾の子を産むんだ。

しっかし、一生に二回も盲腸の手術受けるなんて、貧乏籤《くじ》引きまくりよね。普通しないよ、こんな経験。

「もうちょっと慎重に行動しろよ」

「何度も言わなくたって、わかってるってば」

シートに背中が押し付けられる。青になった途端、伸吾がアクセルを強く踏み込んだのだ。相変わらず機嫌が良くない。腹の痛みを押してオフィスに行ったのが気に食わないのだ。それにしても、退院の日なんだから、自分こそもう少し慎重に運転してよね。事故起こしたらどうすんのよ。せっかく入れ替わったのに、何もいいことないまま死んじゃうのなんて、絶対イヤだからね。

「しっかし、ホントに、あいつ、何考えてんだろ？」

「え？　誰？」

「あ……いや、あずさ、さん？　お前に、ほら、大事なもの取りに行くよう頼んだっていう……」

慌てて取り繕ってる。本当のあずさは私なのよ。今さらごまかそうとしたって無駄なんだから。ちょっと苛《いじ》めてやろうかな。

「あいつって言わなかった？」

「いや、だから、ほら、なんて名前だったかよくわからなかったからさあ」

伸吾は一応、結婚前に一度と結婚式の時と、二回しかあずさに会ったことがないという建前になっている。私だって、伸吾がケイコと付き合ってるなんて、彼らが結婚するって言い出すまで知らなかった。ケイコから、できちゃった結婚よ、なんて打ち明けられて、相手の名前を聞いた時、ほとんど失神寸前だったわ。伸吾の退社を待ち伏せて散々詰《なじ》ったら、お前のそういうところがイヤなんだ、なんて言われて、頭の血管切れそうになったんだから。

恋人と友人を一遍に失う痛手を思ってみなよ、お二人さん。こっちはあんまりケイコのこと好きじゃなかったけど、同じ会社に同期入社で、ずっと机並べて働いてきたんだから、それなりの感情ってものはあるでしょ、やっぱ。裏切られたとしか思えないのよね。だから、私になったケイコがわけのわからないまま、実家に連れてかれて、この先の長い人生を親という名の他人に監視されて暮らして行かなきゃならないってのは、自業自得っていうのかな、神様っているんだ、って感じ？

それに、どうせ彼女だって猿の手のお陰で手に入れた幸せなんだしさ。半年近く楽しい新婚生活を送れただけで充分だよね。

私はそっと膝《ひざ》に載せたバッグを押さえた。

そう、ここには猿の手が入ってる。今度は手放さなかった。薄れる意識の中で、しっかりとバッグの底深くにしまい込んだんだ。

「あずささあ、実家に帰っちゃったんだよ。可哀想ね。一度遊びに来てって言ってたから、今度一緒に行ってみない？」

「い、いや、病気なんだろ？ 迷惑だよ」

「病気の時こそ友人の励ましが力になるんじゃないの？」

「遊びに来てなんて言うのは、本音じゃないことが多いだろ。馬鹿正直に信じるもんじゃないよ」

「あなたのことも言ってたわよ」

伸吾の横顔が強張《こわば》り、前方はガラガラなのに急にスピードが落ちた。

「ちょっと、何よ。コンビニにでも寄るの？」

「え、ああ。喉《のど》が渇いた」

「さっきコーヒー飲んでたじゃない」

「そ、そうだな。帰ってからにするか」

今度は突然急加速。わかりやすいヤツね。

「あずさね、流産したんだって」

反応を窺《うかが》う。伸吾は無言。

「誰の子なんだろう。彼氏って、いったい何やってるんだろうね？」

伸吾は前方をひたすら凝視している。しかし、その目が何も見ていないことは、赤信号に右足が反応する気配がないことで、読み取れた。……って悠長に観察してる場合じゃないってば！

「ちょっと！　赤よ、赤、赤！」肩を思いっきり揺さぶる。

盛大なタイヤの摩擦音。

車体は斜めになりながらもどうにか停止したが、横断舗道を渡る人々の驚きの視線がフロントガラスに集中し、私の心臓は前後左右に踊り狂い、お腹の傷痕が少し痛んだ。

強張ったままの姿勢で人々の非難の目に晒《さら》されながら、私は車内に漂ってきたゴムの焦げるにおいを嗅《か》いでいた。

膝のバッグを握りしめる。

猿の手に頼んで、この人の人格変えちゃおうかしら？　ふとそんなことを思った。

どうしろって言うのよ！　私にケイコになれって言うわけ？

今朝も伸吾と喧嘩《けんか》した。お前、流産してから性格変わったな、だって。その前からもう変わってるわよ。自分が気付かなかっただけじゃない。鈍い男ね。でも、ずっとずっと以前にもそんなこと言われたような記憶が、あるようなないような……。

「こら、サル！」

サルは先のない両手を使って器用に四つん這《ば》いで走ってくる。あの日、病院から帰ってみると、サルがいたのだ。全く予感がなかったわけではない。あずさの部屋から逃げ出していくのを見た時、来るかな、とは思ってた。だって、こいつ……ん？　こいつ、なんだったっけ？　なんだか妙な胸騒ぎ……ま、いいや。

伸吾はサルの存在に気付いてない。サルは彼の気配がすると、サッとどこかへ消えてしまう。どうやら押入れの天井の化粧板を外して、上の階との間にある空間へ潜り込んでいるらしい。

「彼が食べ残したの。お前、食べてもいいよ」

ハイ。

いつの間にやらきちんと返事ができるようになっていて、私は言い掛かりをつける材料を一つ失った。

けど、所詮《しよせん》両手のないサルだもの、上手《うま》くは食べられない。目玉焼きの白身をテーブルの上に撒《ま》き散らす。黄身が固すぎるって、伸吾が食べなかったヤツ。何よ、固かろうが柔らかかろうが、目玉焼きは目玉焼きじゃん。

「なんでそんなに汚すの？　きれいに食べろって言ってるでしょう」

ズビバゼン。

「お前、ずいぶんしゃべるの上手くなったね。一応、すみません、に聞こえるじゃん」

ベンギョウジデバス。

「勉強？　日本語の勉強してるの？」

首を捻《ひね》っている。違うようだ。

デンチュウジデバス。

「電柱？　電信柱のこと？」

頭を振って、また言う。……ゼンシュウジデバス。

「全集？　文学全集とか？」

また首を振る。

「あ、わかった。練習してるって言いたいんでしょ？」

盛んに頷《うなず》く。

「れんしゅうしてます、よ。言ってごらん。れんしゅうしてます」

デンシュウシレバス。

「そうそう、も一回」

デンシュウシレバス。

「そんなこと、どうだっていいわ。それよか、ここ」私はテーブルを指差す。「きれいにしなさいよ。布巾《ふきん》で拭《ふ》きなさい」

サルは隣のキッチンに飛んでいき、水を流している。やがてべちゃべちゃの布巾を口にくわえて戻ってきた。フローリングは水の滴った痕《あと》がシンクまで続いている。

「ちゃんと絞ってきなさいよ！　床まで拭かなきゃなんないでしょ！　結局、二度手間じゃないのよ！」

ズビバセン、ズビバセン。

フローリングに擦《こす》り付けるその頭を、スリッパを履《は》いたままの足の裏で押さえ付ける。徐々に力を加えながら言った。

「お前、手が使えないんなら、その手みたいな形の足で絞るとかさ、なんか工夫できないの？　それとも何？　私に床を拭かせようって魂胆？」

ズビバセン。

サルの頭に乗せたスリッパに全体重をかけて踏みにじった。グゲッとくぐもった声が漏れた。真っ赤な尻《しり》を掲げたままの恰好《かっこう》でいるサルを蹴《け》り飛ばしておいて、私はキッチンへ行き布巾を硬く絞った。

戻ってみると、サルは窓際に蹲《うずくま》って、例の不安そうな目つきをキョロつかせている。

「これ、どうすんの？　もう食べないの？」

視線をキョロキョロさまよわせながらも、こちらの顔色を窺っている。この卑屈さが、私の怒りの琴線に触れるのだ。

「まだ欲しいんでしょ？　食べてもいいわよ」

警戒する気配を見せながらもノロノロと近付いてきた。

「食べやすいようにしてあげるから、手を出して」

おずおずと差し出した右手をグイと引き寄せ、懐に抱え込んだ。その切断された先端の肉が盛り上がった部分に、バーベキュー用の鉄串を力任せに差し込んだ。

サルは悲鳴を上げ狂ったように暴れるが、私はガッチリと右手を抱え込んで離さない。更に鉄串に力を込め、ズブズブと押し込んでいった。

「ほら、ここにフォークを針金かなんかで括《くく》りつければ……」

全て言い終わる前に、肩胛骨《けんこうこつ》の下辺りに激痛が走った。私は我慢してフォークを装着しようと試みる。が、針金を上手く巻けそうにない。それに、それ以上堪え続けたら、脇腹の肉片が嚙《か》み千切られそうだった。力を弛《ゆる》めると、サルは猛然と向こうの部屋へ駆け込んだ。

結局、フォークを巻き付けることに成功したのは、翌日だった。

ヌイレグラハイ。

そう言って、私の前に鉄串の刺さったままの手を差し出した。抜くんじゃなくて、フォークを付けた方が便利なんだとようやくのことで説得した。針金とペンチを操りながら、いずれ左手にも何か着けてあげるね、と心の中で呟《つぶや》いた。

最後のお願いってのが難しいのよね。これしかないっていう願い事、なっかなか思い付かない。だって、下手なこと頼んだんじゃ、もう取り返しがつかないわけだし。

赤ちゃんが欲しいってのは、強いて願わなくてもいずれ実現するだろうしなあ。お金が欲しいっていうのは、やっぱ、危ないわよね。小説みたいに、伸吾が死んじゃって保険金がたんまり入ってくるなんていうのは、本末転倒ってヤツ？　最後の一つだから、次に、伸吾を生き返らせてくれって頼むことだってできないわけだしさ。

私は冷蔵庫の奥からそっと猿の手を取り出し、包んであったラップを外す。今さら腐ることを恐れて、そんなところに突っ込んであるわけではない。もうとっくに乾燥してミイラ化している。適当な隠し場所を思い付かなかっただけだ。

冷たさを指先に感じながらつくづく眺める。生ゴミ寸前の反吐《へど》が出そうな代物だけど、これが私の幸せの源なのよねえ。

ふと背中に視線を感じた。

振り向くと、サルがカーテンレールからぶら下がっている。その後また無理やりにくっつけてやった左手のフックを引っかけているのだ。ワイヤーハンガーをペンチでカットしたヤツを肘《ひじ》の肉にねじ込み、医療用のテーピングテープで巻き付け固定してある。痛みがあるかどうかなんてどうでもいいことだけど、ずいぶん便利になったはずだ。現にこうして猿らしい行動を取ることができるようになったわけだし、サル的には満足してると思う。

「何よ、お前。文句ある？」

イイエ。

「そんなとこからぶら下がったら、レールが痛んじゃうじゃないのよ。ジロジロ見てないで向こう行ってなさい」

それには答えず、サルはフワッと飛び降りた。二本足でトコトコとテーブルの傍らまでやってきた。

「私の言ったことが聞こえなかったの？　向こうへ行けって言ったでしょ？」

サルは私のことなど無視して、テーブルに飛び乗った。

「こら！　言うこと聞かなきゃ……」

キャッ！

私は椅子から転げ落ちた。サルが右手のフォークを私の顔面目がけて突き立てようとしたのだ。

「何するのよ！　お前、ご主人様に向かってそんなことして、許されると思ってるの！」

サルはテーブルの上に勝ち誇ったように突っ立っている。

あ！　それは！

サルがフォークの先に突き刺しているのは、私の猿の手だ。

「ちょっと！　どうするつもり？　お前には用のないものよ。返しなさい！」

イヤダ。

ちぇっ。上手《うま》くしゃべれるようになったらなったで、腹の立つ！

「口答えなんて許さないんだから。さあ、言うとおりにした方がいいわよ」

赤い顔が笑ったように見えた。

「わからないヤツね。ちょっと人が下手に出たらつけ上がっちゃって。さあ、大人しく返しなさい！」

イヤダッテ。

私は床に座ったままでスリッパをサルに投げ付けた。しかし、両手がないくせに、サルは見事に飛び退《の》くと、自分の手をフォークに突き刺したまま向こうの部屋へ走って逃げた。

「待ちなさいよ！」

トマレ！

思わず立ち止まったが、すぐにむらむらと怒りが湧き上がる。

「こら、サル！　お前、私に命令したな！　生意気な」

ウルサイ！　オマエ、ソコカラ、イッポデモ、ウゴイタラ、コノテニ、ミッツメノ、ネガイヲ、カケル。

「まあ、なんてこと！　今まで散々面倒見てもらっておいて、その言い種《ぐさ》は何よ！」
メンドウ？　サンザン、カケラレタケドネ。
サルは歯を剝《む》き出した。笑っている。
その顔を見ていると、頭に向かって血が逆流した。
「返せって言ってるじゃない！」叫びながら、私はサルの方へと突進した。
サルが猿の手を目の前に突き出した。口が大きく開いて、赤い舌が動くのが見えた。

エピローグ

バカダバ……。

いきなり顔面を衝撃が襲った。私はからだごと部屋の隅に吹っ飛ばされ、後頭部を強《したた》かに打ち付けて一瞬目の前が暗くなった後、すぐに意識が戻った。

その瞬間、夢から覚めることを願ったが、世界は何も変わっていなかった。目線は低い位置にあり、私は相変わらず両手を失ったままだった。

「バカダって何よ？　え？　人のこと、バカ呼ばわりするんじゃないのよ！」

もちろん、サルはわかった上で言っている。私が「あなたは」って呼び掛けようとしたことを。

かつて私が、そして、ケイコがそうしたように、サルは私の顔面を足の裏で目一杯蹴《け》り付けたのだ。

鼻からなま暖かくてしょっぱい液体の滴る感触があった。右手の肘の先の丸く盛り上がった肉で拭《ぬぐ》う。

てらてらと引きつった肘の先には、赤い血が付いていた。人間だった頃のように鼻が高く突き出ていなかったことを、ほんの少しだけありがたく思った。あんな鼻していたら、すぐに骨が折れてしまうだろう。

両手のないサルのからだは、不便極まりない。せっかく私が着けてやったフォークとフックは、ケイコになったサルに取り上げられた。

「やっぱ人間のからだっていいわね。ちゃんとしゃべれるしさ、蹴りには威力があるし。それに」ケイコは狐に似た目を細めた。「あれの時、すっごく気持ちいいの」

ああ、むかつくわね。それって全部私のものじゃない！　第一、お前はオス猿でしょうが。気色の悪い。

バガダ、オドゴデバガベルロ……。

あなた、男じゃなかったのって言いたかったんだけど、思い通りの発音にならない。

「あなたは男じゃないかって言いたいのね？」

さすが、もとサル。こちらの言いたいことをきちんと理解している。私はうんうんと頷《うなず》いた。

「バカね。お前、オチンチンに手を当ててごらん」

私は股間《こかん》をまさぐった。

ない！

ってことは……こいつ、女だったんだ！

サルのケイコの口から、けたたましい笑い声が飛び出した。

「お前さあ、私の尻《しり》が赤いのをバカにして笑ってたけど、それってニホンザルの特徴だってこと忘れたの？」

ジ、ジッデルバジョウン！

ああ、間抜けな語尾！　バジョウンって何よ！「わよ！」って言いたいのに、ちくしょう！

「知ってるんじゃない。だったら、尻が真っ赤に膨れ上がるのはメスだけだってことも、ついでに勉強しておくんだったわね」

そうか！　尻が赤くなるのは発情期のメスの特徴なんだ。ああ、こいつがメスだとわかってたら……わかってたら……って、どうにもならないじゃない！　たかがニホンザルのオスメスを間違えたからって、何も変わりはしないじゃないのよ。

ああ、でも、なんだか悔しい！　そんなことで馬鹿にされるなんて……。

一頻《ひとしき》り笑うと、ケイコは急に真顔になった。「ちょっとおいで」

ここで逆らうと、また何をされるかわからない。私はおずおずと近付いていった。

「飲みなさい」

差し出されたカップの中身は、ココアのようだった。私の、いや、サルの好物！　意思に反してよだれが唇の端から溢《あふ》れてくる。

ちょっと待ってよ！　なんだか、似たような状況、以前にもあったような……。

こらこら、手を出すんじゃないってば！

しかし、サルになった私の両肘《ひじ》は勝手にカップを抱え込む。

これってどういうこと？　サルのからだは私のものじゃないの？　私の意思の通りに動くんじゃないの？　それとも、からだが覚えてるってヤツ？

「いいわよ。遠慮せず飲みなさい」

エベジュルジュー。

遠慮しますって言ってるのよ！

不器用に肘に挟んで、ものを言いながら飲もうとするから、口の端からボタボタとココアが零《こぼ》れた。

「あらまあ、ダメよ。ちゃあんと零さないように飲んでね」

ケイコの笑顔が不気味だ。怯《おび》える私の意識とは裏腹に、サルの喉《のど》はゴクゴクと美味《おい》しそうにココアを飲み干した。

ケイコはにっこり微笑んで、私の頭を撫《な》でた。

「お味はどうだった？　すこうし変な味がしたかしら？　だいぶんぶち込んだからね。でも、気にすることはないのよ。お前が私に睡眠薬入りのココア飲ませた時も、何ともなかったでしょ？　今度もたぶん大丈夫だから」

不意にケイコが立ち上がった。冷蔵庫のドアを開けている。

私の方は既に眠気が兆しつつあるような……。

目の前に、ドンと置かれた皿には、フルーツが山盛りになっていた。

「ほら、これも食べていいわよ。……あら？　お前、もう眠くなっちゃったの？　あれ？　私さ、お前にはもうしゃべってほしくないのよ。口は万病のもととも言うしね？　違ったっけ？　ま、いいわ。で、考えたんだけどさ、いつか言葉がはっきりしてきて、変な病気にかからないうちに、お前の口を塞《ふさ》いじゃおうかと思ってさ。余計なことしゃべられるのも気持ちよくないしね。でも、唇を縫い付けちゃうと栄養補給が難しくなるでしょ？　だから、今から舌抜いちゃうからね」

バヘヘー！　オゴガゴ、ジー！

馬鹿な！　そんなことしたら死んじゃう……って言いたいんだけど、舌が縺《もつ》れて……。

ぼんやりし始めた頭で対抗手段を考えるが、そんな意思にはお構いなく、サルになった私は、むしゃぶりつくように先のない両手でフルーツを口へ詰め込んでいく。

「伸吾は、お前と違って私のケイコに、とっても満足してるみたいだしさ。これで四方丸く収まったってことなのよ。あ、そうそう、私、赤ちゃんできちゃったみたいなんだ。今度はちゃんと産むからね。伸吾もすっごく楽しみにしてるし。お前は、子供の遊び相手に生かしといてあげる。でもさ、噛《か》みついちゃったりしたら困るから、歯も全部抜いておくわね」

ケイコになったサルの唇が盛んに動く。

私は皿の底に残った睡眠薬たっぷりのシロップまで浅ましく飲み干した。

「いいこと教えてあげようか。実を言えば、お前を生かしておくには、もう一つ理由があるの。噂によるとさ、猿の手って遺伝するらしいんだよね。だからさ、お前が子供を産んだら、その子も猿の手を持ってるってことになるわけよ。わかる？　つまり、もう一回猿の手が手に入るってことなのよね。ぜひお前にはいいオスを見付けてあげるから」

エゴー、ゲグー。

ちくしょう！　言葉にならない！　私はもと人間なんだから、猿の子なんて産んだって上手《うま》く育てられないわよ！

「なあに？　心配事でも？」

私の瞳《ひとみ》を覗《のぞ》き込むケイコ。チェッ、もとサルのくせに人並みな仕草が板についてるじゃない……。うー、眠い……。私の瞼《まぶた》はもう全てに蓋《ふた》をしてしまいたがっている。

「あのね、私ちょっと調べてみたんだけどさあ、ニホンザルのメスってのはオスに比べて、感情的で無責任でヒステリックで主体性が欠如してるんだって。すぐに喚《わめ》き散らすし、ごまかしをやるし、責任を転嫁して鬱憤《うっぷん》をはらそうとするそうよ。この性格って誰かにそっくりだと思わない？　うん、そう、そう」

ケイコの顎《あご》が満足そうに上下する。

「そうよ、お前の性格そのものでしょ？　お前、すっかり忘れたふりしてるけどさ、思い出させてあげようか？　実はお前は……フフッ……もとサルなんだよ！　バーカ！」

悪意のたっぷり込められた、けたたましい笑いが弾《はじ》ける。

そ、そんな馬鹿な！　私がサルだったなんてこと……あるわけ……ない……じゃん……。

霞《かすみ》の掛かった頭の奥で、ぼんやりとした記憶が浮いては消える。

（お前、性格変わったよなあ……）（君、最近おかしいよ……）

それって、ど、ど、ど、どういうことよ……？

えっと、私があずさだった時にサルが部屋にやってきて……あー、眠いよー……それで、イヤな胸騒ぎが……あれって、サルだった頃の記憶に怯えてたってこと？

でも、それじゃ、いつサルがあずさに？

ああ、そういえば、いつだったか、ケイコの部屋であずさと二人きりになって……私が右手に切り取った左手を掲げ持って……それで……その後、あずさになった私が記憶も全部入れ替われって願いを……かけたっけ？

そんなことも……あったような……。じゃ、目の前のあんたはいったい誰なのよ……？

あー、もうダメ……眠くって……考えられない……。

目の前でケイコはペンチやハサミやボロ布を広げながら、まだ盛んに唇を動かしていたが、もう私の耳は何も聞いてはいなかった。

了

憑《ひょう》

1

泥を流したような空は、遠くの山の端に微《かす》かに明るさを残しているが、今にも煤《すす》のような雨を降らしそうにも見える。もはや夜と呼ぶ時間帯であるのか、あるいは、まだ夕刻であるのか、定かではない。

湿った土の上に立って、幼い要二《ようじ》は澱《よど》んだ色の空を見上げていた。ヌレオナゴはこんな空の下に現れるに違いない。名を聞くだけで胸震わせたヌレオナゴ……。母に叱られる際、しばしば要二はヌレオナゴに呉《く》れてやると脅された。

ようやく要二が誰の助けも借りず便所で用を足せるようになった頃のことだった。母のもとにヌレオナゴとは何かと訊《き》いたことがあった。それは棄ててきた故郷に棲《す》む妖怪《ようかい》だと、母は教えた。ズブ濡《ぬ》れの姿で水の中から出てきて、洗い晒《ざら》しの髪の下でニタリと笑うのだという。こちらが思わず気を許して笑い返すと、生涯執念深く憑《つ》きまとうのだと説明して、もとはニッと笑って見せた。

要二は笑いを返すことができず、母を裏切ったような気がして、しばらくは後ろめたさに苦しめられた。その時のことを思い出すと、今でも胸の奥からモヤモヤと焦りに似た気持ちがこみ上げてくる。

足の裏に感じる湿った土の冷たさから逃れようと、要二は重い足を引きずって歩き出した。行く当てがあるわけではない。ただ、川の方へ行くだけだ。

湿った地面は裸足《はだし》のままの足の裏にねっとりと絡みつき、前進を阻もうとする。まるで嚙み捨てられたチューインガムの海に足を降ろしているようで、容易に前へ踏み出せない。それでも、要二は行かねばならない。確かめずにはいられない。

いつの間にやら霧のような雨が落ち始めていた。既に日はとっぷりと暮れている。そよとも風は吹かず、霧雨は水飴のようにまとわりつき、行く手を阻もうとする。根が生えたように地面に捉《とら》えられた足を一歩一歩抜き取るようにして、要二は歩き続けた。

しばらく、泳ぐような恰好《かっこう》でジリジリと進んでいった。ようやく土手に辿《たど》り着いて振り返ると、街の灯《あかり》は見えず、全てが死に絶えたような暗闇が広がっていた。

母親はそこをハイスイと呼んだ。それが川の名なのか、あるいは、今要二が立っているその辺りを指しているのか、敢《あ》えて確かめたこともない。ハイスイには行ってはならぬと、厳しく命じられていた。

川と言っても、河原があり岸辺で憩えるような大きな流れではない。雑草に覆われた、軽自動車も通れないような狭い土手の二メートルほど下に、要二の膝《ひざ》からせいぜい腰辺りまでの水量が流れているだけの、水草が生い繁ったただの小川だ。向こうの土手までは、走り幅跳びの代表選手程度の実力なら悠々と飛び越してしまうほどの幅しかない。溺《おぼ》れ死ぬような危険な川とは思えなかった。

しばらく土手を歩く。霧雨は周囲を塗り籠《こ》めている。足の裏は相変わらず粘る地面に捉えられ、歩みは遅々として頼りない。進んでいるのかその場で足踏みしているだけなのか、それすら定かでない。

やがて仄《ほの》かに明るい場所に出た。無数の小さく暖かな電灯が一斉に点《とも》っているようだった。よく見ると、満開の桜が川の上に大きく枝を広げているのだった。雨粒の重みに耐えかねて、薄い桜色の花びらははらはらと舞って落ちていく。

その枝の一本からひょろりとぶら下がっているものがある。

真っ黒い蛇だ。蛇は満開の木の枝からずるりと這《は》い降り、水面《みなも》に向かっていく。やけに長いからだが風も無いのにぶらぶらと揺れた。蛇の頭がある位置に、黒い大きな塊があった。塊と見えたものは、やはり頭だった。細い蛇のからだに比して、不釣り合いに大きい。その頭の下に、人の身体が付いていた。薄い水色の寝間着がフラリフラリと揺れ、一番下から白い足が覗いていた。

不意にその頭がぐるりと回って、要二の方に向き直った。

要二は悲鳴を上げようと口を開けたが声は出ず、息苦しさを感じて胸の辺りを掻《か》きむしった。

誰かが呼んでいる。

急速に息苦しさが高まり、喉《のど》に痛みが走る。知らぬ間に川に落ち、溺れていたのかもしれない。必死で呼吸を試みる。するりと喉から何かが出ていく感触があって、激しく咳《せ》き込んだ。

「大丈夫ですよ」女性の声が降ってきた。「気道を確保していた器具を抜き取りました。少し喉に痛みが残るかもしれません」

何だかわからぬまま、要二は頷《うなず》いた。うっすらと目を開けると、女性の手に白っぽい半透明の物体が握られているのが見えた。要二は死んだ蛇の腹を連想した。

「これから病室へ入ります」

スーッと身体が動き出した。点滴の袋が頭上でブラブラ揺れ、そこから伸びたチューブが腕に繋《つな》がっている。どうやら病院にいるらしいと、ようやく気付いた。看護師がストレッチャーを押しながら言う。

「栄養失調ですよ。餓死寸前で駅前に倒れてて、ここに担ぎ込まれたんです。お一人でお住まい？」

要二は僅《わず》かに首を振る。思った以上に、頭はグラグラと揺れた。

「あとでご家族の連絡先、教えてくださいね」

一応頷いたが、教えるつもりなどなかった。目を閉じると、急速に眠気が襲ってきた。

夜、激しい歯軋《はぎし》りの音で目が覚めた。点滴のチューブはもう外されていた。要二は足を伸ばし、ベッドから降り立った。歩けることを確認し、ベッドの横のロッカーを開ける。膝までしかない前あわせの薄い病院着を脱ぎ捨てると、薄汚れた自分の服に着替え、階段を下りて裏口からこっそりと抜け出した。

ふらつく足を踏みしめながら歩いていくと、踏切に行き当たった。駅前のコンビニは煌々《こうこう》と灯を点していたが、線路沿いに並ぶ家々の窓は暗かった。電車は一本も通らない。時刻は定かではないが、深夜だろう。土気色の顔もふらつく身体も裸足の足も怪しまれず、闇に紛れたまま家まで辿り着くことができそうだ。

二駅ほどの距離を歩ききれば、そこからは数分のところに要二の家がある。家では母のもとが独りで待っている。母に食わせるものを求めて、フラフラと家を出たのであった。

何日が過ぎたのかわからない。家を出たのがいつだったのかも記憶にない。あの時、既に日にちの感覚を喪失していた。自分が餓死寸前だったのだとすると、母は……。大袈裟《おおげさ》に頭を振って不吉な考えを追い払う。その途端、足がふらつき壁に縋《すが》ろうとしたが果たせず、傍らのゴミ箱を抱えるようにして倒れた。

甘辛いにおいが漂い出た。散乱したゴミの中に、発泡スチロール製の容器が見えた。牛丼チェーン店のマークが描かれている。たまらず拾い上げた。手を使わず、犬のように顔を突っ込んで中身を貪《むさぼ》った。すぐに底が見えた。僅かな食べ残しでは、飢えは満たされなかった。

要二は家に帰り着くまでに、幾つかのコンビニのゴミ箱を漁《あさ》り、少しばかりの食い物を口に入れ、母親へのお土産を手に入れた。

2

「生活保護の申請しはったらどうですか？」

「母が嫌がりますので」

社会福祉事務所から派遣されたケースワーカーの女は、顔を見せるとその話を持ち出した。その度に蔑《さげす》まれている気がして、要二は不愉快になる。

「お仕事の方、どうなってます？」

なかなか見つかりません――短く答える。むろん、探してなどいない。

「少し景気も回復してきてますしね、探せばありますよ。あなた、まだお若いのやし」

「しかし、母を独りで放っておくわけにあきませんし」

「お母さんは私たちケースワーカーが時々見にきますから、心配いりませんよ。色々と福祉の方も充実してきてますんでね。生活保護が適用されたら、医療扶助、生業扶助なんかが受けられますし。今のままやとちょっと……ねえ？」

相槌《あいづち》を求めるように語尾を上げ、この有様を見てみろと言いたげに、部屋の中にぐるりと視線を走らせた。

「食べるものかて、ねえ」

「特に困ってません」素っ気なく返す。

困っていないのは確かだった。あれ以来、要二はコンビニのゴミ袋を深夜漁ることを覚えた。裏口に出されている黒いゴミ袋を開けて薄暗がりの中で物色する。中に手を突っ込むと、そこら中油や汁でヌルヌルになっている。賞味期限を過ぎた弁当やおにぎりは、他の生ゴミと一緒になり、時には腐臭を放っていることもある。しかし、それを気にしていたら食い物にはありつけない。持って帰って皿に盛りつければ、普通の総菜となんら変わるところはない。

女は不躾《ぶしつけ》な視線を要二の襟元に這わせて言う。「お洋服やって、ほら」

うるさい女だ。服が汚れるのなんて当たり前のことだ。気にかかるのならあんたが洗濯してくれ——要二は苦々しい思いで女から顔を背ける。朽ち果てた五戸一《ごこいち》の長屋であっても、雨露をしのぐ軒のあるだけまだましだ。橋の下にビニールテント一枚で寒さを堪《こら》えるホームレスこそ、あんたらの助けを必要としているのではないのか。以前そんなことを仄めかしたが、もちろん支援してますよと軽くいなされた。

「お母さん、お元気？」

「寝てます」

「そうですか。よくよく話し合われて、ね。悪いようにはなりませんのでね」

女はそう言い置いて立ち上がろうとした。

「そうそう。四月から電話番号が変わりましてね。名刺、お渡ししときますので」

子供に釣り銭でも渡すように、女はわざわざ要二の手を取って両手で包むように握らせた。ネチャッとした感触を気味悪がればいいのか、それとも喜ぶべきなのか、要二は戸惑った。

「何かありましたら、いつでもお電話くれはったらよろしいのよ」

名刺には平仮名で「ふしはらさだこ」とあり、その下に小さく漢字で「伏原定子」と書いてあった。今までに何度も訪ねてきたこの女がそんな名前であったことを初めて知ったように、要二はいつまでも名刺を眺めていた。

「ええ、ええ」女は要二の様子に一人勝手に頷いて「高齢の方が多いのでね、名刺は全部平仮名書きになりましたんよ」

「小学生」ポツンと呟《つぶや》く。平仮名で表記された名前をそう感じたのかもしれないし、名刺の手渡し方から連想したのかもしれない。ともかく、不意に要二の頭の中を「小学生」という言葉が駆けめぐった。

小学校はどんなところだったろう。覚えているのは、雨の日に雑巾《ぞうきん》がけをさせられて、要二の周りだけいつまでも床がジメジメとしていたことだ。なぜあんな日に、掃除の時間でもなかったのに……。

「屯倉《みやけ》、何だよ、三年生にもなって」教師がせせら嗤《わら》う。

「屯倉のしょんべん垂れ」

授業中に言い出せず、小便を漏らしたのだ。

「屯倉、くっせえ！」「……屯倉さん」「屯倉、よるな！」「……屯倉さん」

うるさい！

「屯倉さん？」

定子が顔を覗《のぞ》き込んでいた。

「どうしました？」

「……どうもしてません」

「小学生がどうこう言うてたでしょ？」

「言いましたか……」

「言いましたよ」

ふと手を見る。小便を拭《ふ》かされた手……。洗い浄めねば。しかし、その前に女に帰ってもらわなくてはならない。要二は腰を上げた。

「それじゃまた」

言いおいて隣の部屋とを仕切る襖《ふすま》に近づき、そっと開ける。薄暗い部屋から線香の煙とともに、饐《す》えたようなにおいが漂い出た。僅《わず》かに開けた襖の間から、低い声でボソボソと話しかける。

「まあまあ、お部屋の空気も少し入れ換えしはらへんと」定子が背中越しに言う。太った肩が要二の上腕に触れていた。「お日さんにも当たらな、身体に毒ですよ」

定子の目線を遮るように振り向いて、後ろ手に襖を閉めた。ブラウスの胸が要二の脇腹を擽《くすぐ》りそうな距離にある。定子は後ずさった。

「もう帰ってください」

「はいはい、帰りますけど、お母さん、起きはったんでしたら、ちょっとご挨拶《あいさつ》だけでもしておきたいなと……」

「それはできません」

メス犬め、心の中で罵《ののし》る。しかし、口からは別の言葉が勝手に出た。

「犬の霊が……あなたに犬の霊がとり憑《つ》いてる、と母が言うてるんです」

犬の霊でも猫の霊でも何でもよかった。気味悪がってもう足を運びたくないと思えばいい。来ないでくださいと直接断りを言うような振る舞いは、要二にはできない。

「その霊が憑いてるうちは、この家の敷居を跨《また》がんといてください」

定子は口をぽかんと開けて、要二を頭の天辺から足の先までじろじろと眺めた。

「さあ、帰ってください」

要二は定子の太った肩に手をかけて、三和土《たたき》の方へ押しやった。

ふと表を風が吹き抜けた。建てつけの悪い戸や窓から隙間風が忍び込み、部屋の中の空気を揺らす。二人の間を線香のにおいが漂った。

線香はもとに言われて点《とも》してあるものだ。要二が病院へ収容された夜以来、もとは寝込み、同時に惚《ぼ》けの症状を呈し始めた。押入れの中から見知らぬ女が出てくると口走り、線香を焚《た》くよう命じた。あれはお前を連れ戻しに来るのだと、要二を脅かす。それはヌレオナゴかもしれぬと要二は思った。部屋を線香のにおいで満たし、燻《いぶ》る煙で視界を遮る。そうしてようやく安心できるのだった。

母はもともと先祖供養には熱心だった。和裁で得たなけなしの収入のほとんどを注ぎ込んだ。注文が無くなり、和裁は半年前に止めてしまったが、押入れの小さな仏壇の横には、線香や仏具の買い置きが大量にあった。

母に言われるまま焚き続けている線香のにおいが、犬の霊の作り話を後押ししてくれたような気がした。要二は口の中に溜《た》めた唾《つば》を喉《のど》の奥の方で転がすようにして、グルグルと低く唸《うな》ってみせた。

「ちょっと……冗談やめてくれはりません?」

定子の声は震えていた。気味悪がっている。

ウウウ……唸りながら白目を剝《む》いた。予兆が来る。発作だ。

ガクガクと顎《あご》が震えだし、そのせいでガウガウと犬が吠《ほ》えているかのような声が歯の隙間から押し出される。やがて全身が痙攣《けいれん》を起こしたかのように震え始めた。

初めて発作が訪れたのは、小学校の低学年の頃だった。新しく担任になった若い女教師は、学校でほとんど誰とも交わろうとしない要二を教卓まで引きずるようにして連れていき、皆の前でしゃべらせようとした。悪気があったわけではなかったろう。一言でいいから、と何度も優しく促され、何とか声を絞り出そうとした瞬間、喉の奥から不意に唸るような声が沸き上がり、全身が痙攣を始めた。すぐに収まったが、母は学校から病院へ連れていくよう指示された。脳の障害が疑われたが、脳波も知能も問題なかった。母は逆に学校に怒鳴り込み、その後も要二はしばしば発作を起こし、女教師はノイローゼになって学校を辞めていった。数年もするうち、要二は無意識に発作をコントロールする術《すべ》を覚えた。そうして外界と接していれば、楽に生きられることを身体が学んだのだった。

定子は相変わらず上がり框《かまち》に突っ立ったまま、呆《ほう》けたように要二を見つめている。

「二度と来るな」痙攣の合間に低い声で言う。「お前のように穢《けが》れた女の来るところではないと、母が言っている」

「穢れてるって……犬のことですの？」声はやはり震えていた。

答える代わりに「ガハッ」と喉の奥で咳《せ》き込んだ。

「どんな犬ですの？」

普通ならここらあたりで退散するはずなのだが、なにやら勝手が違う。しかし、すぐに素の状態に戻ってしまうのもためらわれた。

「犬には哀しい思い出がありますのんよ」

激しく身を捩《よじ》る要二をよそに、しんみりとしゃべり始めた定子を見て、やはり止めておけばよかったと後悔した。すぐに出ていくだろうと思ったから、発作を呼んでみたのである。深い考えがあったわけではない。

「もしかしてポン太と違うの？」定子は相変わらず突っ立ったまま、今にも泣きそうな顔つきで訊《き》いてくる。

ポン太かどうかなど、要二の知ったことではない。面倒臭くなって、ゴロンと畳の上に寝そべった。なるようになれ、犬になってみせるまでだ。喉をゴロゴロ鳴らし、鼻の奥の方でクーンクーンと鳴いた。

上がり框まで下がっていた定子が怖《お》ず怖《お》ずと近寄ってきて、擦り切れた畳に膝《ひざ》をつき屈《かが》み込んだ。「本当にポンちゃん？」

知ったことか——要二は内心イライラしていた。その苛《いら》つきを外に出したつもりになって、手でガリガリと畳を掻《か》いてみせる。

不意に定子の手が伸びてきた。本当の犬にするように、顎の下を撫《な》でる。

要二は戸惑った。手から逃れるように上半身を起こした。

「あたしが悪いんやないのよ」定子はそう言って、また手を差し延べてきた。「恨んでるの？　そらそうやわなあ」

定子は盛んに顎の下を撫でる。

「穢れた手で触れるな」

「どうしたらええの？」

「浄《きよ》める必要がある」

「ここでそういうことしてくれはるの？」

「いや……」

「できへんのかしら？」

「いや……」返事に窮した。

定子の伸ばした白い手が目の前にあった。咄嗟《とっさ》に噛《か》みついていた。

「ウッ」と顔を顰《しか》めながらも、定子は手を引かなかった。「ごめんね。許してね」

要二は更に力を加える。しかし、定子は耐えている。

しばらくそうしていて、要二が手を吐き出すと、定子の小指の根元からは血が滲《にじ》んでいた。要二はそれを舐《な》め取った。

定子はつと身体を寄せ、両手で要二の頭を包むようにして項《うなじ》を撫でた。顎の下を何度もあやすように擽る。

取り敢《あ》えず犬になって押し切ろう、要二はそう決意した。後はなるようになるだろう。

要二は舌を伸ばし、定子の手を舐め続けた。定子は嫌がる様子も見せず、なおも顎の下を擽る。要二はさらに大胆に手の平を舐め回した。指の股《また》にも舌を伸ばす。定子は何も言わず舐められるままに手を与えていた。

何気なく指を含んでみた。定子の口から微《かす》かな吐息が漏れた。ゆっくりと一本一本を舐めていった。掌の皺《しわ》も一本一本なぞるように、時間をかけて舐めた。

定子の手の下に、スカートから出た膝頭があった。要二はそこにも舌を伸ばし、ストッキングの上から唇を押しつけた。

「待って」声が掠《かす》れている。「濡《ぬ》れてしまうから」

定子は立ってクルクルとストッキングを丸めて脱ぎ捨てると、寝ころんだままの要二の目の前へ再び膝を折って坐《すわ》った。

打ち身なのか坐り胼胝《だこ》なのか、茶に変色した膝頭を眺めていると、要二は急に馬鹿馬鹿しくなってきた。さっさと帰れ、と怒鳴りつけたくなった。しかし、定子はそんな心中など意に介する様子も見せず、舐めろとばかりに膝を突き出した。

要二は目を閉じ舌を伸ばした。ざらついた膝の細かい皺の感触を味わいながら、犬がするように下から上へと何度も舐め上げた。定子の地肌は朝からの汗に染め上げられて、どこを舐めても塩辛い。

定子が膝を弛《ゆる》めた。太股丈の肌色のガードルがスカートの下にあった。要二は胸の奥にある冷えた塊が膨らんでくるのを感じ、舌を止めて顔を上げようとした。

「どうしたの、ポンちゃん。ええのよ、もっと舐めても」

定子はガードルを取った。要二の頭を撫でながら、膝の間へと導いていく。ふやけたように白い股に青い血管が浮いている。奥に黒いショーツが見えた。両膝の角度はますます開いた。それを見ながら、要二はどうにでもなれと思った。


子犬は家の近くにあった小さな公園に置き捨てられていた土管の中で飼われていたと、定子は話した。

タヌキに似ていたからポン太と名付けたのだと言う。同じクラスの女の子数人が交代で世話をした。

数日経って、男の子たちが知った。一人が段ボール箱を持ってきた。それに入れると言う。聞いてみると、保健所へ連れていくと言うのだった。

「どうしてよ？　私らが世話してるんやし」

持ち主がはっきりしない犬を公園なんかで飼ってはいけないと、男の子は強情に言い張った。男の子にしてみれば、単なる嫌がらせでしかなかったろう。

「私らが持ち主やよ。名前も付けたんやもん」

持ち主が決まっているのなら、ちゃんと自分の家で飼えと言う。しかし、女の子たちは皆府営住宅に住んでいた。生き物を飼えないから拾った子犬を公園で世話し始めたのだ。

保健所に電話したから明日犬取りが来ると、その男の子は捨て台詞《ぜりふ》のように言い置いて帰っていった。出鱈目《でたらめ》を並べているとは思ったが、子犬を残していくのは心配だった。

「どっかに連れていこ」一人が言った。

段ボール箱が残されていた。抱え上げてそれに入れた。ポン太は暗い箱の中でクンクンと鼻を鳴らしていた。蓋《ふた》の部分を互い違いに挟み込み、簡単に開かないようにした。

「ポンちゃん、もっとええとこ行こな」

時折声をかけながら、適当な隠し場所を探し歩いた。秋の日はすぐに暮れて、定子らの不安は募った。散々歩き回った末に、結局、元の公園に戻ってきた。

「どうしよ?」

顔を見合わせても妙案は浮かばない。段ボールの中で子犬も気配を悟ったのか、不安そうな鳴き声を上げた。

公園の横に製材所があった。五時のサイレンが聞こえて社員たちが退社していくのが見えたのは、ほんの十分か十五分ほど前だった。その頃の製材所には囲いがなかった。公園自体がもともと製材所の敷地に造られたものだった。人がいなくなると、子供たちはよく製材所の敷地内に入り込み、重ねられた材木の上に登ったり、放置されたネコ車を押したりして遊んだ。

「セイザイに隠そか?」誰かが言った。

「あかん。見つかったら怒られるわ」

「じゃあ、どうすんのよ? 保健所に連れて行かれたら殺されるんやで」

「あ、あたし、もう帰らなあかんし」皆が一番懼《おそ》れていたことを、一人が口にした。「それじゃ、またな」

「待ってえや、あたしも帰る」もう一人もすかさずきびすを返した。

定子と、向かいの棟に住む弓子《ゆみこ》の二人が残された。子犬はますます不安そうにクンクンと鼻を鳴らしている。

「どうする?」定子の不安も募る。

「どうしようもないやんか。うち絶対飼われへんし」

「うちやったって飼われへん」

「あたし、もう帰らな怒られるわ」

「あたしかて怒られる」

「そいじゃ、それ貸しいや」不意に弓子が段ボール箱を引ったくった。何も言わず、どんどん歩いていく。

「なあ、どうすんの？」

弓子は癇癪《かんしゃく》を起こすことがしばしばあった。気に入らないことがあると、ものを投げつけたりノートを引き裂いたりする場面を、定子はこれまでに何度か見た。

弓子は製材所の事務所の裏へ歩いていく。定子は嫌な予感がした。

「なあ、もう置いといて帰ろ」

「もう遅いわ」

何が遅いのかよくわからないまま、定子は後を追う。

「なあ、お願いやから帰ろうや」

「もう遅いねんてば。さだちゃん、これ、どうするつもりなん？」弓子の声は明らかに怒っていた。「保健所行ったら殺されるんやで。そんなん腹立つやん」

定子は弓子を放ったらかして逃げ帰りたくなったが、後々のことを考えると、到底実行できそうになかった。

事務所の裏にはコンクリート製の貯水槽があった。縦横五メートルほどの四角形で、常に茶色く濁った水が溜《た》められている。表面には虹色の油の膜が薄く漂っていた。そこが何かに利用されているのを、定子らは見たことがなかった。一度として材木が浮かべられていたこともないし、従業員が道具を洗っていたこともない。もしかすると単に水を溜めておくことだけが目的の、消火用の防水槽なのかもしれなかったが、子供たちにとって、そこはたまに遊び仲間が落ちてずぶ濡れになる場所でしかなかった。水深は五十センチもなかったから、誰かが溺《おぼ》れるなどといったことも一度もなかった。

弓子はその傍らで足を止めた。

「こんなもん最初から飼えるわけなかったんや」

尖《とが》った声でそう言うと、いきなり段ボール箱を冷たい水の中に放り込んだ。キャンキャンとけたたましい悲鳴が上がった。

「何するんよ！」

「あたしらが殺してやるんや。人に殺されるくらいやったら、その方がええ」

弓子は落ちていた棒切れを拾って、箱を水の中へ押し沈めようとした。箱の中の空気は容易には抜けず、押しても押しても浮き上がってきた。中からはポン太が暴れ狂う音が聞こえていた。

「そんなこと止めえや！」

「ほな、さだちゃん、連れて帰って飼うんか？　できるんか？」

ダメなのはわかっている。何も言えなかった。

「もうあかんねん。わかるやろ。あたしらが殺したる方がええねん。はよ手伝いいな」

定子はもう一本の棒を手渡された。もうどうでもいい、と思うと、急に残酷な気持ちが芽生えてきた。

弓子の棒と二本で押すと、一人の時よりも箱を深く沈めることができた。が、それは長続きせず、バランスを失ってすぐに浮き上がってくる。段ボールは意外と丈夫で破れることもなく、子犬の力では中から押し開けることもできなかった。

ポン太は声を振り絞って鳴き続けていたが、もう定子の耳には入ってこなかった。ただひたすら早く箱を沈めて家に帰りたかった。

「弓ちゃんはあん時何がしたかったんやろ」あばら骨の浮いた要二の薄い胸に顔を押し当てて、定子は呟《つぶや》いた。「ほんまに殺すつもりやったら、箱になんか入れずに手で水に浸《つ》けてもよかったのに」

「自分の手え汚したなかったんでしょう」要二はボソボソと答えた。

子犬は結局、命を助けられた。通りがかったお婆さんが犬の悲鳴を聞きつけて、残酷な水責めから解放した。

蓋を開けた途端、ポン太は既に薄暗くなった公園の方へ走っていこうとしたが、腰が抜けたのか、走り方がおかしかった。ビッコをひくようによろけながら駆けていく子犬は、一度として二人の方を振り向かなかった。

ビショビショの段ボールの中には、半透明のソーセージのようなものが一つ転がっていた。弓子が左右に振ると、箱の中でコロコロと音を立てて転がった。定子は白い肉のついた骨を想像したが、ポン太に血の出ている様子はなかった。後々何度も考えたが、定子には結局それが何だったのかわからなかった。

「なんてことするんや！　怖《おそ》ろし子らやな。バチ当たっても知らんよ」あの老婆の声は今も耳の底に残っている。

「子犬はその後すぐに死んでます」要二は断言した。「その霊が憑《つ》いてはるんです」

「そんなつもりやなかったのに」定子の目から涙がこぼれた。「けど、屯倉さん、私の小学生の頃のそんなことがようわからはりましたねえ？」

「小学生の頃いうのは色んなことがあるもんです。嫌な想い出がいっぱい詰まってるでしょ？」

「さあ、私はそうでもないけど。……せやけど、奇跡いうのはホンマにあるんやねえ」定子は上半身を起こして横座りになる。「さっきまで痛かった膝《ひざ》が、嘘のように治ってるんです」

要二は不意に舌の根元が痛んだ。定子の痛みを舐《な》め取ってしまったような気がして、口の中に溜まった唾《つば》を吐き捨てたくなった。台所に立ち、喉《のど》を鳴らしてうがいをした。定子の太った身体を撫で回した両手もゴシゴシと擦《こす》って洗う。

「石鹸《せっけん》がないと……」

振り返ると、定子は向こう向きになってノロノロと下着を着けている。

こってりと脂の乗った腰を見ながら、要二はもう一度「石鹼」と呟いた。

「え? 何です?」

「いや、何も」

要二はそそくさと衣服に袖《そで》を通し、立っていって母の部屋の線香を点《とも》した。

3

ふと気が付くと、要二は雑草に覆われた狭い畦道《あぜみち》を歩いていた。遥《はる》か彼方《かなた》に黒い森が見え、その上をカラスが舞っている。空はそのカラスを溶かし込んでしまいそうな黒い雲に覆われていた。

道はやや上りになり、細かい砂粒に足を滑らせながら登り切ると土手であった。すぐ下に水草に覆われたせせらぎが流れている。

要二は土手を歩いた。黒い森がぐんぐんと迫ってきた。しとしとと身体の芯《しん》まで沁《し》み込んでいきそうな細かい雨が落ち始めた。畦道はぬかるみ、やがて満開の桜が見えた。降りしきる雨の滴に、はらはらと薄い花びらが舞う。

枝の一本から真っ黒い蛇がぶら下がって、水面に向かってからだを伸ばしていく。揺れる蛇の頭には、不釣り合いな黒い塊が付いていた。その塊の下で薄い水色の寝間着がぐっしょりと水を含み、その下方に白いものが見えた。小さな足の裏だった。尿を漏らしたように、伝い落ちた雨が爪先《つまさき》から滴った。

土手に接した、水草と雑草が勢力を競い合う浮き州の上に、黒いものが落ちていた。女ものの革靴らしかった。寝間着との組み合わせに違和感があった。爪先から落ちてくる雨が片方の靴に満ち、じょぼじょぼと寂しい音を立てていた。

要二は近づき、震える手を寝間着の胸元に差し入れた。冷たい膨らみが掌を押し返してくる。

丁寧にボタンを外し、前を開いた。二つの冷たい乳房の谷間を雨粒が伝い落ちた。

要二は腰を屈《かが》め、膨らみの間にそっと耳を寄せた。何の音も聞こえなかった。

もう一度乳房にそっと指を這《は》わせる。ゆっくりと輪郭をなぞり、小さい手で乳首を包んでみた。掌の生命線を乳首の先が擽《くすぐ》った。

「何をしてるの？」

不意に声が降ってきた。顔を上げると、ぶら下がった女が見下ろしていた。

怖ろしさがこみ上げる。

要二はきびすを返し、立ち去ろうとした。女の指が服の裾《すそ》を握っていた。

「放せ！」

女の身体がブランブランと揺れた。髪の毛がベットリと濡《ぬ》れている。無表情だった顔が突然歪《ゆが》み、ニタッと笑った。

女の笑いは顔一杯に拡がって、要二に迫ってくる。その顔がいつの間にか母のもとのものになっていた。

要二は恐ろしさのあまり失禁した。

その途端、眼が覚めた。目の前に定子の白く太った顔があった。その手が要二の身体を強く揺さぶっている。

「なんでこんな空き家で寝てはるのよ？」

訪ねてきて通りがかりに開いていたガラス格子の奥を覗《のぞ》くと、要二が大の字になって寝ていたと言う。

まだ呼吸が荒かった。あれこそがヌレオナゴだったのだと、天井を見上げたまま考える。確かに笑いかけてきた。しかし、自分は笑い返しはしなかったはずだが……。ふと不安になる。

定子が不審げな顔つきで見る。

太股《ふともも》に置かれた白い手を振り払い、要二は坐《すわ》り直した。下着にべとつく感触がある。失禁ではなく精を漏らしていた。

「ここ、違うお家よ」

要二は答えず、定子の目から股間《こかん》を隠すようにして立ち上がった。そのまま奥へ歩いて行き、トイレに入って下着を拭《ぬぐ》った。

「ここを借りることにしましてん」座敷に戻り、突っ立ったままの定子に告げる。

「借りるっていうてもお金は？」

「タダでええらしいんです。向こうの家賃をちゃんと納めるなら、かまへんのやて」

どうせ一年もせずにこの長屋は取り壊されるのだ。当てのある者は皆既に引き払い、五戸一の続きで残っているのは、路地の入り口から二軒目の要二の家と、一番奥の小川《おがわ》という爺さんだけだ。

「お母《か》はんが言うたんです。今やったら貸してくれるはずやって」

「けど、今のお家の家賃もずっと滞納してはったのに」

「住宅扶助、申請してもろたんでしょ？」

「ええ。一応下りることにはなりましたけど」

「じゃあどうにかなるでしょ」

屯倉《みやけ》家が滞納していた三ヶ月分の家賃は、定子が立て替えた。定子の上の娘は今年から短大を出て働き始めている。下の娘はまだ高校生だが、夫のいない生活にもほんの少し余裕が出てきたところであった。もちろん、福祉ワーカーが担当するケースの負債を負担することなど許されることではない。立て替え分は、要二が職に就き次第返す約束になっている。

「そうそう。弓子ちゃんのいてはるとこ、わかりましたんよ」

要二は初めそれが誰のことなのかわからなかった。

「この前、昔の友達何人かと逢《お》うてね。噂では酷い御主人らしいの。それもポン太の祟《たた》りかしらねえ」

ようやく、それが例の子犬を溺死《できし》させようとした女の子の名前だったと気付いた。

定子はそこを祈禱所《きとうじょ》と呼ぶことにした。新たに借りた部屋の奥の間である。薄い壁一枚を隔てた向こうの座敷には母のもとが寝ている。が、今は母と呼ぶことはない。彼女はヌレオナゴ様となった。

かつて住んでいた隣の部屋はヌレオナゴ様の寝所《しんじょ》である。要二はそこに自分以外の者が立ち入ることを禁じた。表向き、そこはご託宣を伺う神聖な場所だ。実を言えば、ヌレオナゴ様と二人きりの生活の場に赤の他人が踏み込むことを嫌っただけなのだが。

母がヌレオナゴ様になったのは、定子に犬の霊が憑《つ》いていると告げた晩である。あの夜要二は線香を点《とも》し忘れて寝てしまい、朝目覚めると、母は既にいつもの母ではなかった。

今にして思えば、定子との関係がきっかけだったような気もしている。

「トカゲを見たのですか？」

「はい。こんな季節なのに」

「そのトカゲと目が合いませんでしたか？」

祈禱所の畳の上で、要二は目の前に膝《ひざ》を揃えて坐る田上孝夫《たがみたかお》の顔を見つめた。

田上は首を捻《ひね》ったが「合ったような気がします」と、小さな声で答えた。

田上孝夫は定子の職場の後輩に当たる。K大学卒の秀才であった。

K大は未《いま》だに共産系思想の強い大学である。役所に就職してすぐ、同じ大学出身の市職員組合書記長に見込まれた。二年間その男のもとで使いっ走りをやり、男が出世の芽を摘まれて降格処分になった時点で、田上も配置換えとなって福祉事務所に回された。

二年の間に骨抜きにされたのか、もともと無能であったのか、ともかくミスをしない日はないと、定子は嘆息混じりに紹介した。生活保護を不正に受けている暴力団関係者の言うなりに、その二号にまで生活保護受給の手続きをした。さる老婆の生活の凄《すさ》まじさに恐れをなし、訪問を怠って餓死寸前にまで追い込んだ。いずれも上司によって事件となる前に揉《も》み消されたが、何とか立ち直るきっかけを与えてやってほしいと、定子は語った。

「それでどんな感じでした、そのトカゲは？」

「僕の方を見て、チロチロと舌を出しました」

舌ぐらい出すだろう。そう思うと、不意に笑いがこみ上げてきた。必死で押さえようとしたが、堪《こら》えきれず肩がブルブルと震えてしまった。仕方がないので身体を大きく揺らして誤魔化した。

定子は表の間に控え見守っている。二人の様子を見て「ヨウジロウ様」と呼びかけた。ヨウジロウというのは定子の命名した、ヌレオナゴ様の託宣を伝える巫者《ふしゃ》としての呼び名である。「要二」という名より威厳があるらしい。定子は自分がファンだった「宗次郎」からそれを思いついたという。癒《いや》し系のオカリナを吹くホームレスめいた風貌《ふうぼう》の音楽家だ。

要二も髪はやや長めだが、先はせいぜい襟足止まりである。ほとんど直毛で伸びすぎると先端だけが巻いてくる。母のもとはそれを女々しいと言って嫌い、いつも自ら丁寧に切り揃えてくれた。髭《ひげ》は毎日カミソリできちんと剃《そ》る。電気カミソリは使わない。成人する以前、電気カミソリの刃の内側に溜《た》まった髭に黴《かび》が蔓延《はびこ》り、その胞子付きの髭を吸い込んだ要二は気管支喘息の発作を起こしたことがある。それ以来母に禁じられた。が、伸ばした髭は母が咎《とが》めるので、毎朝丁寧に剃るのが日課となっている。

「これをご覧ください。昨日こんなものを拾いました」要二が差し出した。

黒字で「84」と書かれた楕円形《だえんけい》の小さなプラスチック板だ。銭湯の下足箱の鍵《かぎ》にぶら下がっているような代物である。

田上は頷《うなず》いて受け取ったものの、対応に困っている様子だ。

「これを見て何か感じませんか？」

田上は首を捻った。

「ふん」要二は相手の握ったプラスチック片をじっと見つめて言う。「84。八月四日。伏原さんから伺いましたが、あなたの誕生日やないですか？」

「ああ、なるほど」福祉ワーカー二人は顔を見合わせた。

「それに、ほら」要二は一枚のチラシを取り出した。「ここに、輝く未来を君の手に、エデュケーション・スクールTTって書いてある」

「はあ」定子がチラシを手に取った。「エデュケーション・スクールですか。これが何か？　あ、田上くんにここに転職しろということですか？」

「何を言うてはります。TTって田上くんの頭文字やないですか」

「なるほど」と頷いているものの、二人は要領を得ない様子だった。

「田上くん、輝く未来を握ってるのは君やないのかな。そういうご託宣が出てる」要二は目に力を込めた。「トカゲが君を見たのは、そういう君の能力を引きだそうという意図やと思うんです。恐らく、君は世の様々な情報を拾い集めるのが得意なんや。違いますか？」

　支離滅裂なのは自分でも承知している。しかし、勝手に言葉が口をついて出てくるのだから仕方がない。

「それを役立てていくべきやろね。いっそ外回りなんかせずに、コンピューターに張りついて情報管理技術でも磨いた方がいいかもしれへんね」

「……けど、僕はそんなことしたくないんです」田上がポツリと言った。

「それじゃ何がしたいわけ？」

「……わかりません。……別に何もしたくないんです」

そりゃ、何もせずに生きていけるのならそれに越したことはない。要二も思わず頷いてしまう。

「あかんやないの、そんなことじゃ」定子が田上の背中をポンポンと叩《たた》く。

やたらと人の身体に触るのが好きな女だ。

「あのね、この人、ヨウジロウ様が言わはったように、調べものが得意でね。……ほら、あれ、調べてきてくれたんでしょ？」

「ええ、まあ……」田上はあまり気乗りのしない様子で、ガサガサとコピーを取り出した。

「ヌレオナゴというのは……」

要二は思わず眉《まゆ》を顰《ひそ》めた。正直言って、余計な御世話だ。

「四国は愛媛や九州地方などに伝えられる妖怪の一種で、愛媛の宇和《うわ》地方では、洗い晒《ざら》しの髪で海から出てきてニヤリと笑う、と言われている」

まるで感情の籠《こ》もらない棒読み口調が下手に媚《こ》びようとしない田上の心を表しているようで、要二には却《かえ》って好感が持てるような気がした。

「ちょっと田上くん。そんなもん読むだけやったら、紙渡すだけで済むことやないの。もっと、あんたなりの意見とか感情とか、込めるもんが色々とあるでしょうが。ねえ？」

最後は要二に相槌《あいづち》を求める。

「ま、よろしいがな。嫌なもん、無理にすることもないと思いますし」

「ヨウジロウ様」定子が膝を進め、要二の太股《ふともも》に手を置いた。「そんなことじゃあさませんのよ。世の中いうのは、自分から求めな与えられるもんやないんです。持ってるものをせいぜい活用して、自分の能力を武器にせなあきません。頭がいいならそれを使う、身体が役に立つなら、時にはそれもね……」

最後は目元に媚びを含んで笑う。

この女の方がヌレオナゴ様の託宣を垂れるにはずっと相応《ふさわ》しいと要二は思ったが、残念ながら定子には神様の言葉を聞き取ることは難しいだろう。

「まあ、今日は顔合わせ、いうことでね」

定子の掌が腿《もも》を這《は》っている。

「用が済んだら、もう帰りなさい」

田上は言われるままに痩《や》せた背中を丸めて立ち上がった。

「空き家に上がり込んで、何をやっとんねん」不意に表戸が開く。狭い玄関に小川準二《じゅんじ》が入ってきた。

「要二、おるんやろ? お前、最近何をこそこそしとる。なんか疚《やま》しいことでもあるんか？」

小川は要二が小学校に上がる前に、五戸一の一番奥へ移ってきた。要二が生まれた頃もこの長屋に住んでいたが、一旦《いったん》出ていき、数年後に再び引っ越してきたのであった。小川は最初から旧来の知り合いででもあったかのように、要二を呼び捨てにした。

要二は定子の胸元に差し入れた手を慌てて引き抜いた。

「空き家やない。俺が借りてるんや」

「なんや？　誰かおるんか？」白内障を患って片方の目が不自由な小川は、暗い部屋の中を透かすように低い姿勢で覗《のぞ》き見た。

「福祉事務所のワーカーさんや。お母はんのことで来てはんねん」

「福祉事務所やて？　お前とこ、生活保護なんぞ受けへんのと違うんかい」

「お母はん寝込んで、そうも言うてられへんなったんや」

「で、なんでまた、それが隣の部屋借りることになるんや？」小川は断りもなく上がり込んでくる。「寝込んで面倒見切れへんから別々に住もう、いう魂胆か？」

「まあどうも、この度は色々とお世話になります」定子が頭を下げた。

「なんや。女やないか。ワシとこ来てるんは暑苦しいおっさんやぞ」

丸山《まるやま》課長のことだと、定子は察した。「上司ですのよ。有能な人ですから、お爺さんも安心してはって大丈夫ですよ」

「年寄り扱いするな。わしゃ小川いうて、この奥に住んどる者や。あんた、福祉事務所の人なんやったら、帰って言うてんか。担当を若いねえちゃんにせえ、言うて」

「まあまあ、丸山は気に入らはりませんか？　なんでしたら、私と代わりましょうか？」

　小川の相好が崩れた。好色さが目尻《めじり》の皺《しわ》に宿っている。「そうしてもらえるか？　ほな、早速話聞いてもらおかな」

「今日はちょっとねえ……。細かいことお話するのに、書類も持ってこなあきませんし」

「そんなもん要るかいや。手当は今のままでええねん。話聞いてもらいたいだけなんや」

「これから他へも回らなあきませんのよ。今日は申し訳ないけど、時間がありませんので、勘弁してくださいな」

「何を抜かす。こら、要二。ボケーと突っ立っとらんと、気イきかせや。二人で話があんねん。プライバシーの尊重や」

　要二は逆らえない。幼い頃からそうだ。父親でもないくせに何かと干渉してきては、将来どないするつもりや、と怒鳴る。あんたはどうなのかと言い返したいが、全てを見透かすような鋭い視線の前では、何も言えなくなってしまう。目が悪くなってからは、その視線に更に遠慮がなくなった。何かにつけ、お前はまともな人間やない、と口癖のように言われ続けてきた。確かに、自分の身辺を顧みると、その通りだと頷いてしまうことは多い。

「サッサと消えろ！」

要二はフラフラと立ち上がると、そのまま玄関の草履を引っかけた。

「あ、よ……屯倉《みやけ》さん、どこへ行かはるんです！」

定子も立とうとしたが、その手首は小川にしっかりと握られていた。

「屯倉さん！　屯倉さん！」

定子の声を置き去りに、要二は後ろ手に戸をピシリと閉めた。そのまま背中で戸を押さえる。

長屋の前の路地は、昼間だというのにいつもどおり日当たりが悪く薄暗かった。地面は苔に覆われて、足で踏むと常にじゅくじゅくと黒い水分を吐き出した。五戸一と路地を挟んで向かい合う、空き瓶の柵《さく》で土止めをされた狭い花壇は手入れする者もなく、菊科の雑草が我が物顔で繁っている。花壇の一番端、小川の部屋の前の辺りは生ゴミが散乱し、腐臭を発していた。

「屯倉さん！」ガラス格子が内側から叩かれる。「開けて。そこにいるんでしょう？」

要二は答える代わりに、両手で桟を押さえ、さらに肩を強く押しつけた。

「ね。開けてください。お願い」

戸が激しく揺すられるが、痩せた要二の力でも定子よりは強かった。

「いつまでも騒ぐな！」小川の怒鳴り声が響く。

「ヨウジロウ様！　お願いです、ヨウジロウ様！」

呼びかけられて、不意に要二は己に与えられた使命を思い出した。

「少しの辛抱です。私は身体を浄めて参ります」

「ああ、ヨウジロウ様！」

その声を最後に、祈禱所《きとうじょ》の表戸を叩く手は止んだ。要二は暗くなっていく地面を後にして、寝所《しんじょ》へと上がった。

母とボソボソと小声で会話を交わした後、石鹼を摑《つか》んで裏の小さな日当たりの悪い庭へと降り立つ。衣服を脱いで、ボウフラの浮いた薄汚い雨水を柄杓《ひしゃく》で手水鉢から掬《すく》い、身体にかける。石鹼を首筋から全身に塗りつけ、擦《こす》り上げていった。要二の身体が粘い泡に包まれる。時折水を振りかけながら全身を素手でこね回し、最後にまた手水鉢の底に残った水を腐った落ち葉もろとも身体に振りかけ、泡を洗い流した。

4

小糠雨《こぬかあめ》に降り籠められ、はらはらと花びらを落とす満開の桜の下に、やはり女はぶら下がっていた。はだけた寝間着から覗く青白い肌が薄闇の中に浮かんで見える。

乳房は雨に濡《ぬ》れていた。要二は冷たい肌に手を伸ばす。ゆっくりと膨らみをなぞり、小さい掌に包むように乳暈を撫《な》でる。しばらくそうして、手と胸乳の温度差が縮まり、指先の感覚が失《う》せた頃、ようやく要二は手を引っ込めた。

そっと顔を寄せ、二つの膨らみの間に耳を押し当てたが、やはり何の音も聞こえない。

恐る恐る女の下腹部を見た。長い寝間着の下に、要二の知らない秘密がある。幼い胸は打ち震えた。身体の奥深いところに熱い疼《うず》きがあった。疼きの正体ははっきりせず、もどかしさで胸がどきどきする。しかし、直接触れてみる勇気は出なかった。

要二は上流から流れてきた細い竹を摑んだ。ぽってりと膨らんだ下腹部に、その竹を突き立ててみたい誘惑に駆られた。突然閃《ひらめ》いた啓示に、要二は抗することができなかった。お誂《あつら》え向きに、鋭利な鉈《なた》で切り落としたのか、竹の先は斜めに削がれてあった。要二は小さな手にしっかりと構えて、全体重を乗せるようにして尖《とが》った先端を沈めた。

思ったほどの抵抗もなく、竹槍《たけやり》は肉の中へ入っていく。身体の奥から戦《おのの》きがこみ上げた。いや、要二の身体を小刻みに揺するのは、戦きではなく、疼くような喜びであった。心地よさに歓喜の声を漏らした。嗄《しわが》れた呻《うめ》きが漏れ出た。ハッと気付くと、竹を握る手がゴツゴツとした大人の手になっている。

要二はいつの間にやら小川準二になっていた。

驚いてふと手を弛《ゆる》めた途端、握りしめた竹の後端から、強烈な腐臭とともに赤黒い肉汁が溢《あふ》れ出た。

堪《こら》えきれずに、小川準二は胃の中のものを戻した。しばらく背中を波打たせ続けた。

川岸の浮き州の上には、女の足から滑り落ちたらしい黒い革靴が転がっている。つは上向きに口を開いて、爪先《つまさき》から垂れる小便のような雨水を、じょぼじょぼと陰気な音で受け止めていた。

不意に靴に落ちる雨の色が変わった。茶色に濁っていた。

女の足首に何かが絡みついている。下着だった。元は白かったと思われるそれは茶色に変色し、なんとなく淫猥《いんわい》な印象を与えた。下着だった。下着の中には何かが溢れ、やがて足首からずり落ちて、靴の上に不快な音を立てて落下した。ぶよぶよとした赤黒い排泄物《はいせつぶつ》が浮き州の上で震えていた。

小川は浮き州の上に降りたった。僅《わず》かに足が草の中にめり込んだが、それ以上沈むことはなかった。

「ヨウジ……」

頭の上で、洗い晒《ざら》しの髪の毛から滴を垂らしたヌレオナゴが笑っていた。小川になっているのに、その実体は要二だと知られているのだ。

慌てて土手を這《は》い上がろうとしたが、滑りやすい石垣を手足は捉《とら》えることができず、少し登っては滑り落ちた。何度も繰り返すうちに指先は血塗《ちまみ》れになっていった。

「ヨウジ……」

不意に耳元に暖かい吐息がかかる。振り向くと、ヌレオナゴの顔があった。口元を歪《ゆが》めて笑っている。

小川になった要二は絶叫を放った。

己の叫び声で我に返った。要二の両手は蒲団《ふとん》の中にある。ヌレオナゴ様の首から下は骨ばかりに痩《や》せ衰えてしまっているが、その骨を一本一本洗い浄《きよ》めるようにして、掌で丁寧に揉《も》みほぐしてやっていたのだった。ヌレオナゴ様は気持ちよさそうに目を閉じ、要二のするがままに身を任せていた。

蒲団から手を抜くと、指が赤茶色に染まっていた。驚いてかけ蒲団を捲《めく》ると、ヌレオナゴ様の足も干涸《ひから》びたような血に塗れている。知らず知らず力を込め過ぎたらしい。

「ヌレオナゴ様、大丈夫ですか？」

微かに頷く。

どうやら足の感覚は麻痺《まひ》状態にあるようだ。

ヌレオナゴ様は顎で表を指した。

開け放った襖《ふすま》越しにガラス格子を透かし見ると、戸が少し開けられて、その向こうにぼんやりと人の影がある。

立って行って開けると、定子が見知らぬ女とともに立っていた。

「あんたかいな。ろくでもないこと、さだちゃんに吹き込んだんは」松岡《まつおか》弓子の口元には冷笑が浮かんでいる。「私に犬の霊が憑《つ》いてるねんて？　ようまあ、そんなええ加減なこと言うたもんや」

少し世間話をした後、定子は仕事に戻って行った。入れ替わりに田上がやってきたが、二人の男を前にして弓子はそう言い放った。

小心な田上は自分の母親に近い年齢の女からそんな風に言われただけで、既におどおどと俯《うつむ》いてしまっている。

「僕が勝手に言うてるんやありません。全てヌレオナゴ様のご託宣に依《よ》っています」

「ヌレオナゴ様やて？」畳みかけるように、弓子は言った。「アホらし。どこにおるの、そんなもん？」

「あちらの寝所でお休みになっています」

「ただの病人と違うの？　いっぺん会わせてえな」

「まだこちらの田上くんにもお会いになっていません。いずれ時期が来たらお会いできるでしょう」

「なんや、勿体《もったい》ぶって。言うて見ただけよ。別に会いたないし。……そんで、今日はなんやの？　マッサージでもしてくれはるの？」

ふとヌレオナゴ様の足を思い出した。

「恐らくマッサージみたいなもんではないでしょうか」田上がボソボソと受けた。「お浄めというのは一種のマッサージのようなものやと、僕は思います」

「なんやの、それ？」

「かつてマクルーハンという学者は、メディアはマッサージであると言いました」

この若者の考えていることは、時折要二には理解できないことがある。

「マクルーハンというのは、日本では武井健太先生によって紹介された社会学者で……」

「ああ、武井健太いうたら、あのパイプくわえて、まあだいたいやね、言うてた人かいな？」

なんだかよくわからぬが、弓子が田上の話題に反応した。

「ええ、以前K大学の先生をなさっていて、私も何度かお話を伺ったことがあります」

「あら、あんたK大学やの？　賢いやんか」

「はあ」田上は嬉《うれ》しそうに頭をぺこぺこ下げた。

「それで、なんやの？　テレビがマッサージになるわけ？」

「まあ、そういうことです」

相も変わらぬ棒読み口調で田上は何やら解説するが、要二にはいつも同様よくわからない。

弓子にも理解できたとは思えないが「洒落《しゃれ》やねんな」とポツリと言った。「要するに、そのテンシンハンみたいな学者が言うたことを、皆がおもろいやないか、いうて喜んだわけや」

とすると、弓子のテンシンハンにも笑ってやらねばならないのかもしれないが、要二は取り敢《あ》えず無視することにした。「さあ、霊を浄めます。田上くん、準備」

自分の洒落が通じなかったからか、弓子は腹立たしげに舌打ちしてみせた。要二に挑むような目を向ける。

痩せた弓子の目元には小皺《こじわ》が目立った。ふっくらとした定子より二、三歳は年を取って見える。パーマをかけて染めた髪は色が落ち始めていて、生え際に白いものが目立つのも、老けた印象を助長していた。

「あんた、さだちゃんがお人好しなんをええことに、霊感商法みたいなこと企んでんのと違うの？」

皮肉っぽく片方の唇の端を吊《つ》り上げて話す姿は、子犬を溺死《できし》させようとした少女の面影を漂わせている。

「霊感商法か……」不意に閃《ひらめ》いた。それもあり得る。「石鹼《せっけん》、買いますか？」

「はあ？」

「霊感商法みたいに、不浄を流せる石鹼買いますか？」

「石鹼やて？　アホらし。あんなもん、人に売りつけることはあっても、自分で買《こ》うたりするかいな。あたしはなあ、石鹼にはちょっと金かけてんのよ。豆乳石鹼いうてな、お肌つるっつるになるええ石鹼使うてるねん。誰があんたなんかの売る石鹼なんぞ買うかいな。ホンマ、鬱陶《うっとう》しいわ。人のことなんか放っといてくれたらええんとちゃうの」

「豆乳石鹼いうのは食えますのか？」

「はあ？　食えるかて？　アホかいな。石鹼みたいなもん食うてどないするのんな」

「うちのは食えます」

「へええ。こら驚いた。お宅の石鹼、食材にもなるんかいな。そらまあ、重宝なもんやこと。あたしは買う気はないけどね。用はそれだけかいな？　しょうもないもん売りつけるんやったら、もう帰らしてもらうし」

「僕は伏原さんから依頼を受けただけのことやし。気に入らへんのなら帰ってもろてもかまへん」

「何、その言い方は！　わざわざお金使うてここまで来て、そんで、帰れ、言うわけ？　信じられへんな、あんた。私はこんな香里園《こうりえん》くんだりまで、いったい何しに来たんよ？」

弓子は膝《ひざ》の上に置いた自分のバッグをバシッと叩《たた》いた。贋《にせ》のグッチはなかなかいい悲鳴を上げた。四十年近く経っても、ものに当たる癖は治っていないようだ。

「長年の頭痛治したる、言うから、のこのこやってきたのに、帰れとは何よ。電車賃ぐらい負担したらどないやの？」

「僕は来てくれなんて頼んだ覚えはない」要二は腕を組んで、そっぽを向いた。

「あのですね、頭痛はその癇癪《かんしゃく》のせいかもしれませんし……」

田上が余計なことを言っている。

「放っときなさい」

「え？　いや、しかしですね……」

「帰ってもろたらええねん」うろたえている田上に言う。

「いいえ、帰りません」弓子は鼻息荒く、要二を睨《にら》みつける。

「強情《しんじょ》やなあ」要二は腰を上げた。「それなら、ここで少し頭を冷やして帰りゃええわ。僕は寝所で身を浄めてくる。なんかこっちまで汚《けが》れた気分や」

「電車賃は私が立て替えてもかまいません。そやけど、一回だけ、ヨウジロウ様のお浄めを受けていってください」要二が立ち去った祈禱所《きとうじょ》で、田上は拝むようにして弓子に言った。「でないと、私が伏原さんに怒られます」

「あんた、エリートさんのくせして、あんなさだちゃんなんかに怒られるんかいな？」

「はあ、一応上司ですから」

「まあ。高卒のくせして、K大卒のエリート、顎《あご》で使いよるの？」

「顎でなんか使わはりません。普通の上司と部下の関係です」

「それを顎で使う言うんや。あたしかてな、こう見えても一応短大出てんねんで。さだちゃんみたいな高卒やないねん。S女子短期大学卒や。知ってるやろ?」

田上は首を傾げながらも頷《うなず》いてみせる。

「今はもう短大もあかんそうやけどな。あたしらの頃は、女の子は四年制なんか出てるより短大出の方が遥《はる》かに就職よかったんや。あたしも四年制に進学しよかとも思うたんやけど、将来のこと考えると、やっぱしあの頃は短大やったんよ、女の子はな。偏差値もその辺の国立より高い短大いっぱいあったしな」

国立の偏差値より高い短大があったなんて、田上は聞いたことがなかった。高いのは授業料の間違いではないのかと思ったが、それなら今でも短大の方が高い。過去のことはよくわからなかったので、余計な口は挟まなかった。

「その中でもS女いうたら、まあ自分で言うのもなんやけど、エリートやったなあ。あたしも国立のO大学とどっちしようかと思うとったんやけど、やっぱし親が短大にせえ言うしなあ。ほんまは一応、K大狙うとったんやで。ぎりぎりの際どいとこやったからO大にワンランク下げたんやけど。あたしがK大行っとったら、あんた後輩になるとこやったで」

後輩やであんた、もう一度そう言って、弓子は薄い唇を大きく開けて笑った。田上には何がおかしいのかわからなかったが、薄笑いを浮かべて頷いた。

「K大の校内にほら、建ってるやないの、古いレンガの建物。明治やったかに建てられたいう、重要文化財かなんかに指定されてるやつ」

どうやら弓子は同じK市内にある私立のD大学と勘違いしているらしい。

「あれに憧《あこが》れたもんやったわ。あんな歴史のある建物で授業受けてみたい思うて、結構勉強したんよ。あたしらの頃いうたら、えらい受験戦争の時期でな。一番受験生が多い頃やったと思うわ。今やT大生のレベルも落ちたいうし。あたしが受けたら今やったらK大も余裕で通るやろなあ」

大人しく耳を傾ける田上に満足したのか、弓子は嬉しそうに笑った。

「ところで、あんた、エリートさんのくせして霊やとか死後の世界やとか信じてはるの？」

「いや、信じてません」田上は迷いもなく言い切る。

「ほな、なんであんないかがわしい男の手下みたいなことしてるわけ？」

「石鹼が……」

「ええ加減にして！」弓子が遮った。「何よ、石鹼、石鹼って！　そんなもん、うちには腐るほどあったわ。そら、あの甲斐性《かいしょう》無しの主人と結婚してからは、盆暮れの付け届けもさっぱりやけどな。お父ちゃんが生きてた時分には、洗剤もコーヒー紅茶やタオルなんかも自前で買うたことなんてなかったんやから。いっつも大きな納戸いっぱいにぎっしり詰めてあったんやから」

「公団に住んではったって聞きましたけど……」

「あん？　ああ、そや、それが納戸や。うちで納戸言うたら、あの狭苦しい公団住宅のことを言うてたんや」

「そうすると、別にお家が？」

「そうや。大きな一戸建てで、広い庭があってね。お母ちゃん一人じゃ掃除が行き届かへんから、女中もいっぱい雇うてたもんや。庭には花が咲き乱れて、チョウチョや小鳥がやってきて……。ガーデニングいうの？　あの頃はそんなしゃれた言葉なかったけどな、まあ言うたら、そのガーデニングの走りやな」

夢を見ているように、中年の瞳《ひとみ》がギラギラと輝いている。

「そしたら、犬も飼えたんと違いますか？」

「はあ？　何よ、犬て？　あたしは小さい頃から犬が嫌いやったんやから、そんなもん、飼いたないし」

「でも、ポン太って犬を友達と何人かで世話してらっしゃったって……」

「ポン太？　何や、それ？　ああ、さだちゃんが言うたんかいな。あの定子のヤツ、近所じゃ評判の嘘つきやったからな。中年ババアになってもまだ悪い癖治ってへんのやな。自分がそんなんやから、ヨウジロウみたいなルンペンの嘘にもコロッと騙《だま》されるんやわ」

「ヨウジロウ様は嘘なんかつきはらしませんけど」

「あのなあ、嘘っちゅうもんは騙されてる時には、いっこも気が付かへんもんなんよ。あんたもええ加減に目え覚まさな、酷《ひど》い目に遭うで」

目を覚ます必要があるのは、どう考えても弓子の方である。

「ヨウジロウ様は拝んだり祈ったりは、しはらへんのです。身体を浄《きよ》めるだけで……」

「それそれ。浄めるいうて服脱がすわけでしょ？　やらしい人やわ。さだちゃんもそれでやられたんやな。そら、もうこっちはええ歳なんやし、男にもそうそう相手にしてもらわれへん。それに付け込んで身体の関係を持って、妙な宗教押し付けるんや。けど、あたしは騙されへんからね」

虚栄心と猜疑心《さいぎしん》で凝り固まったこの女を説得するのは、もう諦《あきら》めた方がよさそうだ。田上もいささかうんざりして、電車賃を渡して帰って貰《もら》おうと黒い革鞄を引き寄せた。

「あんた、K大いうたら小さい頃からだいぶん勉強しはったん？」

「ええまあ、僕、勉強しかできませんでしたから」財布を取り出しながら答える。

「勉強できたら充分やないの。運動やら博打《ばくち》やらできたって何もええことなんかあらへん」

運動は全くできなかった。一々数え上げるのも面倒なほど、何一つまともにこなせた記憶がない。その代わりに昆虫は好きだった。脊椎《せきつい》動物と比べてメカニカルな感じがするのが気に入っていた。硬い殻で覆われた甲虫《こうちゅう》たちは死んでもその形を保ち続ける。それがいい。単に動くか動かないかの違い。昆虫の生と死はたったそれだけの差でしかない。入念にホルマリン注射を打っておけば、腐臭などほとんど臭わなかった。

例えばカメ。硬い殻を纏《まと》っているという点では、昆虫に近い。一時期カメを手に入れたいと思ったこともあった。そして、実際に手に入れた。雨の日、小学校に行く途中、掌よりやや小振りの子亀を拾った。そっと鞄《かばん》の中に忍ばせ、学校へ行った。それっきりカメのことは忘れていた。十日も経った頃だったろうか。

「やっぱり田上くんがくさいんやわ」隣の席の女の子が不意に糾弾する口調で言った。

「勉強ばっかりしてて、身体洗ってないんとちゃうか？」前の男子が振り向いて嗤《わら》った。

田上自身も何かがくさいとは感じていた。しかし、原因には思い当たらなかった。

「こいつの鞄や」

「また給食の残りにカビが生えてるんやないんか？」

以前食べ残したパンを学校の机の中に入れ忘れたままカビを生やして、大掃除で見つかり大騒ぎされたことがあった。

「鞄見せろ」

「おい、下がれ下がれ！」

「気イ付けろよ。毒ガスが発生してるかもしれへんぞ！」

哄笑《こうしょう》の中でひっくり返された鞄の底から、コンパスの針で首を縫いつけられ腐りきってズルズルになったカメの死骸《しがい》が出てきた。

田上は教科書の汚れの原因を発見してホッとした気分だったが、それ以来卒業まで「毒ガス」という呼び名以外で呼ばれることはなかった。何もにおいなどしないはずだが、しゃべりかけても皆鼻をつまんで対応した。

田上は人と話すことができなくなった。昆虫の研究者になることだけを夢みて勉強したが、大学院には残れず、公務員試験を受けて、気が付くと社会福祉事務所にいた。

「誰も相手にしてもらわれへんかったから、勉強でもしてるしかなかったんです」

「みんな色んな過去を背負うて生きてるんやなあ。子供いうのは残酷なもんやから、何でもイジメの原因にしてしもうて。そやけど、ええ大学出てはんねんし、前途有望いうやつやないの。えらい手さんになるのは約束されてんのでしょ？」

「いや、まあ、わかりません。……ええと、すんません、いくらでしたっけ？」財布の中の小銭を手の中で広げる。

「何やの、それ？」

「熊取《くまとり》からここまでの交通費です。おいくらでしたっけね？」

「どういうこと？　あたしなあ、乞食《こじき》とちゃうで。自分の意志で来たからには、人にお金なんぞ恵んでもらわんでもちゃんと帰ります。あんたなあ、そんな苦労して大学行かはったのにあたしの気持ちわからへんの？」

わかるわけがない。一貫性のないやりとりに翻弄《ほんろう》されてばかりだ。

「あたしは霊感商法やの性感マッサージやの、そんなもんに引っかかるのは嫌や、いうことです。急にほら吹き定子から電話かかってきて、そんで来い来いいうから来てみたら、ルンペンが石鹼《せっけん》売り付けようとするやないの。普通、カアッとなるで、この状況は」

「いや、違うんです。あれは言葉のやり取りの文《あや》で、ヨウジロウ様は本気で石鹼売り付けようとしてるわけやないんです」

「じゃあ、何するの？」

「霊を浄めてくれはるんです」

「浄霊いうのあったなあ、そういえば」

「あんないかがわしいもんと違います」

「どうちゃうの？」

「石鹼で……ええ、霊を洗い流せる特別な石鹼で浄めていただけるんです。僕も浄めていただいて、長年悩み続けてきたにおいがなくなりました」

「あんた、何の霊が憑《つ》いてはったの？」

「もちろんカメの霊です。トカゲが僕に憑いてる霊を察知してヨウジロウ様に伝えたんです。同じ爬虫類《はちゅう》ですから、通じ合うもんがあったんやそうです」

「ぜんっぜん、わけわからんわ。あったまおかしいんと違うの。あの教養のない嘘つき定子はともかくとして、なんであんたみたいな学のある人が、そんな下らん戯言《たわごと》に騙されるわけ？」

「いや、騙されてるんやないんです。本当に霊を洗い流す石鹸で浄められるんです。どうですか、ものは試しで、ヨウジロウ様のお浄めを受けてみはったら？　お金はもらいませんから、懐は痛みませんしね」

弓子はうるさそうに手を振った。「もうその話はええわ。そんなことより、あんた、あのさだちゃんとはどんな関係なん？」

「どんなって……。上司と部下ですけど」

「いや、そういうことやなくて、あんた、えらい可愛がってもろうてるみたいやしな」

「はあ、色々とお世話になってます」

「そういうことやないって言うてるやないの。鈍いなあ。あたしが言うてんのは」部屋には二人しかいないのに、弓子は声を潜めた。「職場恋愛いうの？　恋愛いうのは失礼か。年が違いすぎるしなあ。まあその、早い話が、男と女がするようなことしてへんのか、いうことやわな」

　田上は薄暗い部屋の中で密《ひそ》かに頬を赤らめた。「そんなこと」

「冗談やよ」弓子は田上ににじり寄って、手をそっと膝《ひざ》の上に置く。「そんな真面目に反応せんでええやないの」

「はあ」田上は俯《うつむ》いて盛んに頭を下げる。

「あんた、そういう変に真面目くさったところが、何となくうちの息子に似てるんよ。高二なんやけどな、いつまで経っても引っ込み思案で、ほんま困ってしまうんよ。けど、自分の息子やと思うと、またそれが可愛らしいてな」

弓子の掌は田上の太股《ふともも》を行ったり来たりしている。田上はもぞもぞと尻《しり》を動かした。

「誰に似たんか知らんけど、勉強できへんでな。オヤジが甲斐性《かいしょう》無しやからしゃあないねんけど、もうちょっとあたしに似とったら思うて、イライラするねんわ。主体性いうのんがないもんやから、人に唆《そそのか》されて何回も警察のお世話になるし」

「警察て、迷子かなんかですか?」

「まあ、それに近いもんやねんけどな。家出いうんでもないねんけど、中学生の頃から出ていったまま帰ってけえへんことがようあるし、誰かに命令されたみたいで万引きで補導されたりなあ」

どこが真面目くさっているのか、田上には理解できない。

「小学生まではよう言うこと聞く、大人しい子やったんやけどなあ。いや、今でもあたしの言うことはよう聞いてくれるんよ。けど、オヤジがオヤジやからなあ。ほんまあかんたれで、あれに似てしもうたらどないしよ思うて、心配でしゃあないんやわ。……なあ田上さん、あの子の勉強見たってくれへんやろか?」

「ああ、いや、私がどうこうするより、やっぱりヨウジロウ様のお浄《きよ》めを受けはった方がええと思います」

田上は立ち上がった。「呼んで来ますから、ちょっと待っとってください」

寝所《しんじょ》の表の間で眠りこけていた要二を起こして、二人が祈禱所《きとうじょ》へ戻ってみると、そこに弓子の姿はなかった。

5

石鹸とは呼んでいるが、盛大に泡を立てるだけの、そこらに転がっているような代物とはものが違う。要二の用いるものは、僅《わず》かな泡から芳香が立ち上り、有名化粧品会社が作る高級美容オイルのような滑らかさがある。これを掌で広げながらマッサージするように洗い立てられると、本当に汚れた魂が浄められたようにすっきりする。

「娘のことなんですけど」

「わかってます」

要二にわからぬことなどない。

「幼稚園の横に南宗寺《なんしゅうじ》という寺があります」

定子は今更のように目を見張った。「娘が通っていた幼稚園です。ヨウジロウ様も、同じ幼稚園ですか？」

「僕は幼稚園には行ってない」

　だから友達と呼べるような存在もいなかった。いつも独りで長屋の路地の湿った地面を穿《ほじく》り返していた記憶がある。

　駅へ続く長い坂を途中で右に折れると、しばらく行った小高い丘の上に、その南宗寺がある。今は建て売り住宅が建ち並んでいるが、数年前までは両側を水田に挟まれた、畦道《あぜみち》に毛の生えたような未舗装の農道が、寺まで続いていた。薄暗い神社脇を抜けて、小石がごろごろして歩きにくい上り坂を登り切って、山門前を通り過ぎると、南宗寺幼稚園と書かれた看板のかかった小さな門が見えてくる。薄汚れた駅前の胸が悪くなるような喧噪《けんそう》から取り残された、閑散とした空間が、そこにはあった。

　幼稚園の南側は崩れかけた土塀で、その土塀の向こうに広大な墓地が拡がっている。その墓地のとっかかり、山門に近いところに、何体かの地蔵が並んで立っていた。

「その地蔵が怒っている」

「お地蔵さんがですか？」

「地蔵を押し倒したんですね」

「娘が？」

　要二は頷《うなず》いた。「まだほんの幼い頃のことです。独りで遊び飽きて、ふと地蔵を倒してみたくなったんでしょう。特に理由があったわけではない。ただ子供らしい力比べを地蔵相手にしてみたくなっただけだった。あそこの地蔵は手をかけるとあっけなく揺れます。台石の劣化のために不安定になっているんです。グラグラと左右に揺れるタイミングを見計らって、ドーンと……」

「押し倒したのですか？」定子の顔が心持ち青ざめている。そんな乱暴なことをする娘ではなかったはずだが。

「目の前に浮かぶようです。隣に立つもう一体の地蔵目がけて渾身《こんしん》の力を込めて押したんです。地蔵はスローモーションで傾き、倒れていった。横の地蔵の肩の辺りにぶつかり鈍い音が……。そのままごろりと転がって地蔵の首が折れ、顔がくるんと向き直って……娘さんは驚いたような顔で地蔵を見ています。急に怖くなってそのまま走って帰ったようです。幼い頃、何かに怯《おび》えて寝付けなかった日がありませんでしたか？」

何度かはあったような気もするが、はっきりとした記憶はない。

「たぶん、その晩は恐ろしくて眠られへんかったやろうと思います。何度も何度も同じシーンが頭を過《よぎ》って。部屋の暗がりの中で、ごろりとお地蔵さんの頭が転がるんです。その度に娘さんは泣き声を上げる……」

「どうしてそんなことを……」

知っているのか、と聞きたかったが、要二の答えは娘の心を代弁するものだった。

「寂しかったんでしょう」

しかし、定子は納得した。

「そうですか……。あの子、寂しかったんですね。主人と別れてから女手一つで娘二人育てるのに、ずいぶん苦労しましたけど、結局あの子らのこと放ったらかしでしたもんね。遊び友達いうても、夕方になったら皆帰ってしまうしね。同じ公団のマンション住んでても、うちにおいでいうて声かけてくれる人もいてへんかった。娘ら二人、暗うなっても公園でお腹空かして、ずっとあたしの帰り待ってたんです。片親やと知ったら、娘と遊ばそうとせえへん親も、なんぼでもいてましたしね。今思い出しても可哀想で、涙が出てきますわ。孫にはあんな思いさせて欲しないなあ、思うてるんです」

「そっと見守ってやることです」

定子は涙を浮かべたまま頷く。娘の成績が落ちてきたことについて意見を求めたかったのだが、もう少し黙って見守ってやろうと思う。

「一度暇な折に娘さんを連れて、地蔵さんにお水でもあげにいかはったらどうです？」

娘とブラブラと散歩に出ることなど、もう何年も忘れていた。今度の日曜にでも誘ってみようと、定子は決めた。

「田上さんからわざわざお電話もろうたから来たんです」弓子は言った。

その背後に、険悪な顔つきで盛んに柱や壁にガンを飛ばしている少年が立っていた。短い金髪の下では、針金のような細い眉毛《まゆげ》が見る者を威嚇している。口の右側が顎《あご》まで裂けているように見えるのは、鋭い刃物か何かで切り裂かれた傷痕が引きつれて残っているためだった。

一人息子の圭《けい》だと紹介された。少年は頭も下げなかった。到底こんなところに来るような少年には見えなかった。母親に付き添われて行くのなら、家庭裁判所の方が似つかわしい。

「別にお浄めみたいなもんしてもらわんでも、ねえ」祈禱所に上がりながら、弓子は田上に話しかけた。

「困ったことがあったと聞きましたが……」田上が二人を導きながら訊《き》く。

「ええ……バイクを盗んだやなんて、人聞きの悪いこと言われて。腹立ついうたら、ねえ」息子に相槌《あいづち》を求めたが、金髪は知らん顔をした。

やっぱり家裁の扱うようなことだと思いながら、田上は横目で少年を盗み見た。

「なんや！」低く鋭い声が応じる。

「いえ」慌てて目を逸《そ》らした。

「道端に止めてあったのを、ちょっと乗ってみただけやのに、なあ」息子の同意を求めるように弓子はしゃべりかけるが、顎まで切り裂かれた口は母親の問いには開かれない。

「友達のヤッやと思うたらしいんやけど。ほら、バイクってどれもこれもよう似てるから」弓子は息子を庇《かば》うようにしゃべり続ける。

「キイはどうしたの？」

要二の問いに、また弓子が答えた。「そら、ちゃんとしてへんかった方が悪いわなあ」

「直結した」母親を遮るように、圭が言う。

そら盗みやないか、要二は心の中で呟《つぶや》いた。

「いや、まあ、そんなんね、大した問題やないし。道端にポンと置いてあるのが悪いんやわ。持っていってくれ、言うてるようなもんでしょ。このくらいの年齢いうたら、誰でもバイク乗りたいもんやし」

「初めてやないんやろ？」

「そんな失礼な……」

何台も乗り捨てたった、圭はポッンと言う。「あれで家中、走り回ってやりたいわ」

「走り回れるような広い家？」要二が訊く。

「失礼な。ものの譬《たと》えでしょうが」弓子は怒ったように言い返した。「今時どこにバイクで走り回れるような家がありますの？　そら、結婚する前はあたしの家は相当なもんやったけどね。それでも庭ならともかく、家の中、バイクで走るようなことはでけしませんでしたし」

「腕があるんなら、マンションの階段バイクで上り下りするくらいのことできるんやないの？」

「ちょっと挑発するようなこと言わんといて下さい！」

「それとも、学校を走り回った方が気分がすっきりするかもなあ」面白半分に要二は言う。

「中学校の時にやったわ」

「ほう。で、気持ちよかった？」

「あんまり。センコーしばいた方がおもろい」

「人をしばくの、好き？」

「好きとか嫌いとかの問題ちゃうわ！」圭が吐き捨てた。

「大声出さんでも聞こえるよ。こんな狭い部屋やし」

「ほんま狭いし、汚いな。それに、なんや臭い」

「ヌレオナゴ様に線香を上げてるからね」

「線香のにおいとちゃう」

「まあいい。それで、今日は何しに来た？」

「知るか。ババアに訊け」

「そんな言い方するの止めて。前はちゃんとお母さんいうて呼んでたやないの」

いつの話や、口の中で小さく呟く。「いつまでもガキ扱いするな！　こんなとこ、連れてきやがって」

「お母さん、あんたに昔のような素直な子になって欲しいんよ。な、圭ちゃん、小さい頃、大学行きたい言うてたやないの。な、こっちの田上さん、K大学出てはんのよ。エリートやで。田上さんみたいになりたかったんとちゃうの？」

「ウザイんや。ババア、黙っとけ」

「ほんま、お父さんがあかんたれやから、こんな子になってしもうて。情けないわ。田上さんなんか、こんなことありませんでしたでしょ？」

呼ばれた田上は、隅の方に坐《すわ》って大きな身体を竦《すく》めて見守っている。

「喧《やかま》しいんじゃ。それ以上しゃべったらしばくぞ、ババア！」圭は一旦《いったん》下ろしかけた腰をまた上げた。

「どこ行くの？　坐りなさい」

「放っとけ。オレに命令するな」

「そんな口の聞き方しなさんな。な、素直に言うこと聞きなさい」

袖《そで》を引く弓子の手を、圭は振り解いた。

「圭ちゃん、いい加減にしてちょうだい。ええから、はよ坐って」

なおジーンズの裾《すそ》を引っ張る弓子に対して、圭は蹴《け》るような動作をして自分の足を自由にした。

「何するの！　危ないやないの！」

「当たってへんやないか！　お前もオヤジのこと、しょっちゅう蹴ってるくせに」

「オヤジとお母さんは違うでしょ！　なんぼ息子やいうても、蹴ってええもんと悪いもんがあるんやないの！」

　要二は心の中で笑った。オヤジは蹴っても許されるらしい。

「アホ！」一言残して、圭は玄関へ向かった。

「待ちなさい！」今度は要二が呼び止める。

　靴を履くのに手間取っている間に、背後から近付いて手に持った瓶の中身を圭の身体に振りかけた。中身は思った以上に大量に出て、圭の青いジャージからボロボロのジーンズまでが、濃い色に変色した。

「何や、これ？」不思議そうな顔で、圭は見ている。

「聖水や」実体は裏の手水鉢に溜《た》まった腐りかけの水だ。「そんな濡《ぬ》れたままやと外歩かれへんやろ。こっち来て乾くまで坐ってなさい」

「お前がかけたんやろ！　クリーニング代寄越せ、コラ！」

　靴のまま框《かまち》に上がり込んできた。胸倉を摑《つか》んで揺すり上げる圭の顔に向かって、要二は残った瓶の中身を全部振りかけた。

「なんや、これ。ウワー、ゴミが入ってるやないか！」

圭は思わず手を放し、畳の上にペッペッと唾《つば》を吐く。

「うちの子に何するんや!」弓子がしがみついてきた。

「おい、田上くん。押さえとけ」

田上は後ろから抱きすくめるように弓子を押さえつける。「松岡さん、大丈夫です。すぐ終わりますから」

「もうお浄《きよ》めが始まってるの?」

「ええ、そのようです」田上が頷《うなず》く。

「聖水は君の身を浄めてくれる。しばらくじっとしてなさい」

「この、ボケー」圭がいきなり摑みかかってきた。形相が変わっている。

要二は恐怖を感じた。顔の前で滅茶苦茶に手を振り回した。握り締めていた瓶がどこかに当たる感触があり、ウッと呻《うめ》いて圭が蹲《うずくま》った。右目を押さえている。

要二は青ざめた。本気で怒らせたかもしれない。

「人殺し! 何するんや!」田上の腕の中で弓子が喚《わめ》く。

「舐《な》めんなよ、コラ!」

目の前で拳《こぶし》が振り上げられていた。要二は咄嗟《とっさ》に顔を庇った。その瞬間、金的を激しい痛みが襲った。股間《こかん》を押さえて悶絶《もんぜつ》する。前屈《まえかが》みに倒れようとするところを、アッパーカットが突き上げてきた。顎《あご》に一撃を喰《く》らい、眼から火を噴いた。首筋に肘《ひじ》が落とされた。

このまま倒れ込んだところで、顔面に蹴りが来るかな、と要二はぼんやり考えた。殴り倒された経験の多さでは人後に落ちない。

「圭ちゃん！　遠慮せんでかめへん。もっとやったり！」

クッソババア！　止めずに応援かよ！　要二は寝ころんだまま舌打ちして、蹴りに対して身構えた。

が、次の攻撃は来なかった。

「命令するな、言うてるやろ！」

目を開けると、圭がそう吐《は》き捨てて、玄関を出ていこうとしていた。

「ま、ま、待て！」要二は這《は》って後を追う。草履を引っかけ玄関に立つと、思ったほど身体の痛みは感じなかった。

圭は路地を出ていこうとしている。

「おい！　待てって。まだやらなあかんことがあるんや！」

「なんじゃ、コラ！」振り向いた右目の上が腫《は》れ上がっていた。「まだしばかれたいんか！」

「まだお浄めが終わって……」

要二が全て言い終わる前に、圭が路地の入り口に転がっていた頭大のブロックの欠片《かけら》を抱え上げた。

要二は路地の奥へ逃げた。

圭は頭の上にかざしたブロック片を、祈禱所《きとうじょ》のガラス格子目がけて投げつけた。派手な音が響き渡る。

要二は首を竦めて、振り返った。圭が路地を出ていく後ろ姿が見えた。

祈禱所の中では、まだ田上が弓子を抱き竦めていた。

「いつまで抱っこしてる」

要二の目線に気付いて、田上が慌てて両手を離す。

「ちょっと！　あの子怪我してたんやないの？」弓子が要二に食ってかかった。「大事な身体なんやからねえ。来年は受験もせなあかんし」

あの粗暴な金髪が受験？　面接も履歴書も、できればペーパーテストもない大学があることを祈っとくわ、と要二は思った。

痩《や》せた肩を要二の胸にぐいぐい押しつけるようにしながら、弓子はなおも喚き立てる。

「お浄めや言うから来てみたら、あの子を傷つけただけやないの！　もしものことがあったら、責任取ってもらうからね！」

もしものことがありそうなのはこっちの方だ――要二は思いながら、肘打ちを喰らった首筋を撫《な》でた。鈍痛というよりは筋肉が強張《こわば》った感じで、首がスムーズに回らない。股間の痛みも引いていない。顎は内出血でぶよぶよに膨らんでいるのが、触れずともわかった。

「大丈夫。あれでだいぶん落ちましたよ」

「はあ？」

「ほら」要二は腫れ上がった顎で、狭い三和土《たたき》に転がっているブロックの塊を指した。開け放たれたまま重なっていた表戸は、二枚とも大人の尻がすっぽりと入るくらいの大穴が開いて、ガラスや桟の破片が散らばっていた。

「あれだけ暴れたら、もうええでしょ。すっきりした様子で帰っていきましたよ」

顔を左右に動かすだけで顎が痛んだ。要二は鞭打《むちう》ち症になったように首を動かさないよう用心して、三和土からブロックを抱え上げる。首の付け根にズキッと痛みが走った。

「こんなもんやなかったですか？」ブロックを弓子の前に置いた。

「何がやの？」

「ポン太。……あなたが殺そうとしたワンちゃんですよ」

弓子は一瞬虚を衝かれたようだったが、即座に目の角を尖《とが》らせる。

「まだそんなこと言うてんの！　犬なんか知らん言うてるでしょ！　ホラ吹き定子と騙《だま》し騙され、あんたらええコンビや。そうやって互いにホラ吹き合うてたらええねんわ！」

「あんたらが沈めようとした子犬は、その後すぐ死にましたよ」

「ほんっまに、しつこいな！　ええ加減なことばっかり言わんといて！」

「それじゃ、この石は何なんです？」

「何ってか？　ブロックに決まってるやないの！　それ以外の何でもあらへん、こんなもん！」

「いや、子犬がこうしてブロックになって、あなたの前に戻ってきたんです。路地の隅でずっと見てたんですよ。圭くんがこれを手にしたのは偶然やない。子犬があの子を引き寄せたんです。あんたに罪を思い出させるために、圭くんはこれを投げ込んだんや」

「なんでそんな嘘言うわけ？　こんなんインチキやないの！」

「インチキもクソもない。ヌレオナゴ様のご託宣です。さっき言うたように、圭くんに憑《つ》いていたものは、このブロックを投げ捨てることによってだいぶん落ちました。彼はどうにかこうにか立ち直るでしょう」

「どうにもならへんかったら、どうしてくれはるの？　あの子が真面目にやってくれるいう保証はあるの？」

「お母さん次第でしょう」

「あたし次第って、どういう意味！」弓子が喚く。「お浄めいうのはどうなったのよ？　え？　あんなのであたしから金ふんだくろういう魂胆なん？　それやったら残念やけど、うちにはお金ないし。うちの主人は甲斐性無《かいしょう》しやしな。なんであんなんと結婚したんか、自分でもわからへんわ。他になんぼでも言い寄ってくる男はおったのにな。短大の時かて、もててもててしゃあなかったのに。腹立つ。就職した時かて、なんぼでも……」

不意に要二は立ち上がった。相手のヒステリックな叫びが興奮を煽《あお》る。喉《のど》の奥から迸《ほとばし》ろうとする呻き声を、もう押し留《とど》めておけなくなってきた。

「グッ、クククッ」

「な、何やの、一体」

「いいいい……今から……おおおおおお……お浄めを行う」

「急に何なんよ。吃《ども》らんといてよ、いきなり」

「ままま……まずブロックに封じられて、いいいいい……いる子犬の霊を呼び出す」

要二は震える手で聖水を畳に転がるブロック片に振りかけた。舞い上がった埃《ほこり》が、妖気《ようき》のように見えなくもない。

「ヨウジロウ様、煙が……」

それを聞いた途端、要二は畳の上に突っ伏した。上目遣いに、グルルル……と小さく喉の奥で唸《うな》る。手足を細かい戦慄《わなな》きが走り、全身がカクカクッと大きく痙攣《けいれん》し始める。黒目がクルンと裏返り、途端に畳の上に起き直って、歯を剝《む》き出した。

「ちょ、ちょっと、ちょっと！　こんなアホみたいな芝居で、何やらかそと思うてるの！」

要二は全身を痙攣させながら、喚《わめ》きたてる弓子の顔面に向かって聖水を振りかけた。

「ワッ！　何するんよ！　あんた、こんなことしてええの！」

無視してさらに聖水を盛大に浴びせる。

「あたしの一張羅が！　弁償せえ！」

「大丈夫です、松岡さん。落ち着いて下さい」田上は弓子を押さえ込む。

「これが落ち着いてられるか！　大の男二人が揃うて、あたしをどうする気やの？　金ない言うてるやないの！　さては、あたしの身体狙うてるんやな」

要二は無視してさらに聖水をかけてやった。

「ちくしょう！　やれるもんならやってみ！　蹴《け》るなり殴るなり、好きにしたらええねん！」

聖水の入っていた小瓶や贋《にせ》グッチなど、手当たり次第に投げ付ける。「何よ、クソッ！こんなもん、こんなもん！　あー、こんなとこに連れてこられて、人生狂ってしもうた。あんたらみんな、纏《まと》めて死ね、死ね、死ね！　死んでしもうたらええねん！」

ますます興奮して大声で喚き散らす弓子とは逆に、急速に要二の発作は収まっていく。とともに、目の前にある女の頬が急に憎くてたまらなくなる。要二は渾身《こんしん》の力を込めて、それを張り飛ばした。弓子の痩せた顎が完全に横を向き、ガクッと膝《ひざ》の力が抜けた。そのまま失神するかと思ったが、乱れた髪の下からギラギラと光る目で睨《にら》み上げている。その頬にくっきりと手形が浮かび上がった。

「こんなことしてただで済むと思うな！　訴えてやる！　ヒイイイーーー」

一声高く叫んだかと思うと、不意に絹を裂くような悲鳴を上げ、突っ伏して大声で泣き始めた。

呆然《ぼうぜん》とする要二に田上が言う。「早く、お浄《きよ》めを！」

我に返って要二は、弓子が壁に向かって投げ付け歪《ゆが》んだ石鹸《せっけん》を拾い上げて、掌に水を付けこねながら弓子の頭髪に塗りつけ始めた。

「殺せー、殺せー」

喚く弓子を田上が宥《なだ》める。「殺したりなんかしません。心配いりませんから」

弓子はもう何をされているのかもわかっていない様子で、次々と衣服を剥《は》ぎ取る田上の手にも抵抗する様子は見せなかった。ひたすら泣きじゃくり罵《ののし》りながら、やすやすと裸に剝《む》かれていく。

畳が濡《ぬ》れるのも構わず、羽毛を毟《むし》られたニワトリのような弓子の身体に、要二はヌルヌルと粘い泡を立てた石鹸を擦《こす》り付けていく。筋の立った首筋、肋骨《ろっこつ》の浮き出た胸、骨盤の尖った腰……。

「なんでこんな目に遭わなあかんの……」

「ヨウジロウ様は浄めていらっしゃるのです。これが終わればずいぶんとすっきりしますから」

弓子の目から止めどなく涙が流れては落ちていった。

「どや？　えらいもんやろ？」定子の肩に手をおいて、小川準二が小声で囁《ささや》く。「レイプビデオ見てるみたいやないか」

「それ、どんなもんですの？」

「いや、知らんならええねん」

定子は身を震わせながらも、目を逸《そ》らせなかった。身体の奥が熱くなっている。

「おもろい見せもんやで。しかし、あんまりバタバタやると、腐った根太がへし折れてしまうぞ。まあ、わしには関係のないこっちゃけど」

「けど、あんまりです。弓ちゃんが可哀想や」

「要二はな、ちっとばかし頭がおかしいねん、昔から。授業中に痙攣起こしてぶっ倒れてションベン漏らすわ、寺の地蔵を押し倒してうん逃げて帰ってきよるわ、いっつも手ばっか洗うとるし……」

「え？　お地蔵さんを倒した？」

「そうや、ワシは放っとくことなんかできへん質《たち》やから、あいつのお母《かあ》に言いつけたったんや。あのガキ、いきなり蒲団《ふとん》から引きずり出されて、何事かと目エまん丸にしとったわ」

ヒャッヒャッヒャッヒャッと気味の悪い声で笑ったが、祈禱所《きとうじょ》の中の二人は気付くことなくお浄めに没頭している。

「襟首掴《つか》まれて路地へ叩《たた》きつけられてな、竹箒《たけぼうき》で打ち据えられよった。あのクソガキ、うちの玄関へ猫の死体放りこみやがって、いつか痛い目に遭わせたらなあかんと思うとったんや。小気味のええこっちゃったで。しかし、三つ子の魂百まではよう言うた。人間あいう風に育ってしまう前に、やっぱり親が何とかしたらなあかん。生みの親より育ての親やしなあ。世間様に迷惑かけるようなことになるんやったら、親の手を離れる前に、その手にかけて首でも絞める覚悟でおらなあかんのや。とくにあんな生い立ちのガキは、何をしでかすかわからんのやから、いつでも殺す覚悟でおらな、なかなか育てられるもんやない」

しゃべり続ける小川の手の下で、定子は身体を震わせながら、娘のことを考えていた。

「変な宗教やってんのと違うん？」

お地蔵さんにお参りに行こうと誘った定子に、娘はそう答えた。

「死んだのに死んでへん言うたり、何人もの相手とセックスしたり、そんな宗教。あたし気色悪いし。やるんなら自分一人にしといてや」

「なんてこと言うの！　胸に手を当てて、自分がお地蔵さんに何したんか、思い出してみなさい！」

「何言うてんの？　さっぱりわからへんわ。お母ちゃんの方こそ、最近おかしいんやないの。何や色気付いたみたいで、娘のあたしから見ても変やわ」

その頰に音高く平手を打ち付けた。

いつの間にか、何かが食い違ってしまったようだった。

6

小川準二の節くれ立った拳《こぶし》が、定子の頰を殴りつけた。臆病《おくびょう》な小動物のような目つきがさらに怒りを煽《あお》る。踵《かかと》で腹を踏みつけた。畳の下の腐った根太が、定子の悲鳴を代弁するかのように嫌な音を立てて軋《きし》んだ。

「私、何も悪いことしてません」喘《あえ》ぎながら言う。

足の下に感じる柔らかな感触は、脊椎《せきつい》を駆け上がるうちに残酷な喜びへと変化した。まだ何か言おうとする口元を狙って、踵を踏み降ろす。後頭部が畳にぶつかり鈍く跳ね返った。

盗み見は罰を受けるに値する行為だ。

夢を見ていることはわかっていた。要二は夢の中で、小川に化身している。小川の手は定子の髪の毛を摑み、ささくれた畳の上を引きずり回した。

「や、止めて」

「悔い改めなさい」

「な、何を……」

「胸に手を当てて考えてみなさい。裏切りは最大の罪です」

さらに力を込めて髪の毛を振り回す。魂のない人形のように定子の頭はグラグラ揺れ、ブツリという手応《てごた》えを残して、額から土壁に激突していった。バラバラと崩れた漆喰が、定子の後頭部を白く染める。小川の皺《しわ》だらけの手には、黒い髪の毛の束が残っていた。

横たわって呻《うめ》いている定子に一歩近付く。途端にバランスを崩して膝を折った。

腐った畳ごと根太を踏み抜いていた。定子の頭がぶつかったせいだ。

「こんなにしてしまって」小川は怒りの眼を定子に向ける。

「すみません」畳に額を擦り付けて謝る。

土埃《つちぼこり》に覆われた後頭部に片足を乗せた。「小川が好きなのか？」

「何を言うてはるんです、ヨウジロウ様」

「俺はヨウジロウではない。小川準二や」

「堪忍して下さい。仕事でお世話してるだけです」

「それなら今すぐ畳を直せ」

「そんな。無茶です」

「その上着を詰め込んだらいい」

ためらう定子の頰を張った。豚のように転がった女の胸を踏み付けた。

「悔い改めろ」

のろのろと自ら剝ぎ取った上着を、定子は畳の穴に押し込んだ。

「わかったら帰れ」

パンッと表戸の閉まる音で、要二は目が覚めた。

夢の生々しさに思わず手を見ると、爪の間に黒い毛が数本絡まっている。畳の穴に淡いブルーの衣服が押し込まれ、辺りに髪の毛が散乱していた。

要二は台所に立ち、指に絡まる髪の毛を洗い流す。石鹼をつけ手の皮が真っ赤になるほど何度も何度もしつこく擦る。鼻を蠢《うごめ》かせてにおいを嗅《か》ぎ、またコックを目一杯捻《ひね》って水を流し石鹼を手に塗りつけた。

「なんでやねん。なんで取れへんのや……。石鹼が足りへんのや。新しい石鹼がいるんや……」呟《つぶや》きながら、更に手を擦り続けた。

雨が降り続いている。建てつけの悪い戸や窓の隙間から、身体にまとわりつく湿気が絶え間なく潜り込んでくる。妙に生暖かく不快な雨だった。

定子はなかなか現れなかった。要二は何度も時計を見、その度に苛立《いらだ》ちを募らせた。

目の前に用意した食事は、既に冷え切っていた。コンビニの残飯ではない。朝から手間隙《ひま》かけて作った、要二にしては最高の料理である。豚肉だけは田上に頼んで買ってきてもらったものだが、他は全て天然物だ。その言い方が大袈裟《おおげさ》ならば、全て自前で調達したと言い換えてもいい。近くにある私立の女子高校の裏には、蕗《ふき》や虎杖《いたどり》、菊科の食用植物が生える。それらを集めてきて、母が作っていたのを真似し、煮浸しやサラダをこしらえた。淀川《よどがわ》まで行って釣ってきた三十センチを超えるブラックバスを、ノビルの球根とともに煮込んだ。二人では食べきれないほどの食事を調えた。

定子の誕生日であった。要二はこれまで一度として、誕生日の祝いなどした経験がなかった。何となくソワソワして、定子がガラス格子を叩くのを待ち侘《わ》びた。

雨音だけが要二を包んでいた。既に襖《ふすま》の破れ目も判然としないほど、部屋の中は暗かった。粗末な卓袱台《ちゃぶだい》の上にポツンと置かれた赤と黒の二膳《ぜん》の箸が虚しかった。

「来んの？」

囁くようなヌレオナゴ様の声が聞こえた。要二は答えなかった。

「見に行ったら？」

促す声は天啓のように落ちてきた。いそいそと迎えに出る女々しさを嫌ってそうしなかったのだが、もはや落胆は怒りへと変わりかけていた。要二は腰を上げた。

外は霧のような雨に塗り込められていた。ガラス戸を開けた途端、今にも水滴に化けそうな湿度の高い空気が衣服の隙間から入り込んでくる。

要二は傘も持たずに、雨の中に踏み出した。

どこをどう歩いたのか記憶にない。温《ぬる》い雨に打たれている内に、定子を迎えるという当初の目的を失っていた。気が付くと、川沿いの土手を歩いていた。

桜の季節だ。土手に一本の大きな桜が枝を広げていた。水分を含んで重くなった花びらがボタボタと落下していくその中に、水色の寝間着の女がぶら下がっていた。

腹部が僅《わず》かに膨らんでいる。突き刺したはずの竹はなかった。あるはずがない。あれは夢の中での出来事だったのだから。

じゃあ、今目の前にあるこれは何だ？

はだけた寝間着の間から覗《のぞ》く乳房を伝って、乳首の先から雨滴が滴り落ちている。要二は手を伸ばし触れてみた。ゴムのような強張《こわば》った感触だけが掌に伝わってくる。

ふと女の顔を見た。深く首が垂れ、濡《ぬ》れた髪に覆われて、表情は見えなかった。

目の端で何かが動いた。要二は戦《おのの》きながら、女の顔を覗き込む。瞼《まぶた》がひくひくと痙攣《けいれん》していた。

笑いをこらえている——要二は一目散に駆け出した。濡れた土手のぬかるんだ土に足を取られた。泥の中を転がり落ちる。身体は止まらなかった。このまま永遠に転がり続けるのかと、不安になって眼を開けた。

長屋の前の、泥土を盛り上げた花壇の上で、全身を激しく痙攣させながら転げ回っている自分がいた。

ふと女のくぐもった笑い声を聞いた。嗄《しわが》れた男の声がそれに応じる。

要二は飛び起き、寝所《しんじょ》の表の間に駆け込んだ。大慌てで泥だらけの衣類をかなぐり捨てる。その間にも、声は近付いてきた。

要二は濡れた服を部屋の隅に投げ捨て、新しいシャツとズボンを押入れから引っぱり出した。

再び女の笑い声が聞こえたが、降りしきる雨の音が会話の内容を消していた。声は路地の奥から近付いてくる。すぐにガラス格子の向こうを二つの影が通り過ぎた。

「ほな、また」という小川の声だけが、やけに大きく聞こえた。

要二は裸足《はだし》のまま三和土《たたき》に走り降り、表戸を開けた。素早く路地の入り口を出ていくレインコートの端だけが、辛うじて目に入った。薄いグリーンの布地に見覚えがあった。

黒いこうもり傘の下で、小川が振り向いた。「なんか用か?」

「なんもない」

「今日あの人の誕生日らしいわ」

余計なことを言う、と要二は思った。

「お前、顔が泥だらけやないか」

返事もせず、格子戸を音高く閉ざした。

*

「この前はご免なさい。どうしても抜けられへん用事が入ってしもてねえ。連絡取ろうにも、ほら、ここのお家、電話もあらしませんでしょ。困ってしまいましてね」

要二は頷《うなず》いた。「あちらに食事が用意してあります。一緒に食べませんか」

定子は腕時計に目をやった。午後の四時を少し回っていた。

「まだこんな時間ですしねえ。あたし、お腹空いてませんわ。お昼ちょっと食べ過ぎましたしね」

「せっかく用意したんですから」要二は定子の目を見据えて言った。

頰が瘦《こ》けていた。無精髭《ひげ》も伸びている。

「ヌレオナゴ様のご要望です。是非」

軽く下げた額の下で、眼だけが鋭い光を放っていた。

定子は急に肌寒さを感じ、腕をさすった。

谷間のような地形に建てられた、定子の人生とほぼ同じ年月を経てきた五戸一の長屋は、建物全体が何年分もの湿気を溜《た》め込み、吐き出す術《すべ》を知らず澱《よど》んでいるように、陰気な空気に包まれている。

「是非」

静かだが、有無を言わせぬ響きがあった。

「そんなに言わはるんでしたら、お茶だけでも頂いて、ちょっとなんか摘《つま》ましてもらいましょうかねえ」定子は腰を上げた。

要二の口元が僅かに綻《ほころ》ぶ。

「こっちのお部屋久しぶりやねえ。ヌレオナゴ様のお顔拝見できるかしら？」

要二は何とも答えず、先に定子を上がらせると、ねじ込み式の鍵《かぎ》を力一杯捻ってかけ、さらにクルリと捻る回転式の錠まで降ろした。上がり口に突っ立って部屋の中を見回している定子の背後を通り過ぎ、境の襖を少し開け声をかけた。

「伏原さんがいらっしゃいました」

答えはない。

「さあ、どうぞ」立ったままの定子に坐《すわ》るよう促す。

定子は薄汚れた座布団に腰を下ろした。不安そうな目つきであちこちを見回しては、小鼻をひくひく動かす。

要二は卓袱台に被《かぶ》せてある古新聞を取り除いた。その途端、定子は呻《うめ》き声を上げ口元を押さえた。

「ずっと待ってました。食べてください」

焼いた豚肉、蕗や虎杖などの山野草の煮浸しとサラダ、皿からはみ出るほどの大きな魚と球根の煮込み……全てが十日前に調えたそのままであった。違っているのは、それらが黴《かび》に覆われ、あるいは融けたように形が崩れ、強烈な腐臭を漂わせている点だった。

「食べてください」

要二の顔には微笑みが浮かんでいた。

定子は唾《つば》を飲み込んだ。「あ、あ、あの……」

もう一度唾を飲み込む。腋の下を冷たい汗が伝い落ちた。「それじゃ、お茶だけでも」取り上げた湯呑《ゆの》みの表面には埃《ほこり》が浮いていた。冷え切り濁った液体の底の方で、水垢《みずあか》のような膜がゆったりと渦を巻いている。

定子は湯呑みを戻した。バッグを引き寄せ、卓袱台の下で携帯電話を握り締めた。

「お行儀がよくありませんね。手を出してください」

要二の冷たい視線が、卓袱台《ちゃぶだい》の下の手を射竦《いすく》めていた。

「手を出しなさい」

定子はそっと携帯を戻し、胸元で祈るような恰好《かっこう》に手を組み合わせた。「あの、ほんとうに今日は……」

「さあ、食べましょう」要二は箸《はし》を取り上げた。

「ヌレオナゴ様は？　ご一緒じゃありませんの？」

「神様がご飯など食べますか？」

逆に訊《き》き返された。

「けど、神様いうても……」

「黙って食べましょう」要二が遮る。

定子は仕方なく、箸を取った。卓袱台の上には、箸の形だけが残って、周りをうっすらと埃が取り巻いていた。

要二はまずガブリと茶を飲んだ。様子に何の変化もなかった。

小皿に魚の尻尾《しっぽ》の辺りの肉片を取り分けた。球根を二つ、三つ載せる。

「さあ、どうぞ」定子の前に置いた。

自らも小皿に魚を取る。箸で摘《つま》み、腐臭を放つ身を口に放り込んだ。くちゃくちゃと音を立てて噛《か》み、そのまま飲み下す。

定子はハンカチを出し口元を押さえた。吐き気がこみ上げてきた。

「遠慮せず食べてください。僕一人じゃ食べ切れませんから」

要二は黴の生えた蕗《ふき》の煮物を口に運ぶ。ガブリと茶を飲む。萎《しな》びてズルズルになったサラダをガシガシと噛んで飲み込む。虎杖《いたどり》と油揚げの炒め物を食べ、定子の前にも取り分けた小皿をドンドン並べていった。

「どうしました？　なんなら口移しで食べさせましょうか？」要二は笑った。

「やっぱりまだお腹空いてませんしね。ちょっと無理ですわ」

「お茶飲みながら少し摘むって言いませんでした？」

「え、ええ。あの、もうちょっと熱いお茶をね、頂きたいもんで」定子は立とうとした。

「飲めんて言うんですか」要二が低い声で言った。「僕のいれた茶、飲めへんのですか」

「いえ、そういうわけやないんですけどね」定子は浮かせた腰を下ろした。「あたし、お茶は熱ーいのが好きなんです」

「飲め」

「え？」

「飲め」要二が箸をカタリと置いた。

定子は再び腰を浮かせる。手に携帯を握り締めていた。

「この家で電波を撒《ま》き散らすのは止めてください。さあ、それをしまって」

「あの、ちょっと事務所に連絡入れときませんと後で困りますんでね。外でかけてきますし、すぐに戻ってきますから」

「坐れ」

「いえ、ほんますぐ終わりますから」

「いいから、坐れ」要二も立ち上がった。

定子は後ずさった。

「坐れと言ってるんです。連絡は後にしてください」

「ヌレオナゴ様」定子は隣の部屋に呼びかけた。

寝所《しんじょ》は静まり返っていた。

「寝てる。起こさないでください」

「でもねえ、せっかくですからご一緒にと思って。ヌレオナゴ様？」

「止めなさい」

「ずっとお顔拝見してませんし。たまには、ねえ」

「坐れ」

「ヌレオナゴ様？　起きてください」

「坐れ」

「屯倉さん！　屯倉さん！　起きて！　ね、起きて！」

要二の掌が定子の頬を打った。定子はよろめいて背後の壁に肩をぶつけた。パラパラと壁土が畳の上にこぼれ落ちる。

要二は肩を摑《つか》み、無理やり定子を坐らせた。自らもまた、元の席に着く。

「さあ、食べましょう」

要二は再び腐臭のする魚の身を摘んで、口へ運んだ。

「伏原さんも食べてください。美味《おい》しいですよ。さあ、箸を持って」

定子は箸を取った。手の震えが伝わって、箸の先が小刻みにカチカチと鳴った。

「お願いです。もう今日は帰してください」

「まあ、そう言わずに」要二は小皿を定子の方へ押した。

「食欲がないんです。お願いです。……お願い」涙が頰を伝い落ちた。

「仕方がありません。はっきり言いましょう。あなたには悪い霊が憑《つ》いています。それを祓《はら》わなければ帰せません」

「それじゃ、お祓いだけしてください。お願いします」涙が畳に染みを作る。

「まず食事からです。あなたのために作ったものですから、これを食べないことには始まりません」

「食べられません。お願いです。許して」畳に額を擦りつけた。

「まずお茶を飲みなさい」

要二は定子の鼻先に湯呑みを突きつけた。「さあ、飲みなさい。聖水で沸かした茶です」

定子の手に湯呑みを握らせた。定子の震える手は、中身を半分ほどこぼしてしまった。

要二が手を添え、定子の口元に湯呑みを押しつけた。

定子はたまらず顔を背ける。濁った液体が顎《あご》を伝って滴り落ちた。

「飲みました。もういいでしょう？　お願いですから、もうこれで……」

カタリと要二が湯呑みを卓袱台に置いた。定子は少し安堵《あんど》した。途端に左の頰に要二の掌が飛んできた。耳の奥がシーンと鳴った。

「全部飲み干しなさい」要二が顔の前へ湯呑みを突きつけた。「さあ」

「も、もう、こらえてください」畳に額を擦《こす》りつける。

要二は前髪を握って顔を仰向かせた。「口を開けろ」

定子は歯を食いしばる。

両頰を摑まれた。要二の指が頰の肉に食い込んでくる。それでも耐えた。

要二は無言で力を籠《こ》め続けた。

定子の口の中に苦い味が拡がった。内側が切れていた。このまま頰に穴を開けられるのではないかと怯《おび》えた。思わず口を開いた。

要二が腐敗した液体を流し込んだ。血の味に混じって、ヌルリとした感触が喉《のど》を滑り落ちていった。

途端に定子は吐いた。

要二は畳の上に拡がった茶色の液体を見つめている。

「まだや。口を開けろ」

定子は首を振った。その拍子に、要二の平手が鼻を直撃した。鼻血が噴き出し喉にも流れ込んで、定子は噎《む》せた。

前髪を持って引き起こされた。

「そんなんじゃ、お浄《きよ》めができません。さあ、ちゃんと食べてください」要二が箸を握らせた。

表のガラス格子が鳴ったように思った。定子は目をやったが、上がり框《かまち》にぶら下がった薄汚れた花柄のカーテンが邪魔して、外の様子はわからなかった。

「さあ、何にしますか？」

「ふ、蕗を……」

声が掠《かす》れていた。定子は鼻血を拭《ぬぐ》いもせず、蕗の煮物に箸を伸ばしたが、手がブルブル震えて上手《うま》く挟めなかった。

「蕗は好きですか？」

定子はただ首をガクガクと上下に動かした。

「僕が食べさせてあげましょう」要二が箸で摘み、ドロッとした蕗を口に押し込んだ。

定子は飲み込むことができず、すぐに吐き出した。血に染まった蕗が畳に転がった。

要二の掌が耳を打った。奥の方で大きな音がして、あとはシーンという耳鳴りの音しか聞こえなくなった。

「ちゃんと食べなあきません」

魚の身を挟んだ要二の箸《はし》が目の前に差し出された。

再びガラスが鳴ったように思ったが、耳鳴りのせいで確信を持てなかった。

「助けて」大声を出したつもりだったが、喉の奥で声は潰《つぶ》れ、掠れた息遣いだけが漏れた。

「口を開けろ」要二の手が頬を抓《つね》り上げた。

定子は引き千切られそうな痛みに耐えかねて、口を開いた。

要二が満足そうに微笑んだ。「そうです。もっと食べてくださいよ」

ドロドロのサラダが押し込まれ、飲み下す暇もなく、においのきつい豚肉が詰め込まれた。

定子の胃が迫《せ》り上がった。奥の方から昼に食べたものが出口に向かって押し寄せた。こみ上げてきたもの全てを、口の中一杯に詰め込まれたものと一緒に、定子は卓袱台《ちゃぶだい》の上にぶちまけた。

要二は屈《かが》み込んで、酸っぱいにおいのするそれを観察した。

「エクトプラズムです」嬉《うれ》しそうに定子の顔を見て言った。「勉強したんですよ。人はエクトプラズムという霊の物質化したものを口から出すことがあるんです」

定子は要二の言うことなど聞いていなかった。ひたすら三和土《たたき》に向かって這《は》い進もうとしていた。

「あ、伏原さん、まだですよ」

要二はすぐに定子の背中に追いついた。定子はなおも逃げようとした。要二の手がブラウスを引き裂いた。

定子は押し倒された。要二の掌が定子の乳房を鷲摑《わしづか》みにした。

「お母はん」

「ち、違う！　あたし、お母さんと違います！」

「今さら何を言います。あなたに憑いていた霊は、ああして吐き出されました」

「違います！」

「安心してください」要二の両手が首にかかった。「お母はん、ヌレオナゴ様になっていただきます」

要二は死人のような目で微笑む。「良かった……。石鹸《せっけん》がもうないんです。石鹸がないとお浄めができません。石鹸がいるんです。小便を流さなあかんのです。皆から、くさい、くさい、言われます。何度も小便漏らしました。よう言わんのです、小便行きたいって。怖いんです。そんなこと言うたら、しょんべん垂れや、いうて皆に軽蔑《けいべつ》されます。手洗いたいんです……」

首を絞め続ける。

「これでまた石鹸を作れるんです。新しい石鹸でお浄めできます。もう僕は小便漏らしません。ちゃんと手洗いますから……」

定子はありったけの力を込めて首に回された手の甲に爪を立てたが、徐々に意識が遠退《とおの》いていった。

7

要二らが祈禱所《きとうじょ》と呼んでいる、路地を入ってすぐの部屋の表戸が開いていた。小川準二は何気なく覗《のぞ》いてみた。薄暗い奥の部屋で、蠟燭《ろうそく》だけがポツンと灯《とも》っているのが見えた。

「誰かおるのか?」

返事はない。

「誰もおらへんのか?」小川は三和土へ入って呼んだ。

人の気配はなかった。

「蠟燭点《つ》けっぱなしやないか」草履を脱いで上がり込んだ。

「知らんぞ」口の中で呟《つぶや》く。「火事いくがな。婆さん足腰立たへんのに、逃げられへんのと違うんかい。ほんま、ええ加減なヤッらや」

フッと蠟燭を吹き消した。途端に陰鬱《いんうつ》な暗がりが部屋を満たした。

「えらい暗なってきよった。一雨来そうやな」

不意に物音がした。

「誰かおるんか?」裏の障子を開けた。板の間も便所も静まり返っていた。

「おらんのか？　どうも薄気味悪いヤッちゃで。いっつもこそこそしよってからに」

小川は表に出た。先程まで薄曇りだった空に、今は真っ黒い雲が覆い被《かぶ》さっていた。

「こら大雨になりそうやな」見上げながら自分の部屋へ向かおうとして、ふと足を止めた。

要二の家の中で物音がする。低い要二の声に混じって、女の声が聞こえたように思った。

「誰や？　婆さんの声やないな」小川はガラス格子に近付いた。上がり框にぶら下げられたカーテンに遮られて、中の様子はわからなかった。

ドスンと重い音がし、喚《わめ》くような声が聞こえてきた。小川は取っ手に手をかけた。が、鍵《かぎ》がかかっていて開かない。

「何をやっとんのや？　鍵なんかかける家やないやろ」呟きながら、ガラスを遠慮がちに叩《たた》いた。

何の反応もなかった。しかし、確かに人の気配がある。

また何やら大きな音がした。小川は先程より少し強めにガラスを叩いた。「おい、要二。おるのか？　おったら返事せえ」

ガタガタとガラス戸を揺するが、鍵が緩む気配はなかった。

「大家のボケ。こんな頑丈な鍵付けへんように指導せえっちゅうねん。いざ、いう時に助けにも入られへんやないか。ワシとこなんか二、三回揺すったら、勝手に鍵外れてしまいよんぞ」

ドスンと重い音が響いた。

「なんや？　この長屋でこんだけ暴れよんのは何年ぶりやろか。根太がへし折れてしまうぞお。おい、要二！」

（ちがう……）テレビは大音量で見ることにしている小川の耳にも、その声は聞こえた。低い声が何事か言い、もう一度（ちがいます）と、確かに聞こえた。

伏原定子の声だと直感した。自分が組み敷いた女の声は、全部覚えているつもりだ。

「ワーカーさん！　福祉のワーカーさんとちゃうんかいな？」

「田上さんておるか？」

たまたま電話を取ったのが、田上本人だった。「はい。私ですが」

「今すぐこっち来てくれ」

「すみませんが、どちらさん？」

「小川や。香里園町一丁目の長屋の小川。あんた、しょっちゅう要二のとこへ来てるやないか」

「ああ、ヨウジロウ様の……」

「あいつの名前にロウなんて付いてへんわ！　まあ、ともかく急いでこっちへ来てくれ」

「ええと……」少し間があった。「今日は伏原さんがそちらへ伺ってるはずなんですが」

「その伏原のおばちゃんのことや。ええから、早よ来い」

電話は切れた。田上は少したためらったが、結局書類を片付けた。退社時刻が近かった。上司には、屯倉宅と小川宅を訪問し、そのまま直帰する旨を告げて事務所を出た。

ラッシュの時刻にはまだ間があった。十五分かそこらで着けるはずだ。しかし、事務所を出てすぐ、空を覆う真っ黒の雲から大粒の雨が落ち始めた。田上はコンビニの駐車場に原付を乗り入れ、シートの下からビニール合羽を取り出した。着ている間に、目の前の原付すら流れていきそうなほどの土砂降りになった。駐車場の向こうに見える信号の色さえわからないほどだった。

「しまったなあ。小川さんの電話番号控えてこんかった」恨めしげに空を見上げたが、雨を降らしている雲さえ視界に捉《とら》えることはできない。

田上は諦《あきら》めて、ヘルメットの顎紐《あごひも》を喉《のど》に食い込むくらいしっかりと締め上げ、原付のエンジンをかけた。

路地の入り口で、黒いこうもり傘が待っていた。

「何をやっとんねん。遅いやないか」

事務所を出てから既に三十分が過ぎていた。

「すんません。こんな天気ですので」

「言い訳はいらん。早速やけど、そこの戸を開《あ》けてくれ」

「ここ？　寝所の戸ですか？　壊れてますの？」

「何が寝所や。ええから、さっさと開け」

田上は手をかけたが開かなかった。「鍵がかかってるみたいですけど」

「わかっとるわい。そやからあんたに開けてくれ、言うとんねん。引っ張って開くくらいなら、ワシが自分で開けとるわい」

田上は力任せに取っ手を引いたが、濡《ぬ》れた手が滑り、右手中指の爪が甲の方へ折れ曲がった。

「痛あ！」

剝《は》がれた爪の下から見る見る血が滲《にじ》んできた。

「最悪です」

「あんた、アホかいな。引っ張ったって開かへん言うてるやないか」

小川は花壇の柵《さく》に使っている古いコーラの瓶を引っこ抜いた。「こいつで叩き割れ」

「怪我しませんやろか？」

「もうしとるやないか。怪我しついでや。やったれ」

田上はためらった。渡された瓶を持って、ふと定子のことで呼ばれたのを思い出した。

「伏原さん、どこです？」

「中や」小川が顎でガラス格子を示した。「と思う。早よせな、えらいことになるぞ」

「けど……」警察ならともかく福祉ワーカーにそんな権限などないように、田上には思えた。上司の叱責《しっせき》を買うのはもう懲り懲りだ。

「どうせ近々取り壊すんや。解体の手伝いやと思うてやれ」

「しかし……」

田上のためらいに、小川は顎で指示を下した。「やれ。人の命がかかっとるんやぞ」

――福祉ワーカー、判断誤り人命救えず――翌朝の新聞記事が頭の中でちらついた。上司の叱責の方がまだ救われるような気がした。

「そいじゃ、いきます」

「いちいち断らんと、さっさとやれ」

コーラの瓶の分厚い底が、ガラス格子に叩きつけられる。割れた破片が飛び散ったが、木の格子の部分はそのまま残った。

「格子もへし折れ」

田上はもう一度瓶の底を叩きつけた。格子はあっけなく折れた。

「手え突っ込んで鍵開《あ》け。こっちの……」小川が取っ手の方を指す。「隅に半回転してはまる鍵があるはずや」

小川の言う場所に確かに鍵があり、手首の一捻《ひとひね》りであっけなく開いた。

「でかした」小川は言うなり引き開けようとした。その途端、手が滑った。

ばならなかった。

田上はコーラの瓶で取っ手と反対側のガラス格子も叩き割り、ねじ込み式の鍵を回され
「要二のアホンダラ！　なんぼ鍵かけてやがるんや！」

人差し指の爪が甲の方へ反り返っていた。

「痛あ！」


卓袱台《ちゃぶだい》の上に腐臭を放つ料理が食べ散らかされたまま放置されている。吐瀉《としゃ》物のような白い粥《かゆ》状のものがぶちまけられていた。その横に、定子のバッグと携帯電話が転がっている。奥の襖《ふすま》は閉ざされていた。

「要二！　おるんやろ？　出てこい」

小川の声に反応はない。襖の前で二人は顔を見合わせた。

「開け」小川が言う。

「いえ。どうぞ」田上は譲った。

「福祉の仕事やないか。あんたが開け」

業務マニュアルに（襖を開ける）という仕事も付け加えてもらおうと、田上は思った。

「じゃあ、開けます」

「いちいち断るなっちゅうてるやろ」

襖は何の抵抗もなくスッと開いた。薄暗い部屋の中は、濃い霧のような線香の煙で満たされていた。すぐに目が慣れ、部屋の様子が見て取れた。

手前に大きく目を開いた、定子の太った身体が横たわっている。その向こうの蒲団《ふとん》の中から老婆の頭が覗《のぞ》いていた。

「伏原さん！」

田上の呼びかけに反応はない。

「死んどる」小川がポツリと言った。「両方とも死んどるぞ」

蒲団から出たもとの顔はカサカサに干涸《ひから》び、既にミイラ化していた。しかし、かけ蒲団の下はやけに平べったい。

奥座敷の向こうの廊下に、要二はべったりと坐《すわ》り込み、薄笑いを浮かべている。身体が前後に大きく揺れていた。

蒲団を捲《まく》りあげ小川が呟《つぶや》いた。「はあ、こらまあ、見事に骨だらけにしたもんや」

要二がチャポチャポと洗面器の中で何かを洗っている。

「ヨヨヨ、ヨウジロウ様、何を……」

「アホ！　そんなこと訊《き》くな！」小川が小声で怒鳴る。「見てわからんのか。包丁研いどんのやないか」

要二は薄笑いを浮かべた顔の前にギラリと光る包丁を翳《かざ》した。「田上くん、湯を大量に沸かしてくれ。今から、石鹸《せっけん》を作らなあかんのや」

田上は意味不明の叫び声を上げながら、玄関に向かって走り出した。

「言わんこっちゃない。そやからワシが忠告したったのに……」小川も呟きながら後を追った。

8

桜の木に残っている花弁は、もう僅《わず》かだった。しかし、木の枝からはずるりと今にも這《は》い出しそうに縄の切れっ端がぶら下がって、風も無いのにぶらぶらと揺れていた。辛うじて女とわかる肉塊が縄の先にぶら下がっている。

蝿に包まれた死体は、ずいぶん膨れ上がっていた。まるで黒人のプロレスラーのようにも見えた。

小川準二は面白い見せ物でも見るように、近付いてしげしげと眺めた。

首筋を蟻が這っている。耳の後ろから首にかけて虫さされのように赤くなっているのは、蟻の噛《か》んだ痕《あと》らしい。

衣類から出ている部分の皮膚は火に炙《あぶ》られたように茶褐色になり、所々にひどい日焼け痕のような干涸びて黒ずんだ薄皮が、捲《めく》れて張りついている。表皮が破れた部分には赤黒い肉が露呈し、てらてらと鈍い光を放っていた。あちこちに網目状の痣《あざ》が浮き出て、赤黒い枝状にその触手を伸ばしている。

それが腐敗臭というものなのか、温泉で嗅《か》ぐ硫黄に似た、あるいは白菜の腐ったにおいに似た臭気が辺りに立ちこめている。

女の身体の真下辺りに広がる浮き州の上、散り敷いた桜に囲まれて、革靴が転がっていた。女の身体を伝い落ちた雨水が、陰気な音を立てて靴に溢《あふ》れている。

傍らには猫の死骸《しがい》のような下着が転がっている。元は白かったはずのそれは茶に変色していた。汚れた下着を死体が脱ぎ捨てたのかと、小川は不思議な思いで見つめた。

「ちょっと小川はん、何見てはるの。いやらしい」

袖《そで》を引く屯倉もとの声で我に返った。

「いや、何も」

下着の下で、赤黒い排泄物《はいせつぶつ》がブルブルと震えた。

「あれ、何やろ? 動いてるんと違う?」もとが差していた傘の柄で示した。

「鼠でもおんのやろ」

「もっと大きいもんやで。小川はん、見てきてえな」

「何を言うてんねん。傘差してこんな土手降りられるかいな」

「赤ちゃんとちゃうんやろか?」

　実は、小川の眼にもそう見えていた。しかし、本当に赤ん坊だとすると、面倒だと思った。まして、生きていたりしたら……。

「死体が産んだんか？　そうやとしても、もう死んでるわ」

「ええから見てきてえな」

「余計なことせずに、さっさと仏さんのこと警察に知らさなあかん」

「早よ助けたらな、鼠に引かれてしまうがな。さあ、傘持っとくさかいに、見てきてちょうだい」

　ズルズルとほとんど滑り落ちるようにして浮き州に降りると、黒い霧のように一斉に蠅が舞い上がった。

　信じられないことに、赤ん坊は生きていた。そうと知った以上、棄てておくわけにもいかなかった。

「屯倉はん、何ぞ包むもんあるか？」

　もとは袂《たもと》から手拭《てぬぐ》いを取り、放って寄越した。

　手を擦り剝《む》き衣類をドロドロに汚して、どうにか土手に這い上がると、もとは受け取った赤子をまじまじと見て言った。「これ、私がもろとくわ」

「もろとくわって、あんた、そんな気安うにさよでっか言うようなもんとちゃうやろ」

「かまへんやないの。どうせ誰かにもらわれていきますねんやろ」

「屯倉はん、よう考えてみいや！　そんなもん拾うて帰ったかて、今にも死ぬぞ！」

「死ねば棄てたらええ」

　何を言っても聞き入れなかった。赤ん坊が欲しいとは、以前から口癖のように言っていたことではあった。

「出生届にどう書くねん？」

「そないなもん。何とでもなります。いつまでもごちゃごちゃ抜かしとったら、父親の欄にあんたはんの名前書きまっせ」

「そんな無茶な」小川は引き下がるしかなかった。

「そんなことより、この子の名前考えなあきませんなあ」

「犬の仔やあるまいし」口の中で呟く。「アホなもん拾いよってからに。一人で育てていけると思うてるんかいな。ろくなことにならへんぞ」

　改めて死体に目を遣《や》ると、腹部の膨脹はまるでもう一人宿しているかのようだ。小川は思わず手を伸ばし、寝間着を突き上げる膨れた腹に触れた。ずるりと皮膚が剝ける感触があり、布地を通して手に粘つく体液が付着した。

「臭いのう」

　小川はズボンの尻《しり》で手を拭った。

「もしもう一人腹ん中おるんやったら、出したらなあかんなあ。そういう風習が昔からあったはずや。確か、身二つにならな、妊婦の死人は成仏できへんて言うよなあ」

流れてきた竹を拾い上げ、小川は女の腹に突き立てた。それまでとは比較にならない強烈な腐敗臭が辺りに漂い、竹の後端から腐った肉汁が吐き出された。

「うへっ、こら、たまらん」

竹の先を跳ね上げる。裂けた腹から赤や黒や黄色の内臓が溢れ出た。

小川は嘔吐《おうと》した。しばらく背中を波打たせた後、やっぱりおらへんか……呟いて、竹を投げ捨てた。

「なあ、小川はん。あの死体で石鹸作られへんやろか？」

「何アホなこと言うてるんや」

「戦時中ドイツのナチがユダヤ人の死体で石鹸を作ってたいうやないの。この子も母親の死体で作った石鹸で産湯を使わしたったら、さぞ喜ぶやろなあ思うて……。考えてもみたんなはれ。産みっぱなしで死んでいかなあかんやなんて、とてもやないけど成仏でけしまへんで。見方によっちゃ、この身体、ご自由に使うとくんなはれ、言うてぶら下がっとるのかもしれへんし」

小川はあまりの滅茶苦茶な言動に呆《あき》れながら言う。「あんなにズルズルに腐った死体からは石鹸なんてできへんわい」

「あれ、そうなん？　厳《げん》さんに訊《き》いてみよ」

戦前裏通りで獣脂を煮て石鹸を作り、販売していた老人の名を言う。既に九十を超え、今は長屋のとっつきの部屋でブルブルと顎《あご》と手を震わせながら、涎《よだれ》を垂れ流して寝たきりの晩年を過ごしている。

「あんなボケた爺さんに訊くだけ無駄や」

「そやろか。まあよろしいわ」もとはぶら下がった死体を片手で拝み「ほな、もろうていきます。もしな、石鹸作れそうやったら、また身体使わしてもらいまっさかいに」

小川も両手を合わせ口の中で小さく呟《つぶや》いた。「どんな理由で首縊《くく》ったか知らんが、あんたの子はあの女が育てるそうや。まあ安心してとはよう言わんけど、ともかく成仏せえよ」

それに応《こた》えるかのように、女の表情が動いた。不意に眼球が盛り上がり、固く閉じられていた瞼《まぶた》が僅かに開いた。瞼はひくひくと痙攣《けいれん》しているように動く。

その瞼が盛り上がった。ポロポロと白い米粒のようなものが転がり出た。

ギョッとした。

「仏さん、泣いてはるんか？」

蛆虫《うじむし》の大群だった。灰色に濁った眼球が止めどない嘔吐を始めたように、瞼の内から白い小さな蛆虫がざわざわと音を立てて溢れ出ている。口からも鼻からも蛆は流れるように溢れてきた。

「笑うてるんやないの」赤ん坊を抱いたもとが、さも気味悪そうに言った。「あたしの郷里にな、ヌレオナゴいう妖怪《ようかい》の伝説があるんよ。笑うてくるのに笑い返したら、生涯憑《つ》きまとわれるんやで。おお、クワバラクワバラ」

もとはもう二度と死体を顧みようともせず、スタスタと歩き出した。小川はもう一度片手で死んだ女を拝み、もとの傘を追った。

了

あとがき

小学一年生の夏休み。

僕はこれ以前の保育園時代の夏休みを思い浮かべることはできないし、また、これ以降の小学生時代の夏休みも、具体的にいつ何をしていたかを思い出すことができない。記憶の悪さを今さら嘆いても仕方がない。僕の脳味噌《のうみそ》の襞《ひだ》の隙間にその頃の記憶を澱《おり》のように押し込めてしまった、三十年以上の歳月を呆然《ぼうぜん》と思いやるだけだ。

が、小学一年生の八月三十一日、つまり義務教育を受けて初めての夏休みの、最後の日に起こった出来事だけは、僕は今日まで忘れることはなかった。

この日、友人が大型ダンプの下敷きになり、たった七年間の短い生涯を閉じた。お姉ちゃんの自転車の荷台に乗っていて、後ろから来たダンプに轢《ひ》かれたのだ。

その時の僕の様子は、この小説（「墓碑銘《エピタフ》」）に書いたことと同じ部分もあるし、違っている部分もある。僕は確かにタイヤの下敷きになった帽子を見たが、違っているのは、その帽子が一つ年下の別の友達が被《かぶ》っていた帽子だったということだ。しかも事故があったのが、その帽子の持ち主の家の前だったのだから、僕はてっきりその一つ年下の友達が轢かれたものだと思い込んでいた。しかし、轢かれたのは同級生の友人で、帽子はたまたまその友達から借りて被っていたものだった。

そういう事実を、僕は後から知った。それ以外のこの事故に纏《まつ》わる様々なことも、ずっと後になってから知ったことばかりである。なぜだか知らないが、あの時の僕はこの事故から遠くにいた。そこには、あるいは、僕の記憶違いがあるのかも知れない。長い時間が様々な出来事を都合のよいようにねじ曲げてしまったのかも知れない。

しかし、その後も何かの折に付け、僕はこの事故とそれに関する自分の記憶を何度も反《はん》芻《すう》してきた。何のために繰り返し思い出してきたのか、我ながらよくはわからない。ただ何もせずぼんやりしている時間にふと思い出すこともあれば、寝る前に不意に脳裡《のうり》を横切ることもあった。とりわけこの小説を書き始めてからは、何度も何度も意識的に思い返した。もしかすると、僕の人生の中で最も多く繰り返された思い出であるかもしれない。

僕にとっての彼はかけがえのない友だったのか、と今改めて問われると、そうだ、と憚《はばか》ることなく答えられる自信はない。少なくとも「墓碑銘」の久ほどには、彼のことを唯一無二の友人だと思っていたわけではない。むしろ、一緒によく遊びはしたものの、あまり仲のいい方ではなかったように思う。少なくとも、友人の死をトラウマのように抱えたり、途《と》轍《てつ》もない悲しみに浸ったり、といったことは、僕にはなかった。

ただ思い返してみれば、ある程度親しい友人の中では、彼が僕にとって唯一の生きながらえなかった友人なのだということになる。彼の死に直面した時、もっと僕が大人であれば、また違った感慨を抱いたのだろうけれど、あの頃は特に重大事件だとかそんな風には受け止めてはいなかったように思う。

僕は既に彼の人生の六倍以上にも及ぶ年月を生きてきたのだが、あの七年間を含む、故郷で過ごした十年の何と長かったことか。そして今、それと同じだけの年月を、僕の娘は生きたことになる。故郷を棄てるまでに僕が手に入れたと同じだけのものを、果たして娘は心に刻みつけることができたのだろうか？　それは娘が今の何倍もの人生を生きた時に、初めてわかることなのだろう。

亡くなった友人を取り巻く実際の家族関係は、もちろん小説とは異なる。彼にはお姉さんはいたが、お兄さんはいなかった。義理の母もいなかったが、本当のお母さんもいなかった。どこかで生きていたのかもしれないが、それは僕の知り及ぶところではなかった。お父さんとは別に暮らしていて……いや、もう止《よ》そう。

僕が故郷を離れた年齢にまで娘が大きくなった今、改めて思うのは、もし僕や妻が共に暮らすことができなくなった場合に、娘はその人生をどのように生きていくのだろうか、ということだ。

それは僕の想像を阻む過酷な問い掛けだが、翻って、亡くなった友人の故郷での人生に思いを致すと、あの頃の僕たちはあまりに無邪気に過ぎたようにも思う。僕は彼の寂しさや悲しみを、恐らく何一つ理解してやれなかった。今となっては、あの頃の彼がそのような心理状態から無縁であったことを願うばかりだ。

思い出は風化するとともに美しさを増していく性質を持っているものだと思うのだが、それでも敢《あ》えて言ってみたい。故郷で過ごした十年間が僕の全てだった、と。そして友人の事故は、その中でもやはり大きな出来事の一つだったのだ。

金さえ積めば、理想的な幸せも、極めて本物に近い友情も、あるいは本物の愛情さえも手に入ってしまうのではないかと、不遜《そん》にも僕は思うのだが（実はそれを購《あがな》えるほどの金を持ったことがないので、本当のところはわからない）、思い出だけは買い求めることができないと思っている。いや、後数十年もしないうちに、ディックが描いたように記憶も売買される時代が来るのかもしれないし、思い出とは、その実、友情や愛情の残滓《ざんし》にしか過ぎないのかもしれないが、しかし、あの友人の死が僕に小説を書く一つの契機を与えてくれたことを感謝したいと思う。

彼の事故は僕にとってトラウマとはならなかったと書いたが、小説を書くのなら一度はあの事故を書かねばならないと思い定めて生きてきたという意味では、やはり彼の死は重要な意味を持っていたのだ。

この小説は、従って、何より彼の墓前に捧《ささ》げたい。

「墓碑銘」という、さして内容を反映しない（いや、やはり、しているのだろうか？）題名を付けたのも、この亡くなった友人に捧げるという意味合いが込められている。

僕は角川ホラー文庫『余は如何にして服部ヒロシとなりしか』に収録された同題短編にて、幸運にも日本ホラー小説大賞短編賞を受賞しデビューした。しかし、本音を言うと、なによりもこの「墓碑銘」と名付けた小説で賞を獲《と》りたかった。この小説の元になった作品は、何年か前、日本ホラー小説大賞に応募してボツになった原稿である。

この小説の核になる物語―川底に沈んだ友人の兄を殺したのは自分であったという物語―を考え付いたのは、おそらくもう二十年以上も前のことであったように記憶している。それほど長きに亘《わた》ってこの物語に取り憑《つ》かれてきた所以《ゆえん》は、我事ながらはっきりしないが、この強迫観念のように付き纏って離れない素材を、とにもかくにも吐き出して楽になりたいという気持ちも少なからずあった。

二十数年もの間、しつこく同じアイデアをこね回してきたのかと思うと、その執拗《しつよう》な精神の軌跡に些《いささ》かゾッとしないでもないのだが、恰好《かっこう》を付けて言ってしまえば、僕は今までこの作品を世に送り出すために小説を書いてきたと言っても過言ではないと思っている。

（というのは、しかし、やっぱり、少々言い過ぎかも知れないけれど）

もう一つ郷里の思い出の中で重要な位置を占めるのは、作中でも言及されている祖父の存在だ。僕はこの祖父の膝《ひざ》の上で、幼い頃から何度も故郷に伝わる昔話や妖怪の話を聞かされ、その思いを胸に故郷の山や川を駆け回った。

ペンネームとなった「あせごのまん」の物語も祖父から聞かされたものだ。

僕はあの日々をもう一度自分の手元に手繰り寄せるために、小説を書いているような気がしている。というよりも、あのノスタルジーを僕の物語を読む読者の方々に共有して貰《もら》いたいと願っている。

最後に——。

「墓碑銘《エピタフ》」という題名は、言うまでもなく、プログレッシブ・ロックの雄キング・クリムゾンのドラマティックで物哀しいあの名曲から頂戴《ちょうだい》したものだ。

何故に「墓碑銘」なのかという理由は、この「あとがき」をお読み下さればご理解戴《いただ》けたかと思うが、敢えてこれを「鎮魂歌」や「レクイエム」としなかったのは、その題を冠した過去の幾つかの名作に埋没してしまわないための、ささやかな自己主張である。亡き御魂《みたま》を鎮めるための歌は、死者の墓標に刻みつける碑銘に比べて、タイトルとして過去にあまりに多くの名作を飾ってきた。「鎮魂歌」と冠したのでは、僕の作品がそれら名作群の底辺に埋没してしまわないとも限らない。それならば、クリムゾンの名曲をＢＧＭに、この思い入れ深い物語を読んでもらえるかもしれない、という可能性を選んだのである。

たったそれだけの理由なのか、と問われれば、そうだ、としか答えようがない。
いつものことながら、タイトルを付ける、自らの手際の危うさを恥じ入るしかないと思っている。

二〇〇六年十月

あせごのまん

解説

東　雅夫

「木曽路はすべて山の中である。」とか、あるいは「国境の長いトンネルを抜けると雪国であった。」とか、名作の呼び声高い文芸作品というものは、冒頭の一行からして、水際立った輝きを放っていることが多い。

第十二回日本ホラー小説大賞の短編賞を受賞した、あせごのまんのデビュー作「余は如何にして服部ヒロシとなりしか」もまた、右に較べておさおさ遜色《そんしょく》ない、強烈な冒頭の一行から始まっていた。すなわち――

「前を行くクリクリとよく動く尻に、僕は目を射られた。」

読む者の心を瞬時にして鷲掴《わしづか》みにするかのような書きだしではないか。

（クリクリと動く尻《しり》って……）

などと呆気《あっけ》にとられながら、軽妙なようでいて実は手堅く入念な描写の数々を読み進めるうち、ハッと気がつけば読者は、語り手の「僕」とともに、いわく云いがたい無気味さを秘めた民家の庭先で、湯の張られていない風呂桶《ふろおけ》――しかも緑色に塗りたくられた、埃《ほこり》まみれの張りぼて——に浸《つ》かって途方に暮れる、不条理きわまりない自分の姿を見いだすことになる。

まんまと作者の術中に嵌《は》められたわけで、「異様に気にいった。湯も張ってない風呂にはいるくだりがおもしろい」(荒俣宏)、「この馬鹿馬鹿しい面白さは作者のセンスがよくなければ書けないものだ」(林真理子)という選考委員の称讃《しょうさん》も宜《むべ》なるかなと思わせる。『ぼっけえ、きょうてえ』の岩井志麻子や『玩具修理者』の小林泰三をはじめ、まことに多士済々なホラー大賞短篇作家陣に、またひとり、斬新な才能の書き手が加わったなという印象を抱いたものである。

かくなる次第で、受賞作にはほとほと感心させられたのだが、同作をタイトルロールに書き下ろし三篇を加えて、二〇〇五年十一月に角川ホラー文庫から刊行された第一短篇集には、もっと感心させられた。

右に引いた選評中で荒俣氏が用いている「奇想ホラー」という形容にふさわしい作品が並ぶのかと思いきや、コンセプトといい語り口といい、それぞれに傾向を異にする作品が収められていたからである。

バイク事故で瀕死《ひんし》の重傷を負った青年のかたわらで、山の怪異をめぐる百物語風怪談話が始まってしまう「浅水瀬《せんすいせ》」。

肉親が不慮の死を遂げた前後、家族のあいだに巻き起こる凄惨《せいさん》な葛藤《かっとう》を、ミステリアスに活写して結末でアッと云わせる「克美さんがいる」。

ペンネームの由来となった四国山間部の巨人伝承を、土地の方言を駆使して雄勁《ゆうけい》に物語る「あせごのまん」。

とりわけ「浅水瀬」の話中話として語られる怪異譚《たん》の数々や「あせごのまん」に顕著な、語りへの偏愛と執着は、作者の志向するホラーが、日本的な怪談文芸の血脈を色濃く受け継いだものであることを示唆しているかのようだ。

「浅水瀬」の終盤に登場する老婆は、「本当に恐ろしい話でございます。あの誰でもご存知の有名な話なんですよ」という前置きで始まる自称「恐ろしい話」を、針飛びのするレコードさながら、途中まで行くと最初に戻り、何度も繰りかえし語り続ける。しかも語られるたびに、話の細部が微妙に変わってゆくのだ……あたかも怪談伝播《でんぱ》の原風景を垣間《かいま》見させるような、印象深いエピソードであった。

「あせごのまん」における方言表記のこだわりも凄《すご》い。

方言を駆使した怪談・ホラーといえば、大いなる原点というべき半村良の『能登怪異譚』をはじめとして、岩井志麻子の『ぼっけえ、きょうてえ』、同じくホラー大賞出身作家である森山東の『お見世出し』などを代表的な作例として挙げることができるだろうが、そのいずれに比しても「あせごのまん」の方言表記は徹底している。

「まんに怯えもってながじゃき、おらぶゆうたってほないにおっきょい声じゃえーよばわん《叫ぶことができない》。深い山へはえーはいらん《入ることはできない》。」

随処に語注を付してまでも、郷里・高知の方言による語りの再現にあくまでこだわる姿勢からは、ここにこそ自分のホラー／怪談的ルーツがあるのだという作者の意気込みが伝わってくるかのようではないか。

果たして、本書『エピタフ』の巻末に付された著者あとがきに、次の一節を見いだすに及び、私は右の推測が正しかったことを確信するにいたった。

「僕はこの祖父の膝《ひざ》の上で、幼い頃から何度も故郷に伝わる昔話や妖怪の話を聞かされ、その思いを胸に故郷の山や川を駆け回った。
ペンネームとなった『あせごのまん』の物語も祖父から聞かされたものだ。
僕はあの日々をもう一度自分の手元に手繰り寄せるために、小説を書いているような気がしている。」

ちなみに高知と徳島の県境にあたる山深い地方に伝わる「あせごのまん」の伝説は、たとえば市原麟一郎編『土佐の妖怪』（一声社）にも採録されているが、それによると、土地や時代によりさまざまな異伝が残されているようである。

あせごのまん版の「あせごのまん」（ややこしいな）は、そうした異伝を、ひとつらなりの伝奇物語に結びつけたかのごとき趣がある。

作者が祖父から聞かされた物語が、すでに一応の体裁を整えていたのか、それとも作者自身による再構成の結果なのかは定かでないけれども、いずれにせよ作者の手によって、草深い土俗の一伝承は、山人幻想の系譜につらなる怪異譚として、ここに新たなる生命を獲得したわけである。

作者の想像力を育《はぐく》んだとおぼしい土俗への憧《あこが》れは、本書所収の「墓碑銘《エピタフ》」と「憑」にも濃厚に認められる。

とりわけ「墓碑銘」は、作者にとって、ことのほか思い入れある成り立ちの作品らしく、気魄《きはく》のこもった力作となっている。

舞台はこれまた、高知と徳島の県境を流れる川沿いの山間部。この地で生まれ育ち、いまは大阪の大学で民俗学を専攻する主人公の青年は、鰻《うなぎ》にまつわる奇怪な伝承を調べに故郷へ向かう。父の事業の失敗で生家は人手に渡っているため、青年は幼なじみの「くろちゃん」が今も暮らす隣家に寄宿することになる。そこは青年が子供のころ体験した、忌まわしい出来事の舞台となった家だった……。

往時の日本家屋に特有の陰湿で秘密めいた雰囲気と、妖怪伝承が息づく荒々しい自然描写とが絶妙なコントラストを成し、その双方に刻々と翻弄《ほんろう》されゆく主人公の孤影を、慄然《りつぜん》たる筆致で浮かびあがらせてゆく。屋内の霊異と野外の妖異がついに錯綜《さくそう》し、おぞましくも哀切な真相が明かされるクライマックスの恐怖感は、比類がない。

一方「憑」にも、ヌレオナゴという四国から九州にかけて流布する女怪の伝承が、作品の根幹にかかわる夢魔めいたイメージとして登場するが、こちらの舞台は大阪とおぼしき都会の陋巷《ろうこう》である。

寝たきりの母を抱え貧窮した青年が、生来の憑依《ひょうい》体質を活かして（？）怪しげな託宣を始め、ケースワーカーの中年女性やおちこぼれ気味のエリート青年を巻き込んで、狂気の環《わ》が拡がってゆく……という展開には、「余は如何にして服部ヒロシとなりしか」とも共通した一面がある。

人間の醜さ弱さを執拗《しつよう》に、容赦なく描きながらも、常にどこかしら、おかしみやかなしみを湛《たた》えているのは、作者の美質であろう。

そうした持ち味が、より遺憾《いかん》なく発揮された怪作が、併録の「ニホンザルの手」だ。

怪奇小説ファンなら、あるいはタイトルを一見しただけでピンとくるだろうが、その期待は、おおむね裏切られることはないと申しあげておこう。

なぜ「おおむね」なのかといえば、この現代日本版「猿の手」の物語は、原典の作者であるジェンキンス、じゃなかったジェイコブズ先生が読んだら茫然《ぼうぜん》自失して、「この動物虐待のジャップめ！」とでも怒りだしかねない方向へと際限なく逸脱してゆくからである。

民話伝承世界への偏愛に発する骨太のホラー・ジャパネスクと、エロ・グロ・ナンセンスに満ちた奇想ホラー——かたや「四国」、かたや「大阪」という所縁《ゆかり》の土地柄とも密接にかかわる志向と嗜好《しこう》を兼備する作者が、これからどのようなホラーの新地平を切りひらいてゆくのか、愉《たの》しみに注視していきたいと思う。

二〇〇六年十月

エピタフ
あせごのまん

角川ホラー文庫　H116-2　14466

平成18年11月10日　初版発行

発行者――井上伸一郎
発行所――株式会社角川書店
東京都千代田区富士見2-13-3
電話/編集(03)3238-8555
営業(03)3238-8521
〒102-8177　振替00130-9-195208
印刷所――旭印刷　製本所――BBC
装幀者――田島照久

ISBN4-04-380602-7 C0193

角川文庫発刊に際して

角川源義

第二次世界大戦の敗北は、軍事力の敗北であった以上に、私たちの若い文化力の敗退であった。私たちの文化が戦争に対して如何に無力であり、単なるあだ花に過ぎなかったかを、私たちは身を以て体験し痛感した。西洋近代文化の摂取にとって、明治以後八十年の歳月は決して短かすぎたとは言えない。にもかかわらず、近代文化の伝統を確立し、自由な批判と柔軟な良識に富む文化層として自らを形成することに私たちは失敗して来た。そしてこれは、各層への文化の普及滲透を任務とする出版人の責任でもあった。

一九四五年以来、私たちは再び振出しに戻り、第一歩から踏み出すことを余儀なくされた。これは大きな不幸ではあるが、反面、これまでの混沌・未熟・歪曲の中にあった我が国の文化に秩序と確たる基礎を齎らすためには絶好の機会でもある。角川書店は、このような祖国の文化的危機にあたり、微力をも顧みず再建の礎石たるべき抱負と決意とをもって出発したが、ここに創立以来の念願を果すべく角川文庫を発刊する。これまで刊行されたあらゆる全集叢書文庫類の長所と短所とを検討し、古今東西の不朽の典籍を、良心的編集のもとに、廉価に、そして書架にふさわしい美本として、多くのひとびとに提供しようとする。しかし私たちは徒らに百科全書的な知識のジレッタントを作ることを目的とせず、あくまで祖国の文化に秩序と再建への道を示し、この文庫を角川書店の栄ある事業として、今後永久に継続発展せしめ、学芸と教養との殿堂として大成せんことを期したい。多くの読書子の愛情ある忠言と支持とによって、この希望と抱負とを完遂せしめられんことを願う。

一九四九年五月三日

角川ホラー文庫
好評既刊

余は如何にして服部ヒロシとなりしか

あせごのまん

クリクリとよく動く尻に目を射られ、そっと後をつけた女は、同級生服部ヒロシの姉だった。ヒロシならすぐ帰ってくるから風呂に入っていけと緑色の張りぼての風呂桶を勧められたが……。第12回日本ホラー小説大賞短編賞受賞作。

世にも奇妙な物語

小説の特別編　遺留品

勝栄／中村樹基／橋部敦子／山内健司

さえないサラリーマンが社用で訪れたのは町全体でお笑いをする奇妙な町だった〈おかしなまち〉。事故で右腕を失った天才ピアニストが選んだ恐怖の治療法とは……〈トカゲのしっぽ〉他、四つの不条理な恐怖の世界にあなたを誘う。

世にも奇妙な物語

北川悦吏子の特別編

北川悦吏子

『世にも奇妙な物語』史上不朽の名作〈ズンドコベロンチョ〉、昔の男を待ち続ける無垢な女の狂気を描く〈昔みたい〉等、北川ドラマのもうひとつの原点ともいえる、ユーモアたっぷりのプチホラー八編収録のノベライズ短編集。

角川ホラー文庫
好評既刊

女友達
新津きよみ

29歳・独身、一人暮らしで特定の恋人は無し。そんな千鶴が出会った隣人・亮子。似た境遇の二人は友達づきあいを始めたが、一人の男をめぐって友情は次第に変化していく。女友達の間に生じた嫉妬や競争心が生んだ惨劇を鋭く描く。

婚約者
新津きよみ

雪子の憧れの人は、8歳年上で大学生の従兄・賢一。大人になったら結婚したいとずっと願ってきたのに、賢一には他に好きな女性ができて……。少女の無邪気な残酷さと、大人の女のしたたかさを描く、傑作ホラー・サスペンス。

愛読者
新津きよみ

駆け出しのミステリー作家・仁科美里のもとに、ファンレターが二通届いた。一通は音信不通だった友人から、もう一通は「愛読者」と名乗る謎の男からの不気味な手紙……。驚愕のラストへ向けて読者を誘うノンストップ・ホラー。